"中华元典引读丛书"出版委员会

主 任：谢清溪
副主任：纪庆芳　展文婕
委 员（以姓氏笔画为序）：

马　博　仝一帆　阮林要　李亚涛

时　海　陈建恩　郑　鑫　胡玲霞

姜　畅　高枫叶　谌洪波

韩非子引读

王宏斌 著

河南大学出版社
·郑州·

图书在版编目（CIP）数据

韩非子引读 / 王宏斌著 . -- 郑州：河南大学出版社，2024.12. --（中华元典引读丛书 / 李振宏主编）. ISBN 978-7-5649-6189-3

Ⅰ. B226.5

中国国家版本馆 CIP 数据核字第 2024TA0286 号

韩非子引读
HANFEIZI YINDU

总 策 划	孔令刚
责任编辑	马　博
责任校对	王　珂
封面设计	高枫叶
出版发行	河南大学出版社
	地址：郑州市郑东新区商务外环中华大厦 2401 号
	邮编：450046　电话：0371-86059701（营销部）
	网址：hupress.henu.edu.cn
排　　版	郑州印之星数字文化产业有限公司
印　　刷	河南印之星印务有限公司
版　　次	2024 年 12 月第 1 版
印　　次	2024 年 12 月第 1 次印刷
开　　本	889 mm×1194 mm　1/32　　印　张　9.375
字　　数	177 千字　　　　　　　　　　定　价　42.00 元

版权所有·侵权必究

本书如有印装质量问题，请与河南大学出版社营销部联系调换。

序

中华元典创生于春秋战国的大变革时代。自夏以来的中国早期文明社会，到周代的分封制度达到成熟阶段，这一社会形态的国家政体是贵族制。以中央王朝的国君即天子为一权力主体，以公卿士大夫即贵族为另一权力主体，世袭国君和世袭贵族通过宗亲和姻亲血缘纽带组成一个统治网络，代代相传、永恒不变地占据着国家政治生活、经济生活和文化精神生活的中心。这样一个贵族制社会从夏开始，一直延续了一千多年，到公元前770年周平王东迁，终于走向了它的衰落和蜕变。平王东迁作为一个象征性事件，标志着一个新时代的开端。春秋时期，王室衰微，礼崩乐坏，历史表面的混乱局面，掩盖着深层的历史潜流，人们往往用"春秋无义战"来描述这个时代；但历史一进入战国时期，其演变的本质便显示出来。战国时期各国变法的主流揭示,从春秋开始的这场历史大动荡,预示着一个崭新的历史时代的到来,它是一场社会形态的变革,是中国历史从贵族政治向官僚政治的过渡。

大凡历史剧烈动荡的岁月,给人们的启迪也往往更加丰富和深刻。历史的大动荡,袭渎了一切传统的神圣的东西。传统的政治体制逐渐坍塌,传统的意识形态、社会观念、思想文化遇到了前所未有的挑战。历史何以会发生这样剧烈的变革和动荡,在动荡中崩溃的社会应该以怎样的模式重新塑造等等,一系列带有世界观、历史观、社会观性质的问题,逼迫着人们去思考,去回答。于是,在思想文化领域,展开了一场长达三百年的百家争鸣。正是在这场反省历史、洞察现实、描绘未来的思想运动中,古圣先贤们为我们提供了一批支配后世民族文化发展的中华元典。这批中华元典,诸如《周易》《诗经》《尚书》《春秋》《礼记》《老子》《庄子》《论语》《墨子》《管子》《商君书》《韩非子》等等,是夏商周以来古典传统文化的积淀和结晶,又是新旧时代交替的历史启迪;它既积累了中华先民两千年文明史的卓越智慧,又是对一个新的历史进程的揭示和预见,充当了一个新时代的号角和先声。

中华元典是春秋战国这个特定时代的产物。一方面,社会历史在政治、经济上所经历的深刻变迁,给当时的思想家们以深刻的历史启迪,使其著作具有其他时代所无法比拟的深刻性；另一方面，传统社会坍塌的剧烈震撼，促使人们从历史的根本点上思考问题，从而使当时人们所提出的问题，多具有世界观、历史观和人生观的性质，具有比较广泛的普遍性价值或意义。

三十年前，冯天瑜先生在《元典文化丛书·序》中说：

> 历史的辩证法反复昭示：发展不是简单的生长和增进，它往往不一定呈直线式进步，而是通过一系列螺旋式圈层实现的。这样"回复"便不总是重复往昔，而可能是一种上升的形式，是"唤醒"事物在其开端时即已蕴蓄着的可能性的一种形式。作为由具有自觉意识的人类创造的文化，也生动地展现着螺旋式的发展轨迹，如欧洲"文艺复兴"的崇尚古希腊、"宗教改革"的服膺《圣经》，便是对"元典精神"的发扬和再造，而欧洲文化正是在这种"回复"中赢得历史性进步的。这种向"文化元典"汲取灵感，获得前进基点的现象在中国也多次出现，著名的"古文运动"便是典型事例。考之以中国近现代思想文化史，这种"返本开新""以复古为解放"，即回归元典精神以求新变的情形也俯拾即是。

冯天瑜先生所讲人类思想史上这种不断发生的"返本开新"现象，佐证了元典的不朽性。的确，中国先秦时代

所产生的文化元典,就有其不朽性。大致说,元典的不朽性主要取决于两个方面:

其一,它所提出的问题具有普遍性意义,是不同时代人们所关注的共同性问题,处在不同历史条件下的人们,都能从元典的阐述中汲取智慧,都能使自己的思考追溯到人类智慧的最初观照。譬如在元典中一再提出的如下问题:"天人之辨"(人与自然的关系)、"人性之辨"(关于人的本性善恶的思考)、"义利之辨"(社会道义与经济利益的关系)、"刑礼之辨"(刑法治理与礼制教化的关系)等等,这些问题对于两千多年的传统社会来说,无疑都是不朽的课题,像"天人之辨""人性之辨""义利之辨"等,还具有普遍的人类意义。

其二,"中华元典"的不朽性,还在于它对以上基本问题的解决,给后人的思考提供了一种具有高度抽象性的哲理性回答,从而使人们可以从各种角度受到它的启迪。在人类认识的早期时代,人们还不可能对自然界和社会进行解剖、分析,自然界和人类社会只能被作为一个整体去观察,从而得出混沌的整体性认识。这种认识,一方面有它不精确不完善的特点,而另一方面则使它有可能包含了对自然界和人类社会整体联系性的不少天才猜测。例如《老子》中的"道",《周易》中的运动观、发展观、变易观,《论语》中孔子的仁学思想体系,等等,都是对自然变化之道，人的社会属性的整体性、哲理性把握；而这种把握，则是其后人们借以展开自己思想的重要基础。"中华元典"在后世人们借以发挥自己思想创造的过程中，一再证明着自己的生命力和不朽性。

然而，从历史唯物主义的观点看问题，"中华元典"也不可避免地具有其历史局限性，世界上没有任何一种理论观点、学说体系具有超历史的价值和意义。每一时代的理论思维，"都是一种历史的产物"，都有它所适应的、能够发挥其作用的历史环境；一旦历史条件发生了根本性的变更，它的作用就将丧失或者发生相应的改变。"中华元典"作为一种理论思维的历史成果，它的基本内容，它所提出的各种命题的具体内涵，都不能不具有这种历史性质。这个历史性，既是它在其后两千多年传统社会中能够发挥重要作用的原因，也同时决定了它的局限性。解读和阐释文化元典，就是发扬或转换其不朽性，而正视其局限性，以确保在文化传承中保持清醒的头脑，秉持科学的态度。

解读元典文化精神，研究、传承和弘扬优秀传统文化的工作，已经进行了很多年，有了颇为丰硕的成果。然反省其研究状况，还是存在某些缺憾。

一是研究大多还集中在知识精英阶层，而把对元典思想的阐释变成广大社会公众的精神食粮，还有许多工作要做。

二是就社会大众的元典文化阅读来说，所做的工作多是集中在直接的普及方面,侧重对元典文献的注释或翻译,以为社会大众借助白话读本就可以进入元典精神的世界,就完成了元典文化的普及,而这是有认识上的误区的。

三是社会大众直接阅读元典译本,并不能对元典文化的历史作用有深刻的认识,而研究元典文化或者普及元典文化精神,其最终目的是帮助社会大众认识我们的文化国情,使人们知道民族精神的来龙去脉,知道今人的思想、思维、价值观念、心理观念之来源,清醒而理智地看待传统文化,继承和弘扬优秀传统文化。

河南大学出版社策划出版的这套"中华元典引读丛书",目的就在于弥补以上缺憾。这套丛书的特色是:读者一书在手,既可窥见一部元典的思想要旨,又可明了其全方位历史影响,进入元典文化生成与发展的历史世界。这是真正地认识中华元典文化精神的导读丛书,是写给普通读者的书。

既是为社会大众提供适宜的元典导读,就必须在著作的科学性、导向性上下功夫。我们力求用充分辩证的科学理性去阐释元典文化的基本精神,对元典著作积极的或消极的文化影响,都给予尽可能全面的历史评说,使普通读者懂得如何从积极的方面对传统文化进行扬弃和取舍。因此,冷静的历史思辨色彩,成为这套丛书在著述风格上的重要特色。此外,我们还要求作者从以往学术著作引经据典、旁征博引、烦琐考证的传统文风中解脱出来,采用夹叙夹议、以议论为主的散体笔法,无论是对元典内涵的揭示,还是对其历史价值或历史影响的阐述,都尽可能结合具体生动的历史事例来展开,力求做到深入浅出,引人入胜。

现在丛书就要出版了,作者们贡献了自己的辛勤劳动、学识和智慧,但是否真的能够实现丛书的编写初衷,它的效果究竟如何,就交给亲爱的读者去判断了。

李振宏

2023 年 12 月 10 日于开封

目　录

一　韩非与《韩非子》/ 1

　　1. 命运的悲喜剧 / 1

　　2. 韩非的法家前辈与学术渊源 / 5

　　3.《韩非子》的思想体系 / 22

　　4.《韩非子》的文学贡献 / 76

二　韩非思想的实践与秦王朝的兴亡 / 82

　　1. 秦国兴起与变法 / 82

　　2. 韩非思想对秦始皇、李斯的影响 / 87

　　3. 专制统治 / 96

　　4. 刑杀为威 / 103

　　5. 穷奢极欲 / 109

　　6. 秦二世胡亥与阴谋家赵高 / 112

　　7. 秦王朝的覆灭 / 128

三 从外道内法到阳儒阴法 / 131

  1. 汉承秦制 / 131
  2. 汉初的黄老之治 / 138
  3. 外道内法的黄老之学 / 149
  4. 陆贾、叔孙通与贾谊 / 159
  5. 阳儒阴法思想体系的构造者——董仲舒 / 165
  6. 阳儒阴法的形成与确立 / 173

四 韩非的法治理论与著名的政治家 / 183

  1. "拨乱之政，以刑为先"（曹操）/ 183
  2. "科教严明，赏罚必信"（诸葛亮）/ 186
  3. "诛贵所以立威，赏贱所以劝善"（葛洪）/ 189
  4. "宰宁国以礼，治乱邦以法"（王猛）/ 191
  5. "公天下之端自秦始"（柳宗元）/ 191
  6. "罚者必当其罪"（包拯）/ 193
  7. "度世之宜而通其变"（王安石）/ 194
  8. "收平中国，非猛不可"（朱元璋）/ 196
  9. "尊主权，课吏职，信赏罚，一号令"（张居正）/ 202

五 帝王术的运用 / 207

  1. 魂灵的附体 / 207
  2. 刘邦杀韩信 / 210

3. 杨广杀父夺位 / 215

4. 李世民与玄武门之变 / 220

5. 赵匡胤杯酒释兵权 / 224

6. 赵构保位求和 / 227

7. 朱翊钧的南面之术 / 231

8. 雍正即位之异说 / 236

9. 乾隆皇帝与大贪污犯和珅 / 241

六 韩非思想的近现代意义 / 246

1. 召唤亡灵 / 246

2. "与其赠来者以劲改革,孰若自改革"（龚自珍）/ 247

3. "变古愈尽,便民愈甚"（魏源）/ 250

4. "纯用重典,以锄强暴"（曾国藩）/ 252

5. "申、韩贤于尧、舜十倍"（汪士铎）/ 254

6. 礼赞韩非的不同含义（严复）/ 258

7. 给韩非穿上西装（梁启超）/ 262

8. 革命家论法家（章太炎）/ 268

9. "法家复兴论"（国家主义派）/ 273

结束语 / 280

一 韩非与《韩非子》

1. 命运的悲喜剧

（1）韩非的生平

人类历史上绝无仅有，一个有雄才大略的国君为了得到一个人才，不惜发动一场战争。这个战争的发动者就是秦始皇，而值得秦始皇发动战争以求的人物便是韩非。

韩非是韩国的一位公子，他的生年已不能详考，根据其与秦朝丞相李斯是同学来推测，韩非大约生于公元前280年，死于公元前233年。这是一个血雨腥风的时代，战争为英雄人物施展抱负提供了许多机遇。军事家在战场上驰骋厮杀，斗勇斗智；政治家策划于密室，摇笔弄舌；外交策士穿梭于各国之间，纵横捭阖。

韩非生于贵族世家，政治起点很高。他喜欢研究刑名法术之学，也曾钻研过黄老南面之术，抱负不凡。他曾拜著名儒家大师荀况为师，与后来做了秦王朝丞相的李斯一道学习，相互切磋。

他或者由于是韩王宗室的一员，或者由于在韩国王宫担任了一定职位，对于韩国的前途非常忧虑。他见韩国不断被削弱，数次书谏韩王，但韩王不能用，于是退而著书。为此，他写了《孤愤》《五蠹》《内外储》《说林》《说难》等文章。

韩非的著作传到了秦国，秦王嬴政读了之后十分赞赏，感叹说："我要是能见到这个人，和他交个朋友，死而无憾。"正好李斯在他身边，立即回答说："这是韩非所著。"

秦王立即派兵攻打韩国，战争的唯一要求就是要得到韩非。韩非对于韩国来说是无足轻重的，在大兵压境之下，他便被拱手送给了秦王。

秦王得到了韩非，高兴极了。然而渴求得到的人，一旦真正到了手，就不觉得那么珍贵了。韩非并没有立即得到重用。

李斯与韩非是同学，李斯自认为才能不及韩非，担心自己在秦国的地位受到威胁。姚贾是秦王的宠臣，对于韩非也十分不满。因为韩非曾直言不讳地批评他不该贿赂燕、赵、吴、楚，浪费国家的财物，并嘲笑他出身卑贱。

李斯、姚贾联合起来，他们在秦王面前诋毁说："韩非是韩国的公子,现在大王想吞并诸侯,韩非是要维护韩国的,不会真正帮助秦国,这是人之常情。大王不用韩非,准备把他长期留在秦国,然后让他回去,这是自己为自己留下祸患,不如借故把他杀掉。"

秦王一听,觉得很有道理,就派了一个官吏借故把韩非关进监狱。李斯借此机会,派人给韩非送去了毒药,逼迫其自杀。韩非想见到秦王,当面提出申诉,但由于李斯、姚贾从中作梗,无法实现。等到秦王悔悟不该如此处置韩非时,韩非已经自杀了。

(2)《韩非子》

古代中国人认为,人的不朽表现在生前能够立德、立功、立言3个方面。韩非以立言而不朽。嫉妒他的人,可以谋害他的性命,但无法消灭他的言论和著作。

韩非的著作在古代被称为《韩子》,是由后人辑录而成的。司马迁说韩非的著作有10余万言,《汉书·艺文志》说《韩子》有55篇,现有的《韩非子》这部书,篇数刚好是55篇,与汉初班固所见的篇数相同,但其中有些是其他人的著作。

在先秦哲学古籍中,韩非的书算是篡改得比较少的,但还是有问题的。根据前人的考证,著名的哲学史家任继愈先生将现存的《韩非子》55篇分为5组。

第一组，确认不是韩非的著作，有《初见秦》《存韩》《难言》《爱臣》4篇。这些都是战国时期的纵横家、游说之士的议论，恰恰是韩非所攻击的，不能认为是韩非的著作。

第二组，确认是后来法家的著作，编到韩非著作中去的，有《忠孝》《人主》《饬令》《心度》《制分》5篇。

第三组，关于古代历史故事的传说，作为韩非这一派的法家引用材料的工具书（一种资料汇编），有《说林上》《说林下》《内储说上》《内储说下》《外储说左上》《外储说左下》《外储说右上》《外储说右下》8篇。

第四组，对古代哲学的解说，有《解老》《喻老》两篇。从这一类著作中，我们可以看到古代流行的《老子》的原貌，是今天研究《老子》版本的极有价值的材料。

第五组，韩非著作中的主要部分，有《五蠹》《六反》《诡使》《说疑》《八说》《八经》《显学》《主道》《有度》《二柄》《扬权》《八奸》《十过》《孤愤》《说难》《和氏》《奸劫弑臣》《亡征》《三守》《备内》《南面》《饰邪》《观行》《安危》《守道》《用人》《功名》《大体》等。

今天我们研究韩非的思想，所要根据的材料，主要是最后一组包括的篇目，第一组最不可靠，第二、三、四组可以作为参考性材料，存疑待考。

今人研究韩非著作的参考资料，有容肇祖《韩非的著作考》，《古史辨》第四册所收集的关于韩非的其他一些文章,陈千钧的《韩非新传》《韩非子书考》,陈奇猷的《韩非子集释》,梁启雄的《韩子浅解》等。

郭沫若的《韩非子的批判》,侯外庐的《中国思想通史》第一卷,吕振羽的《中国政治思想史》,范文澜的《中国通史简编》的上古部分,孙叔平的《中国哲学史稿》上册,冯友兰的《中国哲学史》上册,任继愈的《韩非》,刘毓璜的《先秦诸子初探》,这些书的研究成果对于我们理解韩非的思想都值得参考。

2. 韩非的法家前辈与学术渊源

(1)韩非之前的法家

成文法的首次公布 战国时代,由于生产和交换的发展,推动了社会的进步,井田制和宗法制的崩解使许多贵族地位下降,一部分庶人地位上升,形成了一个新兴的地主阶级。

以血缘关系为基础的家族组织在解体,维持这种家族组织制度的礼制也失去了统摄力量,社会秩序的紊乱需要新的整合理论。从春秋末年开始,不断有恢复秩序的呼声。先秦诸子中的每一家都提出了自己的政治主张,各有各的理想制度。法家在这方面的主张非常明确,非常典型。

法家代表新兴统治阶级一部分人的利益,要求建立新的社会秩序，组织新的强有力的政府。他们共同主张以法来统治社会，规范人们的行为，要求人人守法。

在等级森严的阶级社会，要求人人守法，在法律面前人人平等，是根本不可能的。这种主张只是新兴地主阶级要求取消氏族贵族政治的一种策略。一旦新兴地主阶级掌握了政权，变成了特权阶级，便对遵法守法的观念表示出冷漠态度。

法家代表人物要求依法治国，这是对旧贵族特权的否定，因而得罪了旧的贵族，受到了报复性的迫害。法家代表人物的下场大都很悲惨，这是不足为奇的。

法家的产生可以上溯到郑国子产执政时期，因为这时的郑国铸了"刑书"。晋国的叔向知道了这件事，立即致书表示反对。叔向认为，将成文法的条文公布出来，就会使人们因为条文引起诸多争端。叔向不懂得，新的"刑书"的公布正是为了解决新的社会争端，旧的礼制已经无法解决新的社会矛盾。因而子产复信说，铸"刑书"是为了救世，有不得已的苦衷。公布成文法，由于认识的不同，可能引起争端，但争端本身是客观存在的，即使不铸"刑书"，也会产生争端。

郑国"刑书"的内容已不能详考，但可以肯定，它是为稳定新的社会秩序而制定的。

历史的发展总是按照它自己的规律前进的。仅仅过了二三十年，晋国也铸了刑鼎，公布了成文法。

铸刑鼎与公布刑书，标志着统治阶级采用了新的统治工具。新的统治方法体现了社会的新变革。社会有了新的变革，产生了新的法制。有了新的法制，便有了论证法制合理的法家思想的代表人物。

法家的始祖李悝　法家的始祖是李悝。章太炎、郭沫若等认为李悝即李克。李悝曾任魏文侯相，主持魏国的变法，经济上推行"尽地力"和"平籴法"的政策，鼓励农民精耕细作，增加产量；主张国家在丰年应平价多购粮食，在灾年以平价售出，稳定粮价。在政治上，李悝主张实行法制，废除维护贵族特权的世卿世禄制度，奖励那些为国家作出巨大贡献的人。经过变法改革，魏国成为战国初期强国之一。

李悝之所以是法家的始祖，是因为他是我国第一部比较完善法典的编纂者。也正因为如此，《汉书·艺文志》把"《李子》三十二篇"列为法家之首。可惜李悝的32篇文章已经亡佚，只有关于刑律和农政的两项内容在别的文献里保存了一些梗概。

《晋书·刑法志》说："秦汉旧律，其文起自魏文侯师李悝。悝撰次诸国法，著《法经》。以为王者之政，莫急于盗贼，故其律始于《盗》《贼》。盗、贼须劾捕，故著《网》《捕》二篇。其轻狡、越城、博戏、借假不廉、淫侈、逾制以为《杂律》一篇。又以《具律》具其加减。是故所著六篇而已，然皆罪名之制也。商君受之以相秦。汉承秦制，萧何定律，除参夷连坐之罪，增部主见知之条，益事律《兴》《厩》《户》三篇，合为九篇。"这是说，李悝的《法经》是综合当时各国法律条文而成的，是对成文法的一次经验总结，而后世的商君法、秦律、汉律都滥觞于李悝的《法经》。

综合文献资料，大体可以弄清，李悝《法经》6篇的次序是：《盗法》《贼法》《囚（原著为"网"）法》《捕法》《杂法》《具法》。商鞅在秦国推行时，只是改"法"字为"律"字，变为《盗律》《贼律》《囚律》《捕律》《杂律》《具律》。汉承秦制，萧何定律，在原来6篇的基础上，又增加了3篇。魏、晋以后的法典也都是在汉律的基础上加以增损而已。所以，秦汉以后的刑律大抵是祖述李悝的《法经》。

可惜的是，司马迁的《史记》没有为李悝立传，他的思想渊源和生活经历，我们不能详细了解了。

吴起变法 吴起是一位政治家，同时也是一位杰出的军事家。在先秦文献中，谈及军事时通常以孙武、吴起对举，而言变法时则是以商鞅、吴起对举的。

吴起从政的时间略迟于李悝。他曾经师事过曾申，也师事过子夏，显然受过初期儒家思想的陶冶。他曾效力于魏文侯和魏武侯，善于治兵，率军为魏守西河，使秦兵不敢东犯。后来由于王错向武侯进了谗言，吴起被迫逃到楚国。

在楚国，吴起得到了楚悼王的重用，以令尹的身份辅助楚悼王进行变法改革。可惜，改革仅仅进行了1年，楚悼王就死了。改革损害了楚国旧贵族的利益，引起了他们的仇恨。楚悼王一死，疯狂的报复就加在吴起身上。吴起被射杀在悼王的尸体旁边，楚国的变法改革半途而废。

作为杰出的军事家，吴起最先在魏国建立了常备兵役制，"将三军，使士卒乐死，敌国不敢谋"，在战争中经常取得胜利。司马迁的《史记》，把孙武和吴起列在同一传中，可见其影响同等重要，军事才能同样杰出。

吴起虽然离开了魏国，死在楚国，但他对魏国的影响仍然存在。魏惠王时，公叔痤为将，与韩起战于浍北。公叔痤获胜，惠王郊迎，赏田百万。公叔痤不敢接受，他说，使士卒在战场上冲锋陷阵、勇敢杀敌的是吴起。于此可见吴起对魏国的军事影响之大。

吴起的兵书有48篇，《汉书·艺文志》归其为"兵权谋"类，可惜已经失传。现存《吴子》6篇，乃是伪托。他的兵法自然无从详知了。

吴起的贡献不仅仅在军事方面，他在楚国的短暂时期便是以纯粹政治家的姿态出现的。但他在楚国进行了哪些变革，详细的情形已无从知道。从《史记》《战国策》《吕览》等书中所保留的一些资料看,吴起在楚国推行的变法改革,与商鞅后来在秦国的变法基本一致,就是扶助公室,与旧贵族斗争,抚养战斗之士。所以,吴起应当列入法家。

商鞅的法 商鞅是李悝的学生,卫国的贵族。商鞅以天下为己任,在魏国不受重视,便跑到了秦国。初见秦孝公,他说以"帝王之道",未能投合。继说以"霸道",再说以"强国之术",而后孝公大悦,遂委以重任。

比起吴起来,商鞅是幸运的,秦孝公成为他坚强的支持者,信而不疑,所以取得了变法的巨大成功。《史记》说,变法十年,秦民大悦,道不拾遗,山无盗贼,民勇于公战,怯于私斗,乡邑大治。

商鞅变法的详细情形现在已不能完全了解。综合各方面的资料,大致有如下内容:打破了以血缘为基础的宗法组织,以地域划分什伍组织,使其互相监督、互相控制;注重军功,爵赏有军功者,重罚私斗者;重农抑商,以免去徭役鼓励增加农业生产,以罚作奴隶来限制工商活动;民有二男,成年之后必须分家,否则加倍收赋;规定宗室必须建立军功,否则会被开除宗族属籍,有功者可以荣华富贵,无功者虽富而不可以荣华;废井田,开阡陌。

无论从当时的生产发展来看,还是从人类社会发展历程来看,这次变法都是符合历史发展方向的。只有那些怀恋过去,站在旧贵族立场上的人才对变法持敌视态度。秦孝公一死，商鞅便被车裂而死。吴起和商鞅都是因变法而死，但不同的是，吴起在楚国的变法只进行了1年，而商鞅的变法在秦国进行了20年。吴起一死，楚国的变法随之失败；商鞅虽然死了，变法却取得了成功。

商鞅的变法自然不是完美无缺的。有人批评他以酷刑等高压手段制造恐怖，有人批评他单用法而不用术。从这些批评看，商鞅是一个纯粹的法家。纯粹的法家以富国强兵为目标，主张秉公执法，一切以法为权衡尺度，不许任何人超越法的范围而凌驾于法律之上，"法不阿贵"。

申不害的术 申不害与商鞅是同一时期的人。《史记·老庄申韩列传》说，申不害原是郑国的贱臣，后因得到韩昭侯的信任，用为相，内修政教，外应诸侯15年，国治兵强。申不害在世时，没有人敢对韩国发动战争。又说："申子之学本于黄老而主刑名。"

申不害既然"主刑名"，自然是言术又言法的法术之士，大约是因为他谈论的主题是术，所以韩非多次批评他"不擅其法"。那么"法"与"术"有何区别呢？

《韩非子·定法》说得很清楚："术者，因任而授官，循名而责实，操生杀之柄，课群臣之能者也，此人主之所执也。法者，宪令著于官府，刑罚必于民心，赏存乎慎法，而罚加乎奸令者也。此臣之所师也。"也就是说，术是帝王驾驭群臣南面而坐之权术，法是帝王通过群臣控制老百姓的工具。

申不害的作品《申子》，司马迁认为有2篇，《艺文志》以为6篇，不过都失传了。现在我们所能见到的只是残存在其他文献中的一些零章断句。通过这些零散的东西，可以看出申不害是言法又言术的。法与术是互相作用的两个方面。

"申不害，韩昭侯之佐也。韩者，晋之别国也。晋之故法未息，而韩之新法又生；先君之令未收，而后君之令又下。申不害不擅其法，不一其宪令，则奸多，故利在故法前令则道之，利在新法后令则道之。利在故新相反，前后相悖，则申不害虽十使昭侯用术，而奸臣犹有所谲其辞矣。"韩非说得很明白，申不害不是不行法治，而是不善于法治，"不擅其法"。

申不害是专制独裁的鼓吹手。"明君如身，臣如手；君若号，臣如响；君设其本，臣操其末；君治其要，臣行其详；君操其柄，臣事其常。为人臣者，操契以责其名。名者，天地之纲，圣人之符。张天地之纲，用圣人之符，则万物之情无所逃之矣。故善为主者，倚于愚，立于不盈，设于不敢，藏于无事，窜端匿疏，示天下无为。"这就是说，君主应当掌握一切大权，群臣只能是君主任意驱使的奴仆和工具；君主应当像防范盗贼那样，时刻提防奸臣篡夺权力。为了有效驾驭群臣，君主要采用政治手段，装出一副糊涂的样子，暗地里窥视群臣的动静。

《吕氏春秋·审分览·任数》里有一则申不害评论韩昭侯的故事。大意是说，韩昭侯爱卖弄自己的智慧，有一次看见祭庙所用的祭猪太小，就叫人把它换掉。换的人阳奉阴违，又把原来的猪拿上来。韩昭侯直接说："这不是刚才让换下去的那头猪吗？"换的人无言以对。韩昭侯左右的人问何以知道。他说，由它的耳朵知道。大概是韩昭侯记住了耳朵上的标记。申不害听说了这件事，认为韩昭侯不该这样说。在申不害看来，君主听见了，要装作没听见；看见了，要装作没看见；知道了，要装作不知道，深藏不露，免得他人有所提防。只有这样，才能听到一切，见到一切，知道一切。知道的装作不知道，不知道的要装作知道。只有让别人摸不清底细，那样才能被看成是微妙神玄，深不可测。

"独视者谓明，独听者谓聪，能独断者，故可以为天下王。"这是申不害思想的核心。在申不害看来，明君应当把天下人当成玩偶，依靠自己的"方寸之机"运转天下，实行独裁专断。

慎到的势　慎到是另一派法家的代表人物，赵国人，大约与孟子同时。他曾在齐国的稷下学宫讲学，负有盛名。

慎到认为，贤智未足以服众，"而势位足以缶贤者"。君主的权势可以作为行法的力量。有了权势，有了法，平凡的君主"抱法处势",就可以治理天下。慎到说:"龙在云上飞行,蛇在雾中游荡,一旦云消雾散,龙蛇就如同蚯蚓、蚂蚁一样,因为它们失掉了所依靠的东西。贤人所以屈服于不肖的人,是由于贤人的权力小,地位低;而不肖的人所以能够使贤人服从,是由于不肖的人权力大,地位高。尧如果是一个普通老百姓,就连三个人也管不了;但桀做了君主,就能够搞乱天下。从这里可以知道权势地位是可靠的,而贤能才智是不足羡慕的。软弱的弓能够把箭射得很高,那是由于风力的推动。不肖的人的命令能够推行,是由于得到了臣下的帮助。如果尧的地位同奴隶一样的话,老百姓就不一定服从他;当他做了君主,他的命令便可以令行禁止。由此看来,贤能才智不可能制服臣民,而权势地位,却可以控制贤人。"《韩非子·难势》征引了慎到的政治主张。

所以荀子批评慎到"蔽于法而不知贤"。大意是慎到过于看重了法和势的作用,而忽视了德化的力量。

从李悝到吴起,再从商鞅、申不害到慎到,这些前期法家代表尽管思想学说不尽相同,但他们都在不同程度上提出了法治主张,都是韩非法治思想的前驱。

(2)韩非思想的学术渊源

集法家思想之大成 韩非思想的主体是法术思想,人们公认,他吸收了商鞅的"法"、申不害的"术"、慎到的

"势",经过个人熔铸,使法、术、势三者融合为一体,从而构成了法家完整的政治理论体系。

韩非曾批评申不害"徒术而无法",指出,申不害辅佐韩昭侯,虽能够使韩昭侯用权术于上,却不能用法制管理臣下,所以韩国不能称霸。他又批评商鞅"徒法而无术",指出,商鞅辅佐秦孝公,推行法治,虽然达到了富国强兵的目的,但因为不善于权术,人君得不到利益,大权旁落,未能达到帝王之治。因此他主张兼用法、术、势。

他采用了慎到的势治学说,重视权势的重要性,强调说:"抱法处势则治,背法去势则乱。"法是官府公布的成文法,是编著在图籍上的法规;术是君主暗藏在心中的权术,是驾驭臣民的手段;势是君主掌握在手中的权势,是控制臣下的凭借力量。韩非把这3种学说综合起来,形成法家完整的政治学说。

这样,韩非的政治学说与前期代表人物的个人主张就不同了。在韩非的政治思想体系里,法治、术治、势治各有侧重,互为作用,互为依托。概括起来说,就是君主凭借地位和权势,运用权术驾驭群臣,并通过群臣的辅助,使老百姓严格遵守已经公布的成文法规,达到天下大治。这是一种地地道道的帝王统治术。这也正是韩非集法家思想大成之所在。

韩非与荀子 韩非的主要思想渊源于前期法家,是毫无疑问的。但由于他生活的战国百家争鸣时代，政治思潮互相激荡，互相影响。韩非对儒、道、墨、法等学说给予了各种评论，或肯定，或否定，或引申，或修正，均有独到的见识。韩非在对各家学说评判时，自觉与不自觉地受到各家学说的影响。对前期法家的思想他进行了批判、继承和发展，对儒、墨、道家学说则是批判、扬弃和利用。这样，他不只是集前期法家学说之大成，而是有选择地吸收了儒、墨、道等诸家学说的部分内容，成为先秦诸子中思想面最宽的一位思想家，也是这个时代最后一位思想家。

韩非师从荀子学习儒学，而后离开了老师，完全接受了法家的理论。他激烈批评儒学的核心思想，认为仁义道德对社会无用而有害。但他并没有完全摆脱儒学的观念。

儒家的礼与法家的法，有异也有同。礼与法都是行为的规范，不同的是，法具有人人（除帝王之外）必须遵守的强制性，礼强调有等级的权利和义务，主要是倡导而缺乏强制力。儒家以礼区别贵贱亲疏的同时，并不反对以法治小民，这叫作"礼不下庶人，刑不上大夫"。法家强调法的平等性，"君臣上下贵贱皆从法"，法家重法抑礼；儒家重礼轻法，认为法生于礼，礼为治之本，法为治之末，但不反对用法治平民。

在先秦的儒家学派中，荀子特别提倡礼学，反复强调礼的作用。在荀子看来，礼是君主检验群臣的尺度，也是衡量天下是非和曲直的规矩。所以有时他把"礼"字的含义说得和"法"字的含义很接近。在《礼论》篇中，他说，礼好比是绳墨，有了绳墨，就可以明确无误地判别事物的曲直；礼好比是用来称量东西的秤，有了秤就可以毫不费力地衡量事物的轻重；礼好比是角尺和圆规，有了角尺和圆规就可以检查事物是方还是圆；用礼来检验君子，任何人是无法欺骗的。所以礼是准则，人道之极。这样的看法，与法家把"法"看成是客观事物的标准十分近似。韩非经常说，没有规矩，技术再高的匠人，也不能准确无误地成就方圆。"去规矩而妄意度，奚仲不能成一轮。"丢掉了法制，而任心治，尧也不能很好地治理国家。从这里便可以看出，在学术史上由荀子隆礼到韩非重视法治的发展痕迹，以及其师承关系。

在先秦儒家中，孟轲是性善论的代表，荀子是性恶论的代表，韩非的性恶论明显受了荀子的影响。

荀子认为，人之性是好利多欲的，凡是人都是饥了想吃东西，冷了想穿得暖和一些，劳累了就想休息一会儿。"好利而恶害，是人之所生而有也"，无论是明君圣王夏禹，还是"天下头号坏蛋"夏桀，都是好利而恶害。人人都有欲望追求，这是先天就有的人性。人性是恶的，后来的教化可以使人由恶变善，这叫作"化性起伪"。宣传礼义教化，就是用来防止人的性恶进一步发展。人由恶变善，积习行善，是后天努力积累而成的。

韩非继承和发展了荀子的性恶论。他从社会现实关系出发，认为人性都是"好利而恶害"，都在追求名和利，人和人之间的关系都是利害关系。不论是一般老百姓，还是王公贵族，利欲之心是共有的。人的一切行为都由利欲所驱使，人人唯利是图。与荀子不同的是，韩非认为仁义恩爱不足以止乱，教化的力量是不够的，只有严刑峻法才可以禁暴，防止性恶的进一步发展。

荀子是一个朴素的唯物主义思想家，韩非也有朴素的唯物主义的观点。例如，他极力反对以卜筮决定国家大事，认识事物必须经过参验等，都是受了荀子的影响。

韩非与道家　郭沫若说："韩非在先秦诸子中为最后起，他的思想中摄收有各家的成分，无论是作为亲人而坦怀地顺受，或作为敌人而无情地逆击。对于老子思想虽然也逆击了它，而主要的还是顺受的成分为多。对于儒家的态度便是两样，那主要的是无情的逆击，而只走私般地顺受了一些。"

老子毫无疑问是韩非思想的源泉。在《史记》中，司马迁将韩非与老子、庄子、申不害列为同传，并且说韩非喜刑名法术之学，归本于黄老，是很有见识的，也是很有根据的。

老子观察自然界，得到了无为的启示，后来将它应用到政治上来，主张无为而无不为。所谓无为，就是因任自然，不横加干涉，不扰民，让人民自由发展。好静、无事、无欲就是无为。由此达到自化、自正、自富、自朴的客观效果，也就是"无为而无不为"。庄子讲的无为是对有为而言的。他主张君道无为，臣道有为；无为是君德，有为是臣道。

韩非继承了老庄君德无为、臣道有为的思想，进而发展成一种统治方式。他认为，君主一人的智力不敌群臣的智力，要使贤者效忠，智者尽虑，君主应当掌握一套驾驭群臣的方法，自己不要去管具体的事项，只有这样才能"无为而无不为"。具体说来，无为的方法是抱法处势，静观群臣，以实际功效来检验群臣的言行，以赏、罚二柄作为驱使群臣的工具，循名责实，信赏必罚。表面上虚静无为，实际上又能迫使群臣尽忠尽力，无为而无不为。以君无为，使臣有为，而收无不为的效果。

在《老子》一书里，道的含义有时指的是宇宙的本体，有时指的是客观事物的规律。韩非也接受了这种观念，他说："道是万物的开端，又是万事万物的是非标准。"

"道"的出现，最初不是专为帝王之便而设的。在老庄那里，道是本体，万物都是道的表象，万物自然都可以成为体道者。从人的立场上看，任何人都可以与道泯合，便是任何人都可以成为"真人"。

而韩非却认为，道是人君的专利，是君主的护符，体道者只能限于君主。道是独一无二的，人君自然也是独一无二的，从而找到了绝对独裁的根据。道是虚静的，人君自然可以是深藏不露的。从这儿进一步向君权的神秘主义方向演进。

《韩非子》中不少地方留下了道家的痕迹，《喻老》《解老》《扬权》《主道》4篇尤为集中。

韩非与墨家　是非是价值判断或价值取向的标准，赏罚则是推行法制的强有力的手段。赏罚的标准由统治者确定，是非的标准虽由统治者判定，但必须得到社会的认可。统治者可以按照自己的是非标准确定赏罚尺度。问题是统治者与被统治者的价值取向有时相同，有时相背。当二者的取向不同时，赏罚的权威性便要接受考验和挑战，这时的国家很可能产生政治危机。只有赏罚合乎社会公认的是非标准，才能收到劝善止暴的效果。否则，就会失去民心。韩非对于这种观念有一定认识，主要是受了墨子的影响。

墨子在《尚同》中提出，上面劝赏的，正好是下面反对的；上面惩罚的，正好是下面赞赏的，这叫作"上下不同义"。假若"上下不同义"，则赏罚不足以劝善，而刑罚不足以止暴。

韩非接受了墨子的这个观点，认为奖赏得到诽谤，惩罚受到赞誉，是上下标准不一样造成的，主张"赏誉同轨，非诛俱行"。也就是要统一是非标准，使社会的价值取向基本一致。

墨子在政治上既提倡"尚同",又提倡"尚贤"。"尚同"是赞成中央集权,要求老百姓在行动上"一同"于君主,在思想上"一同"于君主。"尚贤"则是赞成贤人政治,选举贤人做各级官吏,辅助君主,统治天下。

韩非也主张实行中央集权,"事在四方,要在中央;圣人执要,四方来效"。这在形式上与墨家主张相近。但韩非明确反对"尚贤",认为只有抱法处势,使用权术才能使国家富强,"尚贤"没有实际功效。

循名责实的学术渊源 "名实"是哲学范畴,也是政治问题。儒、墨、道、名、法各家,对这个问题都有讨论。孔子说:"名不正则言不顺,言不顺则事不成,事不成则礼乐不兴,礼乐不兴则刑罚不中,刑罚不中则民无所措手足。"把正名看成是处理国家大政方针的关键。墨子认为名是用来指事物的,事物是实在的,名与实相合,便于人们互相传播知识。庄子说,实是主,名是宾,名应当服从于实。《管子》说:"名生于实。"

韩非也谈"正名"问题。他说:"名正物定,名倚物徙。"一个"名"能确指某一事物,叫作"名正";一个"名"不能确指某一事物,这叫作"名倚",也就是说无法确定其为何物。只有名正了才能循名而责实。

"循名责实",首先见于《邓析子·无厚》。韩非沿用了这一名称,有时变作"形名参同""审合形名"。"循名责实"在韩非的思想中已不单纯是个哲学范畴,而是一种君主驾驭群臣的术。他的主张是：人臣要自己对事物定名,自己去做,然后由君主按名求实,名实相合就赏,名实不合则罚。这是君主禁奸防私、督功责效的工具,是无为而无不为的秘诀。

大概韩非是位讲求实际的法术家,他的思维形式与名家有所不同。他利用逻辑为其法制理论服务。他的逻辑是在探讨历史和观察社会的基础上形成的,所以他的逻辑不是纯理论的抽象,而是实用的、讲求实效的。

早期的名实问题的探讨,重点在探讨名实的关系,也有着政治上的归宿,间接达到政治目的。韩非的"循名责实"已经离开了学术的殿堂,富有政治行动的意义。

3.《韩非子》的思想体系

（1）"好利恶害"的人性论

"喜利畏罪,人莫不然。"在战国时期百家争鸣的思想界,人性问题是各家各派都很重视的题目。各家各派的代表人物对于人性善恶展开了激烈争论和积极探讨。有的人认为人性是善的,有的人则认为是恶的,有的人认为人性有善又有恶,有的人则认为人性无善也无恶。人性善与恶是先秦时期各派思想家争论的中心。

中国哲学史上第一个创立人性论的是孟子。孟子说人性本善，以"生"为性，提高了人性的层次，赋予了价值的肯定。他认为人性是善的，不需要外求。善的本性是人成就道德的内驱力，道德行为是人的言行的累积。一般来说，肯定性善比较重视人的价值，具有民本思想的倾向。孟子说："恻隐之心人皆有之，羞恶之心人皆有之，恭敬之心人皆有之，是非之心人皆有之。"只要引导得当得法，人人皆可以为尧、舜，所以有"民贵君轻"的议论。

性恶论者认为，人性是恶的，人们心甘情愿去做好事是不可能的，因此强调鞭子的作用，鼓吹暴力统治。荀子是第一个正面提出人性是恶的代表人物，但肯定通过教育可以"化性起伪"，人性可以由恶变善。

韩非是荀子的学生，接受了老师的性恶论，把它推到了荒谬的极端。他从社会关系的考察出发，认为任何人都是自私的，追求名利是人的本性，人人都有"欲利之心"。韩非虽然没有像荀子那样直接了当地说人性是恶的，但反复说人性是自私的、自为的，"欲利之心"人皆有之。人性自私就是性恶。

"利之所在民归之，名之所彰士死之。"不论是一般老百姓，还是王公贵族、知识分子，都有利欲之心。人的一切行为都由利欲之心驱使，因此，人人都是唯利是图，人们不论做什么事，无不有其自私自利的目的。为他人、为社会团体、为国家利益的人是根本不存在的。农民种田耕地，士兵冲锋打仗，医生精心为人治病，木匠造车，都不是出于善良的本性，都是为了谋求个人的私利。

他说，农民努力劳作是为了富裕；战士冲锋陷阵是为了得到爵禄；医生为人治病，吸吮伤口的脓血，是受了利的驱使；造车匠人造车，希望人人富贵，是想顺利地将车卖出去；打造棺木的人希望人死得越多越好，也是想顺利地卖出棺木，都是受了利欲的驱使。

韩非认为这种利己的本性，凡人皆有，是不可改变的。利己的动机实际上是当时新兴地主阶级冷酷、残忍、贪婪、无耻的自私性的反映。韩非把它说成是凡人皆有的本性，既抹煞了阶级的本质，又否定了道德的意义。

以自私自利为唯一动机的人，他们的一切思想行为，是不讲求道德价值的。由此出发，韩非认为人与人之间的关系都是利害关系。

利害关系是人生的纽带　韩非认为人人"皆挟自为心也"，因此，人与人之间只是"用计算之心以相待"的赤裸裸的利害关系，不是相互利用、买卖交换，就是勾心斗角、尔虞我诈。一句话：人对人是狼。为了个人的利害，随时都可以把君臣、父子、夫妇、朋友的关系撕得粉碎。朋友可以立刻变成仇人，夫妻可以翻脸变成冤家，温情脉脉可以代之以杀气腾腾，甜言蜜语可以化为唇枪舌剑。

韩非这样讲道：父母与子女之间是利害关系结合起来的。人为幼儿时，父母哺养如果不精心，子女长大时就要怨恨；子女长大成人，供养父母不厚，父母就要怒斥。这都是因为"不周于为己"。父母生孩子，生下儿子就庆贺，生下女儿不高兴，甚至溺杀之。无论男孩，还是女孩，都是母亲十月怀胎孕育的，都是自己的亲骨肉，为什么生下男孩互相庆贺，生下女孩要杀掉，这都是父母为了自己的私利考虑的。既然父母对于子女以计算之心相待，更何况人与人之间并无父子之间的恩泽呢？

夫妻之间的关系也是利害关系。例如，春申君为讨好宠妾而抛弃正妻。又如，卫国某之妻，为其夫祷告，只愿得到百束布，丈夫问她祷告所得为什么这样少？妻子回答说："如果多了，担心你买小老婆。"夫妻之间，在韩非看来，是爱则亲，不爱则疏。丈夫50多岁性欲不退，妇女30岁左右姿色就衰减了。"以衰美之妇人，事好色之丈夫，则身见疏贱。"

兄弟之间的关系也是利害关系。韩非说："灾荒年的春天，因为青黄不接，就连自己的弟弟来了，也不肯管他饭吃；在丰年的收获季节，即使是疏远的过客也要招待他吃喝。这并不是有意疏远自家骨肉兄弟，偏爱过路的客人，而是因为存粮多少不同,影响自己生活的条件不同。"又说：

"齐桓公是个霸主，为了争夺权力杀掉了亲兄弟，这是因为大利的驱使。"

既然人间最亲密的父子关系、夫妻关系、兄弟关系都是与利害联结的，那么，人世间还有什么关系值得信任呢？人与人之间的关系都是利害关系。雇主置备好吃的，不是因为爱佣工，而是为了自利，为了土地耕得深、锄得细。佣工努力耕耘，整治沟畦，不是因为爱主人，而是为了得到美食和工钱，都是从自己的利益出发考虑问题的。"喜利畏罪，人莫不然。"

"人主之患在于信人" 君与臣之间更是一种利害关系。人臣希望无功而受赏，不出力气而富贵。人君需要拿出爵禄来换取人臣的帮助和效力。君与臣之间是一种互相利用的关系，时时刻刻都在互相计算之中。"君以计畜臣，臣以计事君。君臣之交，计也。"对国君有利、对自己有害的事情，臣子是不干的；对国君有害、对臣子有利的事情，国君是不允许的。双方完全是为了取利。这叫作"主卖官爵，臣卖智力"，"臣尽死力以与君市，君垂爵禄以与臣市"。

君与民之间的关系是利害冲突的关系。遇到战争时，君主希望老百姓为其做出牺牲；和平时期，希望老百姓努力耕作，贡献物产，厚养君主。民众当然是不会心甘情愿的。对付老百姓只能依靠严刑峻法，仁义恩爱不足以止乱，而严刑威势可以止暴，君主应当"不养恩爱之心，而增威严之势"。

韩非不相信人有善良的一面，认为人性是恶的，是不可信的。"人主之患在于信人，信人则制于人。"群臣不是骨肉之亲，固然不足信，就是有骨肉之亲的妻室、儿女、父亲、兄弟，也同样不可信。请看他的《备内》篇：

"国君的祸患在于相信人，相信人就会被人控制。做臣子的对于国君来说，不是骨肉亲情的关系，之所以表示臣服是迫于国君的权势。

"做国君的过于相信自己的儿子，奸臣就会借用国君对儿子的宠爱而谋私利，所以有李兑教赵王饿死主父的事件。做国君的过于相信自己的妻子，那么，奸臣就会利用其妻子以谋私利，所以有优施教丽姬进谗言杀死晋献公太子申生，而立丽姬之子奚齐的事件。儿子和妻子的关系对于国君来说，应当是最亲近的了，尚且不可相信，那么，其他一切关系自然更不可信。

"拥有万辆或千辆战车的国君，他们的后妃、太子中，或许就有希望国君早早死去的人。怎样知道有这种想法呢？夫妻之间并不是骨肉关系，爱则亲近，不爱就疏远。俗话说：'母亲受到国君的宠爱，她的儿子就会被国君抱在怀中。'而从相反的方面可知，母亲被国君厌恶，她的儿子就会被抛弃。从生理上讲，男子在50岁的时候对于女色的要求还没有减弱，而妇女过了30岁，她的容颜就会衰老。姿色已经衰减的人侍候对于女色要求尚未衰减的丈夫，很可能被怀疑和疏远，使其子怀疑后来的待遇。这是后妃和儿子希望国君早早死去的因由。母亲只有成为王后，她的儿子才可能继承王位而成为国君。成为国君，才能令行禁止，享受到父王的一切乐趣，拥有指挥万辆战车的兵权，这就是后宫使用鸩毒或扼杀来对付国君的因由。"

韩非将这些自私自利的、冷冰冰的、血腥的、邪毒的、互相算计的"人性之恶"赤裸裸地呈现在人们面前。

韩非道出了人所不能道、不敢道、不屑道的丑恶人性。他只是抓到几个变例，便把它们当成典型的材料加以推演。赵王、丽姬，历史上的确有这样的人；鸩毒、扼杀，也不是没有这样的事。但古往今来，究竟有多少赵王、丽姬，有几件鸩毒、扼杀之事？他把所有的人都看成是坏蛋，加以提防。他反复强调人性是自私的，是恶的，是不能信任的，主要是为他的"君人南面之术"找根据，根本的出发点是为国君独裁统治服务。

治国不务德而务法 利己主义贯彻到底，必然否定任何道德的存在，不承认道德的作用，漠视道德的价值。一句话，私利面前无道德。

在先秦的"义利之辩"中，儒家各派的义利观，尽管在含义上不尽相同，但在理论上基本一致。他们所说的"利"，主要是指个人利益，是"私欲""私事"。"义"主要是调节人们实际利益的道德规范。孔子提倡"见利思义",孟子认为应当把"义"字放在"利"字之前,荀子明确主张"先义而后利"。在义、利不可两存的情况下,他们认为应当"杀身成仁""舍生取义",强调道德的价值,夸大道德的作用。

韩非认为支配人们思想和行为的是利。把这种利的支配作用推到极端,就否定了道德价值和道德作用,从而陷入非道德主义的误区。

近代西方的资产阶级伦理学家,在反对中世纪的宗教神学和基督教禁欲主义的斗争中,一开始就举起了"人性论"的旗帜,提倡利己主义;否定神性,强调人的本能和欲望;否定禁欲主义,强调个人利益和享受,说人是自私的动物。这在历史上曾经起过一些进步作用。但这种非道德主义的理论毕竟是错误的,对于人类历史的发展有很大消极影响。

韩非的非道德主义思想是新兴地主阶级贪欲和权势欲的表现。这种对"利"的肯定,就是对地主阶级剥削制度的赞美,进而发展为对"暴力"的礼赞。正是这一点,导致韩非的法治学说在实践过程中进入了死胡同。

在人类文明史上的任何社会阶段,道德对社会关系都起着调节作用,调节着个人与个人、个人与集体、集体与集体之间的利益关系。一个社会如果没有道德,这个社会的存在是不可想象的。法律当然也是社会调节机制的重要部分，它是通过强制手段实现的。道德和法律是互为补充的，不是互相对立的，不能互相取代。

韩非否定道德的作用，把法的作用推到极端。赤裸裸地鼓吹暴力手段，将法律作为评判一切事物的标准，势必把法制学说导向歧途。这不仅仅是反对儒家的德治、礼制，而且是根本反对道德教化，讴歌暴力，完全是暴力的哲学。韩非直言不讳地说："上古竞于道德，中世逐于智谋，当今争于气力。"力量大就有人来朝拜，力量小就得朝拜别人，"故明君务力"，"不务德而务法"。

（2）"世异备变"的历史观

变古与法古 春秋战国时期是旧制度崩解的时代，每个思想家都不同程度上感受到了变化，有的赞美这种变化，有的表示怀疑，有的认为人心不古，越变越坏。针对这种变化，有人认为应当变古，有人主张不能变古，应当法常。当时的显学——儒、墨两家——都是推崇先王，主张法古。只有法家最现实，公开表示应当法后王。

孔子感受到了变化。他对君不君、臣不臣、父不父、子不子的社会现象不满，同时也认识到一切制度都在发展变化之中。"殷因于夏礼，所损益，可知也。周因于殷礼，所损益，可知也。""因"是继承，"损益"是变革。孔子对互相攻伐的现实表示强烈不满,他希望社会回归到周代的现状。"郁郁乎文哉,吾从周。"

孟子也感受到了社会的变化。"彼一时也,此一时也,五百年必有王者兴。"他看到了历史变化,但认为只是一种周期性的反复过程,古代的制度是美好的,应当恢复古制,主张法先王。

墨子面对动荡不安的社会现实,提出兼相爱、交相利的主张,反对无义的战争,方法上仍是法先王,赞美尧、舜、禹的统治时代。

只有法家在政治的发展方向上是向前看的。他们跳出了复古、托古的樊篱。

《商君书·更法》记载了商鞅与杜挚、甘龙激烈辩论的情况。商鞅从"圣人苟可以强国,不法其故;苟可以利民,不循其礼",说"三代不同礼而王,五伯不同法而霸"。结论是"治世不一道,便国不法古。故汤、武不循古而王,夏、殷不易礼而亡"。这场辩论的结果是,变古派获胜。秦孝公采纳了商鞅变法的建议,通过变法改革,使秦国变得更加强大,奠定了日后统一中国的基础。

政治是现实的,现实的政治家是智慧的。赵武灵王欲采用胡服骑射,在国内组织了一场讨论。赞成者认为,治国应以利民为本,只要能够利民,就应当采用;只要便利国家,便可以实行不同的礼制。"治世不一道,便国不法古。"

古今不同俗，何必死守古代。帝王不相袭，何必遵循古礼。不仅肯定变革是必要的，而且肯定利民利国是标准。

总之，春秋战国时代，人们已普遍认识到人类社会历史是一个变化过程。无论主张法古，还是主张变古，都是对于现实表示不满，希望改变现状。只是要求变革的方向有所不同，有的主张向前看法后王，有的主张向后看法先王。

"世异则事异" 法家的历史观是由主张变法而产生出来的，又是为变法辩护的。韩非的历史观受早期法家的影响，但思考更深刻。韩非反对法古，但对历史的研究很认真，他的解释比较符合实际。在《五蠹》篇中他是这样描述的：

上古时代，人口稀少，鸟兽很多，人民受不了禽兽虫蛇的侵害。这时候出现了一个圣人，发明了在树上搭窝棚居住的方法，来避免禽兽虫蛇的伤害，人们爱戴他，推举他来治理天下，称他为有巢氏。当时人民吃的是野生的瓜果和河蚌之类的东西，腥臊腐臭，伤害肠胃，得病的人很多。这时候又出现了一个圣人，以钻木取火来烧烤食物，化除了腥臊臭味，人们爱戴他，感谢他，就推举他来治理天下，称他为燧人氏。

中古时代，天下洪水泛滥，鲧和他的儿子禹先后负责疏通河道，防治水害。

近古时代，夏桀和殷纣的统治残暴昏乱，于是商汤和周武王起兵讨伐。

如果到了夏朝，还有人要在树上搭窝棚居住，或钻木取火，那一定会被鲧、禹取笑。如果到了殷朝、周朝，还有人把挖河排洪当作最紧急的任务，肯定会被商汤、周武王取笑。那么，在今天还有人赞扬尧、舜、禹、汤、武的政治制度，并加以实行，理所当然要被现代的圣人取笑。

"是以圣人不期修古，不法常可，论世之事，因为之备。"

在这里，韩非把整个中国历史划分为上古、中古、近古、当今4个时期。按照生产状况、社会需求，推演了中国社会由蒙昧而文明的发展序列，强调"世异则事异"。不同的时代，人们的活动重点不同。如果仍然按照旧的方法来处理新问题，就会被人取笑。为此，他讲了一个守株待兔的寓言故事：

宋国有个种田人，他的田里有一棵树。有一天，一只兔子仓皇逃命时，不小心撞到树上碰死了。种田人毫不费力地得到了一只兔子。从此，他丢掉了耕具，一心一意守在树下，等待再有兔子碰死树下。兔子没有等到，他却成了宋国人的笑柄。

值得注意的是，韩非在这里提出了两个很重要的猜想：一是进化论，历史是由低级向高级，由蒙昧向文明演化的；二是原始时代的领袖是推举产生的，而不是上帝授予的。这些思想火花在古代中国一闪即逝，而在近代中国，对启蒙思想家产生了较大的影响。

"事异则备变" 韩非批评儒、墨法先王，是按照他们自己的需要选择历史资料的："孔子、墨子俱道尧、舜，而取舍不同，皆自谓真尧、舜，尧、舜不复生，将谁使定儒、墨之诚乎？"

而韩非又何尝不是这样。他说：

"尧统治天下的时候，住的是没有修整过的茅草房，连椽子都没有刨光；吃的是粗粮，喝的是野菜汤；冬天披张鹿皮，夏天穿着麻布衣。现在的守门奴隶的生活也不比这差。禹在统治天下的时候，亲自拿着耒耜，领着人们挖河，累得大腿消瘦，小腿上的汗毛都磨光了。现在奴隶们的劳役也没有这样苦。如此说来，古代把天子的位置让给别人，不过是互相逃避看门奴仆那样的艰苦生活，摆脱奴隶那样的繁重劳动，所以把天下让给别人也并不值得赞美。

"如今的县令，一旦死了，他的子孙世世代代都可享受荣华富贵，所以人人都很看重这个官职，人们可以辞让古代的天子，却难以舍弃今天的县官，这是因为实际利益大小不同。居住在山上的人，要到溪谷中打水，逢年过节便把水作为珍贵的礼品互相赠送；居住在洼地的人，饱受水涝灾害，需要雇人挖渠排水，自然不会以水相赠。

"因此，古代人轻视财物，并不是因为他们心肠好，而是由于财物多；今天人们互相争夺，也并不是因为大家心地卑下，而是由于财物少。古人轻易辞掉天子的职位，并不是什么风格高尚，而是由于权力不大；今天的人争夺官位，依附权势，也不是什么品德低下，而是因为当官有权有势。

"所以圣人要根据财物多少和其他实际情况制定政策。刑罚轻不能算仁慈，刑罚重也不能算残暴，只要适合社会实际就行。因此，做事要根据时代的需要，而措施也要针对当时的具体情况。"

"事因于世，而备适于事。"这就是韩非的结论。社会实际情况发生了变化，政治措施也应该适应变化了的社会情况。

古时候，周文王统治丰、镐一带，方圆不过百里。他实行仁义的政策感化了西戎，终于统治了天下。徐偃王统治着汉水东面的地方，方圆有五百里，他也施行仁义，有36个国家向他割地朝贡。楚文王害怕徐国会危害自己，便出兵灭了徐国。这说明仁义适用于古代，而不适用于当今。"世异则事异。"

在舜统治天下的时候，三苗部落不顺服，禹主张用武力去讨伐。舜说："不行，我们推行德教还不够深，使用武力是不合乎道义的。"于是，便用3年时间加强教化，最后拿着盾牌和大斧对三苗部落进行示威，三苗部落终于归服了。在跟共工打仗的时候，长武器才能击伤敌人，铠甲不坚固就会受伤。这说明拿着盾牌和大斧对着敌人示威的方法只能用于古代,而不能用于今天。这叫作"事异则备变",也就是情况变了,应付的措施也要跟着改变。

"法与时转则治" "上古竞于道德,中世逐于智谋,当今争于气力。"时代不同,治国的方法自然不同。古今社会风俗不同,政治措施自然不该一样。韩非深深懂得"治与世宜则有功"。为政要因时称事,以变应变。

儒家主张实行仁政,实行德治。这在韩非看来是过时的,毫无实际作用。他讲了一个尘饭涂羹的故事,说小孩游戏,用尘土当饭,用泥浆当汤,用木片当肉,玩得很认真。可是到了晚上还要回家吃饭,因为尘饭涂羹不能充饥。以此嘲笑儒家鼓吹"行揖让""高慈惠""道仁厚"不切实际。

韩非认为儒家的德治在"多事之时""大争之世"是行不通的。只有"去偃王之仁,息子贡之智",坚持推行耕战政策,国家才能强盛。就法制来说,也不是一成不变的。治理社会没有固定不变的常规。法制应当随着时代的变化而变化,治国的方法与社会相适应才能收到好的效果。"治民无常,王先谦曰:当作'唯法为治'。""法与时转则治,治与世宜则有功。"

为了说明"法与时移"或"法与时转"的必要性,韩非又讲了一则寓言,名字叫"郑人买履"。说的是有个郑国人想买一双鞋,他在家里先量好了自己脚的尺寸,就到街上去。等他到了集市,才发现忘了带尺寸,急忙回家拿。等尺寸拿来了,集市已经散了,卖鞋的人走了,结果没有买到鞋。人家问他:"你为何不当场用脚试一试?"他却回答说:"我很相信已经量好的尺寸,不相信脚。"这则寓言,对于那些只相信法律、制度规定,不知道应变的人来说,讽刺得十分贴切。

韩非强调"法与时转"的同时,并没有忽视法律、制度在一定历史时期应当保持其稳定性。他认为法令应具有相对稳定性,不能朝令夕改,把朝令夕改的变法看成是一种亡国征兆。"法禁变易,号令数下者,可亡也。"于此可见,变法与保持法令的稳定性是不冲突的。

儒家标榜法先王,目的是恢复宗法制度,所谓的仁政,就是"亲亲政治"。韩非虽不否认这种宗法政治制度的存在,但并不承认这种制度的实际作用,认为先王治国依靠的是法。

他说:"如果认为君臣关系能像父子关系一样,天下就能治理好,由此推论,天下父子之间就不会有纷争。人们的感情莫过于父母对子女的疼爱,然而尽管父母疼爱子女,家庭未必就和睦。由此推论,君主即使爱他的臣民,何以见得天下就不发生动乱呢?更何况,先王的爱民不会超过父母对子女的爱,子女不一定不背弃父母,那么民众怎能靠仁爱治理呢?至于按照国家的法令执行刑罚,君主为之下泪,不过是以此表现仁爱罢了,而不是要用这种办法来治理国家。流眼泪是不想用刑,这是君主的仁爱,但又不能不用刑,这是国家的法。先王不会听凭自己的感情,而放弃法制。如此看来,道理很明白,不能用仁爱来治国。"

韩非根本不承认古代实行过什么仁政,他所赞美的"圣王"不是仁义道德的化身,而是法制的守护神。

(3)法、术、势之集大成

势的专制 韩非为先秦法家集大成者,熔法、术、势3种学说于一炉,为专制君主制造了一套完整的专制独裁理论。他谈权论势,意在尊主重权;处势讲术,是研究如何驾驭群臣;处势行法,旨在镇压臣民。

韩非以前的诸子,虽然大都有一些专制独裁的议论,但多为只言片语,而真正形成严密思想体系的则是韩非。这套思想体系不仅是集先秦法家之大成,也吸收了儒、墨诸家的一些思想,一直是历代封建王朝实行专制统治的理论基础。

韩非的极端专制独裁理论的核心是"势"。什么是"势"?在《韩非子》中,"势"有两种含义,有时指客观形势,更多的情况下专指权势。

"千钧得船则浮,锱铢失船则沉,非千钧轻,锱铢重也,有势之与无势也。"韩非在这里所说的"势",显然是指客观事物之不同。

他还说:"非天时,虽十尧不能冬生一穗;逆人心,虽贲、育不能尽人力。故得天时则不务而自生,得人心则不趣而自劝,因技能则不急而自疾,得势位则不进而名成。若水之流,若船之浮。守自然之道,行毋穷之令,故曰明主。"这自然也是借客观形势,说明人的主观努力会得到事半功倍之效。

作为政治含义的"权势",韩非说了很多很多,真是不厌其烦。他说:"国家是君主的车,势是君主的马。假若国君不掌握住权势,对于奸佞之臣进行惩罚,势必以德治争取民心。这样的话,等于国君不愿乘自己的车,不骑自己的马,而步行天下。""有才能的人,没有权势,不能制服坏人。""虎豹之所以能胜人执百兽者,以其爪牙也;当使虎豹失其爪牙,则人必制之矣。今势重者,人主之爪牙也。"

关于国君的"势",韩非有时称其为"威势"。他说:"所谓威者,擅权势而轻重者也。""万物莫如身之至贵也,位之至尊也,主威之重,主势之隆也。"

透过这许多譬喻和阐述不难看出,韩非说的"势",就是权势。在韩非看来,权势这个东西重要极了,它是国君治国的根本依凭,"凡明主之治国也,任其势"。它是君主尊贵地位的保障:"国之所以强者,政也;主之所以尊者,权也。"

权势是征服天下的伟大力量,"万乘之主、千乘之君所以制天下而征诸侯者,以其威势也。"他是统治民众的有力武器,"民者固服于势,势诚易以服人","势者,胜众之资也"。

国君的权势与地位是一致的,为了保住自己的地位,必须拥有权势。推行法治和运用权术是维护国君权势的重要手段,保持权势是用术行法的根本目的。韩非的政治本位是君主。

韩非看到了权势的重要,进而把这种权势推向了极端,主张君主集中和掌握一切权力。在前辈法家中,慎到提出任势。他的观念被韩非完全吸收,专门写了一篇《难势》,为慎到辩护,并借机加以发挥。

慎到说:"贤人所以屈服于不肖的人,是由于贤人的权力小,地位低;而不肖的人所以能够使贤人服从,是由于不肖的人权力大,地位高。尧如果是一个普通老百姓,就连三个人也管不了;但桀做了君主,就能够搞乱天下。从这里可以知道权势地位是可靠的,而贤能才智是不足羡慕的。"这是从客观效果上反对尚贤,主张依靠权势。

韩非基于同一理由说:"贤人虽有才能,但无权势,不能制服不肖的人。……桀为天子,能制天下,不是依靠他的贤能,而是因为他的权势很重;尧为普通的老百姓,不能使三户人家以他为表率，这不是因为他不贤能，而是地位太低，权势太小。"

重视权势，固然是韩非接受了法家前辈的遗产，更重要的是这种思想萌生于当时严酷的现实。春秋时期灭国56，弑君72。战国时期的君位之争当然也不会少。这一切都说明，在变革时代，统治阶级内部经常存在着争夺君权的斗争。本来这种斗争是剥削阶级的利害冲突造成的，韩非认为君主失位是因为没有大权独揽导致的。

"独视者谓明，独听者谓聪，能独断者，故可以为天下主。"韩非十分欣赏申不害的这句话，多次加以引用，鼓吹君主独裁，反复告诫君主牢牢把握权势，绝对不许大臣分权。

他说，国君权力被大臣攘夺和窃取的方式有5种：一是大臣幽禁了君主，二是大臣掌握了全国的财政大权，三是大臣可以擅自发号施令，四是大臣推行仁义收买人心，五是大臣结党营私培植私人势力。大臣幽禁了国君，国君就失去了君位；大臣掌握了财政大权，国君就失去了赏赐臣下的权力；大臣擅自发号施令，国君就失去了发布命令的权威；大臣行仁义，国君就会失去人心；大臣结党营私，国君就会失去支持的力量。以上大权都应当是国君掌握的，大臣是不应该操纵的。

权势与国君的关系，犹如水和鱼的关系。鱼离不开水,失之则死;君主离不开权势,失之则亡。权势就是国君的命根子,一时一刻也不能松开。"凡人君之所以为君者,势也。"因为有了权势,国君才显得非常尊贵;失去了权势的国君,就失去了一切。

为了防止失势,国君必须牢牢掌握住赏罚的权力。赏罚是国君驾驭臣下的主要手段。"赏罚者,邦之利器也。在君则制臣,在臣则胜君。……'邦之利器不可以示人'。"

一切国家法令、赏罚、组织等大权,在韩非看来,都必须掌握在国君的手中。法令代表着权势,只有国君才有权发布,臣下只有执行的职权,不得擅自发布命令,不得损益法令的任何内容。所以,"明主之国,官不敢枉法,吏不敢为私利,货赂不行,是境内之事尽如衡石也"。

韩非将那些敢于违犯法规的人,称为"重人"和"重臣",将奉公守法的人称为"贵臣"。"明主之国,迁官袭级,官爵受功,故有贵臣。言不度行而有伪,必诛,故无重臣也。"一切权力都应当集中在国君手中,绝对不容许任何力量对君主的权势构成挑战和威胁。国君对于"重人"的挑战,应当时时刻刻加以防备。防备"重人"窃权弄势的主要措施是起用法术之士,监督"重人"的行为。大臣的爵禄可以很高,但不得拥有自己的军队。

针对那些对国君权力已经构成威胁的"重人",韩非主张用砍伐的手段来对付,"毋使木枝扶疏","毋使木枝外拒""毋使枝大本小""毋使枝茂"。如果一下子铲除不了,那就分几次来进行,这叫作"数披其木"。"木数披,党与乃离,掘其根本,木乃不神。"

在慎到势治理论的基础上,韩非进一步将"势"分为"自然之势"与"人设之势",并宣称他提倡的"势"就是"人设之势"。

所谓"自然之势",是指生下来就获得的权势,也就是继承权。这种权势是继承得来的,不是人力可以随意设置的。权势是固定的,而权势的继承人有贤有不肖。贤人得势,则国家平安;不肖人得势,贤人无力救治。"势治"与"势乱"决定于继承人的贤与不肖。这不是人力可以安排的,在某种条件下决定于运气。因此,韩非不谈"自然之势",主要强调"人设之势"的作用。

所谓"人设之势",是指君主在可能的条件下能动地运用权势。这是劝说君主不要满足于继承得来的权势、地位,而要能动地发挥权势的作用,进一步巩固其权势。

韩非又把"人设之势"分为"聪明之势"和"威严之势"两种。"聪明之势"指的是利用天下人之聪明以为自己的聪明。也就是明智的君主应尽量做到"使天下不得不为己视,天下不得不为己听",深居宫中,利用耳目而明察四海。"威严之势"指的是严刑峻法,犹如雷霆一般。

韩非论势还注意到权力具有中性,不同的人使用,导致不同的结果。"夫势者,非能必使贤者用已,而不肖者不用已也。贤者用之则天下治,不肖者用之则天下乱。……夫势者,便治而利乱者也。"(《难势》)

似乎韩非也注意到了权力必须限制在法律规定范围内的问题。他在《有度》篇中说:"明主使其群臣不游意于法之外,不为惠于法之内,动无非法。"这是说,一切行为应以法律规定为标准。"抱法处势"则治,法是任势的标准和原则,势是行法的后盾和支持。既然在理论上承认君主有任意立法权,又有行政独裁权,防止权力滥用只是说说而已,实际上是无效的。这并不是韩非势治思想的主要观点。

韩非为了强调君主对国家权力垄断的合理性和重要性,有时竟然将君主的独裁与君主的贤能对立起来。在《难势》中,韩非完全赞成慎到反对尚贤的观点,把"势位之足恃"与"贤智之不足慕"对立起来。在《显学》中,他又说:"威势之可以禁暴,而德厚之不足以止乱也。"在《八说》中也说:"母不能以爱存家,君安能以爱持国。"说来说去,权势比贤能更有作用,比德治、比爱更重要。

从他的人性论出发,仁人只是偶尔出现的,不能治国。像尧、舜一样的圣贤,千世一出,少而难求,不能等待。依照他对历史的考察,德治只能用于人口稀少的上古之世,不能用于力的较量的当今世界。

在《五蠹》中，韩非说："鲁哀公，下主也，南面君国，境内之民莫敢不臣；民者固服于势，势诚易以服人。"又说，"以义则仲尼不服于哀公，乘势则哀公臣仲尼。"也就是说，道义的作用是微弱的，权势是根本。君主只要掌握了大权，无论怎样昏庸残暴、骄奢淫逸，都是可以的。当然，韩非也不是不谈君主应该贤能，只是在他的著作中，一旦把"权势"和"贤能"放在一起，他总是极力强调"权势"决定一切，而忽视道义的力量。

韩非强调唯权势是依，是有现实根据的。春秋战国几百年间，政权更替变幻莫测。政局的动荡不安，使人们渴求社会稳定，权力稳定和集中。从这个意义上讲，是无可厚非的。但是，这种思想一旦走向极端，便会祸害无穷。

专制集权必然独断专行，必然是孤家寡人统治。君主对任何人不敢信任，不放心，时时戒备防范，甚至以残暴的手段对付政敌和功臣。这样，那些有才德的人便会被排斥和打击，而那些阿谀奉迎的小人便会受到重用，使政治更加黑暗残暴。另外，极端专权会引发君主的无限欲望，好大喜功，为所欲为，结果是祸国殃民。韩非的专权重势论对后世造成的恶劣影响，也正在于此。

总之，韩非的势治论为中国的专制集权政治提供了重要理论依据，并将君尊臣卑的观念发挥到了极致。在他的笔下，大臣是地地道道的奴仆。在《说疑》中，他说做臣子的应当是"夙兴夜寐,卑身贱体,竦心白意,明刑辟、治官职以事其君;进善言、通道法而不敢矜其善;有成功,立事而不敢伐其劳;不难破家以便国,杀身以安主;以其主为高天泰山之尊,而以其身为壑谷鬴洧之卑。主有明名广誉于国,而身不难受壑谷鬴洧之卑"。国君是国家唯一的主人,国家是国君的家产。大臣是奴仆,必须无条件做出牺牲。这与儒家所提倡的忠臣行为,有过之而无不及。儒家与法家两种学说的出发点虽然不同,但归宿一致,都无条件地推崇专制集权,可见其历史的必然。中国历史上的权力之争多而残酷,恐怕都与权势崇拜有着关系。

术的诡谲 "势"的要义是君主掌握绝对权力,"术"则是君主依靠权势对群臣施展阴谋加以控制的手段。在韩非的著作中,言"术"的部分占有很大的比重。在他看来,君主善于运用权术,才可以稳操胜券,南面高坐,专制独裁。

那么,"术"是什么?韩非有两种回答。在《定法》中,他说:"术者,因任而授官,循名而责实,操生杀之柄,课群臣之能者也。此人主之所执也。"在《难三》中,他又说:"术者,藏之于胸中,以偶众端而潜御群臣者也。故法莫如显,而术不欲见。"前者是指课能之术,后者是君主心中的机密,也就是阴谋权术。一句话概括起来,"术"是君主驾驭群臣的权术,"术"的对象是群臣,"术"的形式是不公开的。

在韩非看来,"君臣不同道",君有君道,臣有臣道,君道无为,臣道有为。君之道是治吏不治民,臣之道在于奉公守法而治民。认为君主统治全国,犹如渔翁用网捕鱼,纲举而目张。民为目,臣为纲。他在《外储说右下》中说:"善张网者引其纲,不一一摄万目而后得,则是劳而难;引其纲,而鱼已囊矣。故吏者,民之本纲者也,故圣人治吏不治民。"君主抓住了治吏的纲,纲举而目张,就可以牢牢统治天下的老百姓。

一则故事说,子产出行,听到妇人哭声,认为这哭声哀而惧,必有隐情,派人查访,得到的结果是:妇人因奸情杀死丈夫,被绳之以法。韩非对子产不仅不表示称赞,反而非难说子产"无术",不抓根本大事,关注小事,于国家无益。

如前所说,韩非认为人的本性是自私自利的,君臣之间的关系是一种互相利用的买卖关系。主卖官爵,臣卖智力,君臣之间的利害冲突是不可避免的。在《孤愤》中,韩非这样说,"主利在有能而任官,臣利在无能而得事;主利在有劳而爵禄,臣利在无功而富贵;主利在豪杰使能,臣利在朋党用私。是以国地削而私家富,主上卑而大臣重。故主失势而臣得国"。因此君主不能靠信义使群臣为自己效力,而要依靠术,使其不得不听从自己驱使。

一则故事说,晋文公在国外流亡时,箕郑是为晋文公保管食物的随从。途中失散，箕郑宁肯饿着肚子，也不肯动用食物，受到晋文公赏识。晋文公回国后，攻克了原（地名），就把这个地方交给箕郑来管理，他说，箕郑忍饥挨饿为他保全食物，肯定不会背叛他。大夫浑轩表示不赞成，他说："以不动饭壶来设想他不会背叛自己，不正是缺乏权术吗？明智的君主不依靠臣子不背叛自己，依靠的是臣子不敢背叛自己；不依靠臣子不欺骗自己，依靠的是自己不被臣所欺骗。"

从统治者的阴暗心理出发，韩非不相信臣子对君主有诚心诚意，甚至认为君臣、父子、夫妇、朋友之间全无信义可言。臣对君是"缚于势而不得不事也"。只有用术，才能迫使臣子不得不忠。君主如果用人无术，不是被聪明的臣子欺骗，便是被愚蠢的臣子误事。"无术以任人，无所任而不败。"君主如果用人有术，便能使臣子各尽其能，各尽其力，忠心事上。

熊十力说："韩非之书，千言万语，壹归于任术而严法，虽法术兼持，而究以术为先。"韩非所言的术，绝大部分是驾驭群臣之术，这是他总结了历史上法家执政的得失，得出"明主治吏不治民"的结论后，所特别强调的。这也就是说，他认为历代"法治"之所以失败，并不是因为法治本身，而是因为君主无术驾驭群臣。细细归纳韩非之术，多种多样，最主要的是"课能之术"，或称"刑名之术"。

"课能之术"是君主考核群臣、检验人才的方法。在《二柄》中，韩非谈到了重点："为人臣者陈而言，君以其言授之事，专以其事责其功。功当其事，事当其言，则赏；功不当其事，事不当其言，则罚。"这是说，君主根据臣子所作的保证和诺言，授予相应的职权，然后按其职权检查其功效，功效与其职权、诺言相符合，就赏；否则，就罚。

在韩非看来，诺言和职权是"名"，功效是"实"或"刑"（形）。"审合刑名"或"循名责实"就是检验职权、诺言与功效是否符合。这种方法又称为"刑名之术"。

为了说明检验诺言、职权与功效是否符合的必要性，韩非讲了一则生动的寓言，名字叫"滥竽充数"。说的是齐宣王喜欢听竽声合奏，每次要三百人一起吹。南郭处士请求为齐宣王吹竽，齐宣王很高兴，就让他享有与其他吹竽人一样的待遇，站在众人之间为他吹奏。齐宣王死后，齐湣王即位，他也喜欢听竽，不同的是他喜欢听单独吹奏，要吹竽的人一个个为他吹奏。南郭处士见势不妙，偷偷地逃走了。原来，他根本不会吹竽，只是在合奏时装装样子。

"滥竽充数"用来比喻那些没有真实本领而混在有本领的人群里充数，十分生动。南郭处士成为人们世代嘲讽的形象。韩非讲述这个故事，重点不是指责南郭处士，而是批评齐宣王用人不加选择，不加检验，贤能不分，智愚混杂。

听其言观其行，诺言必须与功效一致，职权范围必须划分明确，"臣不得越官而有功"，臣下应当尽心尽力于自己的职权范围，不要干那些与自己的职权不一致的事。在《二柄》中，韩非讲了这样一个故事：

从前，韩昭侯喝醉酒后睡着了，管帽子的侍卫官怕他受凉，便把衣服盖在他身上。韩昭侯醒来问谁盖的衣服，左右的人回答说是管帽子的侍卫官。韩昭侯同时处罚了管衣服和管帽子的侍卫官。处罚管衣服的，是因为他失职；处罚管帽子的，是因为他越权。

韩非十分赞赏韩昭侯的这一做法。他认为，韩昭侯并不是不怕冷，而是认为臣子超越职权的害处比他受凉的问题还要严重。所以他称赞说："贤明的君主驾驭群臣的办法是：臣子不要超越自己的职权去建立功业，也不允许说的话与做的事不一致。超越职权的应当处死，建言与职权不相称的要受处罚。"

"审合刑名"时，要求功效与诺言必须一致，"其言大而功小者则罚"，"其言小而功大者亦罚"。因为功不当名的害处大于功效带来的好处。

"审合刑名"之后，必须做到信赏必罚。因为"刑罚不必则禁令不行"，赏罚不中则易生欺瞒之心。行赏不宜太轻，太轻就没有激励作用，调动不起人的积极性。只有赏赐厚重，才能使群臣为自己肝脑涂地。

韩非说，吴起为魏文侯镇守西河时以厚赏激励将士，结果打了胜仗。传说吴起把一个车辕靠在北门外，张贴布告说，谁把它搬到南门，就赏给他一份好田地和一套好房子。有个人把车辕搬去了，果然得到这一丰厚的赏赐。吴起又把一个石赤菽放在东门外，下令说，谁能把它搬运到西门外，与前一次的奖赏一样。于是，人们争先恐后来搬。吴起又以好田好房和封赏大夫鼓励人们勇敢打仗，因此获得了胜利。

同样，惩罚也必须严厉，使任何人不敢有侥幸之心，"必罚明威"。庆赏是利诱，惩罚是鞭策。赏、罚是君主手中的双刃剑，失之，君制于臣；拥有，君制其臣。

针对当时各国君主用人"任誉""任辩"的通病，韩非强调以实际功效考核臣下，提出荐拔贤良之臣，不阿亲贵，不弃贫贱，有能力的就提拔重用，没有能力的就加以惩罚。提倡这种"课能之术"，反映了新兴统治者的基本要求，符合历史发展的潮流。

君主驾驭群臣，首先要识别忠奸，清除奸佞之臣。韩非总结了国君与奸臣斗争的经验和教训，把奸臣的活动规律和惯用手法概括为"六微"和"八奸"。

所谓"六微"，指的是奸臣活动的6种惯用手法。"一曰权借在下，二曰利异外借，三曰托于似类，四曰利害有反，五曰参疑内争，六曰敌国废置。"（《内储说下》）

所谓"权借在下",就是君主的权势被臣下借去,君主就有被蒙蔽的危险。"臣得借则力多,力多则内外为用,内外为用则人主壅。"所以韩非反复告诫君主,君权不可以借给他人。

所谓"利异外借",是说君臣异利,奸臣往往借用敌国的力量以成其私利。所以韩非告诫国君,警惕那些与大国有来往的外交官借用外国的势力达到个人目的的行为。

所谓"托于似类",是说奸佞之臣往往制造一种假象来迷惑君主,达到个人的丑恶目的。为此,韩非讲了一个故事:楚怀王新得美女,怀王的爱妾郑袖为了固宠,就教美女说,楚王很喜欢美人自掩其口,接近怀王时一定要捂住嘴。美女果然这样做了。怀王问郑袖,这是为什么。郑袖说,因为她讨厌大王的气味。有一次,怀王与郑袖、美人三人同坐。郑袖事先吩咐侍卫官说,今天大王有吩咐,必须立即照办。怀王叫美人坐在身边,美人为了讨好怀王,数掩其口。怀王勃然大怒,下令割掉她的鼻子,侍卫官立即挥刀割掉了美人的鼻子。待怀王明白原因时,美人的鼻子早已掉了。这则故事把郑袖之类的奸诈和恶毒描绘得淋漓尽致。所以韩非告诫君主,当自己有所喜怒时,对于臣下乘机对他人的吹捧和攻击必须冷静分析,不可一触即发,造成无可挽救的后果。

所谓"利害有反",是说对于某人有害时,或许对于另一个人正好有利。对于某人的加害,也许是从中渔利者的阴谋。君主应当注意受害者与受益者的关系,从中作出正确的判断,即"有所害,必反察之"。韩非讲了这样一个故事:晋文公时,厨师进烤肉,肉上绕着几根头发。文公看见了很生气,斥责厨师。厨师很冷静地说:"臣有三条死罪:菜刀磨得太快,犹如干将、莫邪,切肉肉断而发不断,这是死罪之一;用木条穿肉而看不见头发,这是死罪之二;火炉炽热,炭火赤红,肉熟而发不烧,这是死罪之三。不知是否有人嫉恨我?"晋文公追查的结果,果然是有人陷害。韩非借此告诫君主,不要干那些亲痛仇快的傻事。

所谓"参疑内争",是说君主不要让自己的宠幸者僭越名分,与显贵的大臣或王后攀比,这样可能导致内乱。不使"廷有拟相之臣","贵妾不使二后"就是这个意思。晋献公时,骊姬得宠,贵比王后,为了使自己的儿子奚齐代替太子申生,以便将来继承王位,便设计杀死申生,遂立奚齐为太子,导致了一场宫廷内乱。韩非告诫君主,尽量防止僭越名分酿成的内乱。

所谓"敌国废置",是说防止敌国按照他们的利益操纵本国的人事安排。对付的办法是严惩通敌分子,追查为敌国利益贿赂的人。内部消除了可乘之机,敌国便无从操纵本国的人事安排。

"八奸"是指奸佞之臣施展阴谋诡计的途径。"一曰在同床",奸臣通过结交后妃,刺探君主意图,借以达到个人目的;"二曰在旁",奸臣通过收买在君主身边的人,以蒙蔽君主的视听;"三曰父兄",奸臣利用君主的伯、叔、兄弟,干扰和侵犯君主的权力;"四曰养殃",奸臣以宫室、台池、歌妓、舞女和宠物来投君主所好,惑乱其心,以谋私利;"五曰民萌",应当防止人臣散公财、行私贿收买人心,而成其私欲;"六曰流行",应当防止人臣利用社会流行的虚浮无用的学说惑乱君主;"七曰威强",应当限制人臣收养侠士剑客,威胁国君和群臣的安全;"八曰四方",应当防止大臣利用外国的势力挟制国君。

针对奸臣施展阴谋的8条途径,韩非提出了应付的对策。这就是:

国君可以喜欢后妃的美丽姿容,但不可以按照她们的意见办事,不许后妃干政。

对于左右亲近的人,只允许他们的言论、行为和职权相一致,不允许他们言行不一,超越职权。

对于叔、伯、兄弟和大臣,可以采纳他们的意见,但要求他们对自己的言论负责,事情办糟了,要追查他们的责任,借以限制其随便建言和不负责的行为。

对于声色玩好,一定要知道其来历和意图,不允许大臣擅自进奉。防止私欲增长的办法是依法供给,限制费用开销。

对于发放财物、粮食这类施舍恩德的事情,一定要由自己发布命令,不允许大臣私下施舍,收买人心。

对于新异言论学说,君主要亲自考察其功效,以防扰乱视听。

对于剑客侠士,如果有军功,不要赏赐过分;如果他们在社会上为私事殴打,不能赦免其罪过,绝对不允许群臣私下收买他们。

对于诸侯的求索,合法的就听从,不合法的要抵制。

奸臣是自私的,是对国家有害的,是国君的敌人。他们小则中饱私囊,大则篡夺国家权力,取君位而代之。然而奸臣行奸是隐蔽的,觉察很不容易。君主必须用权术,严禁一切不合法的行为,尽可能把奸邪行为都消灭在萌芽之中。在韩非看来,防奸的主要办法是:

其一,反复申明利害,这叫作"明说以诱避过"。也就是通过正面的告诫,使臣下懂得忠君的好处、奸佞的危险。

其二,对于大臣要"以三节持之"。也就是说,控制大臣要采用3种办法:一是把他的妻子作为人质;二是为了安定其心,爵位越高越好,俸禄越重越好;三是严格考核,严厉惩罚,必要时把他关进监狱里。这好比驯乌一样,先把乌的翎毛折断,折断了翎毛的乌只能依赖于人才能得到食物,不得不驯服。聪明的君主也必须使臣下的生活依赖于君主发给他的俸禄，没有国君给他的这份俸禄，他就无法生活下去，所以他不得不表示服从。不仅如此，大臣的生命也要掌握在君主的手中，他的妻子和家人又是人质。背叛君主，就有杀身之祸。君主以三节持之，大臣不敢背叛其君主，不服也得服。

其三，不使大臣结党营私。君主要注意奖励那些没有派别的人，惩罚那些互相包庇犯罪的人。对于那些已经结党的人，要故意挑起他们之间的私斗，然后趁势解散其朋党。

其四，"疑诏诡使"。疑诏，就是下达某些诏令，使群臣互相猜疑，互相戒备，不敢为非作歹。诡使，就是派遣密探，侦察臣子的行动，使臣下处在监视之下，不敢胡作非为。商太宰使人巡视街市，发现市的南门外牛车很多，便召市吏责问说："市门外为什么有那么多牛屎？"市吏对于太宰掌握的情况感到惊惧，办事非常谨慎。韩非很赞成太宰的这种做法，认为可以通过这种手段，对群臣进行警告。

其五，深藏不露。这是要求君主对臣下的密奏要不露声色，藏在心中。因为君主如果不善于保密，臣下就不敢直言陈请，君主就不会取得人们的信任。

其六，故弄玄虚，试探真情。举臣任事的标准，对于君主来说，首要的是试探臣下是否忠诚老实。韩非很欣赏这样一个实例：韩昭侯在一次宴会上，故意将一只鸡爪子握在手中，假装说丢了，要求群臣快点把它找回来。一些大臣就把自己面前的鸡爪子割下来，送给韩昭侯。在韩非的著作中，这类实例是很多的。

其七，要求臣子绝对忠诚，不以是非为标准。韩非认为，"贤者之为人臣，北面委质，无有二心，朝廷不敢辞贱，军旅不敢辞难，顺上之为，从主之法，虚心以待令而无是非也"。别管君主对不对，臣下都要听从，不要问方向，不要问是非，只要听号令。无条件忠君，就必须顺从君主的意志。如果不能无条件忠君，那就宁可要不贤无能的忠心者。所谓"有道之主，不求清洁之吏"，就是这个意思。

其八，怀疑一切。韩非认为，君臣之间没有骨肉之亲，臣下臣服君主是臣服权势，奸臣时刻都在寻找夺权的机会。赵公子成为了夺权，勾结李兑，饿死了自己的父亲。连儿子都不可信，还有什么臣子可以信而不疑呢？韩非抓住了这个特殊的事例，告诫君主什么都不可信，应该怀疑一切。

其九，"易视以改其泽"。也就是从不同角度观察情况，以便排除假象，获得真情。

其十，杀人。做事不择手段，杀人也不择手段，需要杀就杀，不要问可杀不可杀。"赏之誉之不劝，罚之毁之不畏，四者加焉不变，则其除之。"这大概是对付不服从自己的元老重臣的最后手段，给他荣誉，起不到激励作用。惩罚他吧，他又不害怕。让他活着吧，碍手碍脚的，干脆杀了。有名目的就公开杀，实在找不到合适理由的就暗杀。杀人不能手软，"忍不制则下上，小不除则大诛"。他举例说，晋厉公不忍把六卿统统杀掉，结果自己被剩下的三卿所杀。

总之，禁奸、防奸最好的效果是，使臣下不生奸邪之心，打消奸邪念头；实在做不到的话，就要尽可能做到使任何人不敢讲对君主不利的话；最低的目标是禁止奸邪活动。所以韩非说："禁奸之法，太上禁其心，其次禁其言，其次禁其事。"用术以御群臣的方法，就是运用权谋加以捉弄，目的是臣下无条件地服从，成为奴仆，成为依赖于主人生活的断翎的"鸟"。

韩非认为，与君主防奸的同时，奸邪之臣也在千方百计窥伺君主的活动。"篡臣"了解君主的活动以便作出篡窃决策；"佞臣"要摸清君主的爱好，以便投其所好；"奸臣"的窥探是为了"谲主便私"，结党拉派，排斥异己。君主防奸，一方面要用权术和阴谋来了解奸佞之臣的活动规律，另一方面要防止奸臣对君主的窥伺。为了防止臣下对自己的窥伺，君主应当讲究自我神化之术。

所谓自我神化，就是把自己装扮得神秘莫测。自我神化的基本要领是虚静无为。所谓的虚静无为，不是什么也不做，而是表面上装得无所欲，无所好，没有个人成见；去其智，绝其能，不在臣子面前表现聪明，使臣下不了解君主的意向；掩其迹，匿其端，使人感到君主神秘莫测。

"君见其所欲，臣将自雕琢……君见其意，臣将自表异。故曰：去好去恶，臣乃见素。"这是说，君主如果公开表现出自己的欲望和意向，臣下就会为迎合君主的好恶，而进行自我表现，自我掩饰。如果君主不表露自己的好恶，臣下无从知道君主的意图，他们只好各行其素，显现出本来面目。

"好恶见，则下有因，而人主惑矣；辞言通，则臣难言，而主不神矣。"这是说，君主表露了自己的感情，臣下便会设法利用这种感情，使人主受到迷惑。对于大臣的奏言，如果不注意保密，势必导致群臣不敢说话的严重后果。如此这般，君主的神化效果不佳。

由此看来，韩非所说的"虚静无为"，不是要君主无所事事，无所视听，无所决断。恰恰相反，是为了独视、独听和独断。"虚静无为"的全面含义是：表面上去好去恶，去智去能，实际上是要循名责实，按法以治众。不管小事是为了大权独揽。尽人之力，尽人之智，功劳归于自己，罪过诿之他人。自己事事主动，永远正确，完美无缺，无可指责。这就是自我神化。

韩非的自我神化之术，是对申不害提出的"窜端匿疏，示天下无为"思想的进一步发挥。老子的无为思想的消极意义，经过申、韩的改造，变成为君主积极进取的南面之术，诡谲的成分越来越浓，对于后世君主影响极大。

防奸之术与自我神化之术的提出和发挥,是春秋战国时期激烈而复杂的政治斗争的反映。在这新旧交替的过渡时期,旧的等级名分观念严重动摇。当大臣的势力发展到足够强大时,"上下易位",篡权夺国的事情就会发生,这类事件屡见不鲜。所以说"群臣皆有阳虎之心"。同时,列国在争雄过程中,往往互派间谍、说客,互相寻找代理人。这种情况显示了斗争的复杂性,斗争的复杂性使国君们产生了严重的不安全感,从而需要讲究防奸之术。防奸之术是现实政治斗争的需要,是为国君设置的,因此最受当时国君们的青睐。

"术"是诡谲的,是不便公开宣传的;"术"是政治斗争的手段,是不讲道义的。

法的冷峻　臣不忠,以术治之;民众不服,以法处之。什么是法?在《难三》中,韩非说:"法者,编著之图籍,设之于官府,而布之于百姓者也……故法莫如显,而术不欲见。是以明主言法,则境内卑贱莫不闻知也。"在《定法》中,韩非又说:"法者,宪令著于官府,刑罚必于民心,赏存乎慎法,而罚加乎奸令者也,此臣之所师也。"

综合这两句话的大意,可知韩非所说的法是由君主制定的,明文公布的,要求百姓共同遵守的法律规定。这个法典保管在官府中,由官吏来掌握和执行。

韩非对于"法"的解释无疑是针对现实社会的。作为君主，一方面面对群臣，另一方面是汪洋大海一样的民众。民众的力量是巨大的，压服民众是必需的。像韩非这样敏锐的政治家，无论从哪一方面都能感受到这种潜在的威胁。要巩固君主的权势，压服民众，术的作用是有限的，所以他明确提出用法来对付老百姓。"一民之轨莫如法。"

韩非认为，以一人之力控制全国是很困难的，"少能胜之"，但可以借助于法和群臣的帮助达到这个目的。"法"之所以能使国君以一人之力控制全国，是因为国君用法术掌握了整套的官僚系统。官僚系统是法的执行者，"以吏为师"就包含了这种含义。

在韩非看来，国君的统治目标是实现国富兵强，而达到国富兵强的基本途径是耕战，法的基本作用是培养耕战之士。

韩非说："能越力于地者富，能起力于敌者强。"又说，"富国以农，距敌恃卒"。国家应以耕战为本，以工商技艺为末。至于言仁义、任侠行、谈文学、善辩论的儒墨各家都是蠹虫，应在禁止之列。这种耕战政策，只以农民劳动和战士杀敌为富强手段，通常忽视个人的价值和福利，强调国家利益高于一切。

按照这种政策，只有耕战才有实际功效。法律的作用就在于使民众完全成为耕战的工具。韩非认为，法律要禁止游宦之民，而推崇耕战之士。不仅如此，法律还要使工商游食之民少而名卑,"以寡趣本务而趋末作"。所以民众的基本标准是:勇于作战,努力耕作,孤陋寡闻,服从命令,纯厚笃敬,毫无个性,是由君主任意摆布的人。

法律和政策规定民众的职业,固然是当时条件下对耕战这一主要事项的保护,同时也是对人的职业自由的限制,难免不激起反抗。此所谓"细民恶治"。

"细民恶治",社会发生动乱,国君应当以兵刃来对付,实行严厉的镇压。

农耕要流汗,战斗要流血。"民之内事莫苦于农","民之外事莫难于战"。那么,怎样才能使民众走上耕战之路呢?办法就是重赏和重罚。重赏使人多流血和汗,"民见战赏之多则忘死"。重罚则使人不怯战。

法是国君乘坐的船和车子,没有它,就无法前进。实行法治,国家就会强大。否则,国家就会削弱。魏国实行法治,奖励耕战,有功必赏,有罪必罚,国富兵强,曾经威震天下。然而法治松弛以后,国家削弱而不振。赵国也是同样,在法治严明时期,曾经使强大的齐国割让了一片领土,然而法治一松弛,国家就削弱了。

"治强生于法,弱乱生于阿,君明于此,则正赏罚而非仁下也。爵禄生于功,诛罚生于罪,臣明于此,则尽死力而非忠君也。君通于不仁,臣通于不忠,则可以王矣。"这是说,君主治理国家,不要讲什么仁义,只有实行法治,才能使国家由弱变强。要求臣下尽死力为君主效力,不是依靠其忠心,而是利用赏罚,使他们不得不拼死卖命。

实行法治,则强;放弃法治,则弱。关于法治的学说,韩非总是把严刑与重赏相提并论。二者之间比较,尤其强调的是严刑,是残酷的镇压。

韩非说:"夫严刑重罚者,民之所恶也,而国之所以治也;哀怜百姓,轻刑罚者,民之所喜,而国之所以危也。"这里把严刑重罚与国家大治联系起来,又把百姓喜欢轻刑与国家大乱联系在一起,十分荒谬,是赤裸裸地鼓吹暴力。

韩非明明知道老百姓讨厌严刑重罚,却说:"法重者得人情,禁轻者失事实。"为了自己的结论,可以不顾矛盾。

"夫严家无悍虏,而慈母有败子。吾以此知威势之可以禁暴,而德厚之不足以止乱也。"在他看来,严厉才是真正的慈爱,杀人才是功德。唯有恐怖,才能使社会安定。

韩非的结论是:"行刑重其轻者,轻者不至,重者不来,此谓'以刑去刑'。罪重而刑轻,刑轻则事生,是谓'以刑致刑',……""以刑去刑"是先秦时期法家的一贯主张,轻罪重罚的逻辑是:轻罪重罚使人们不敢犯轻罪,自然也不敢犯重罪。这一逻辑带来了严重的消极影响,既然可以对轻罪实行重罚,法律也就失去了量刑的标准,法律不能成为量刑的标准,必然是滥施刑罚,结果必然是无法。

"以刑去刑"在现代刑法理论中,被称为重刑主义,或称威吓主义，或叫预防主义。这种理论认为，人类有畏惧心，恐吓可以预防犯罪。这虽然有一定道理，但太片面。人的犯罪，有时是暂时失去理智，单独采取恐吓并不能解决问题,尤其是一切事情的处理都应有个限度。"民不畏死，奈何以死惧之。"秦帝国的灭亡，足以证明严刑重罚的失败。

与严刑重罚联系在一起的是鼓励告密，实行连坐。韩非说："去微奸之奈何？其务令之相规其情者也。则使相窥奈何？曰：盖里相坐而已。禁尚有连于己者,理不得相窥,唯恐不得免。有奸心者不令得忘，窥者多也。如此，则慎己而窥彼。发奸之密，告过者免罪受赏，失奸者必诛连刑。"这是要人们互相监督，互相揭发告密，互相连坐。真是刻毒之至，残忍至极！

先秦法家最响亮的口号是以法治国，要求一切事情的处理以法律为标准,要求人人遵守法律。例如《管子·任法》说："君臣上下贵贱皆从法。"

韩非继承了前辈的这一主张，认为立法的目的是"废私"。他说："夫立法令者以废私也，法令行而私道废矣。"他还进一步提出："法不阿贵，绳不挠曲。法之所加，智者弗能辞，勇者弗敢争，刑过不避大臣，赏善不遗匹夫。"这是说法律不屈从任何权贵。无论智者、勇者，无论大臣还是普通老百姓，都必须遵守法律，在法律面前都是平等的。这是韩非法制思想中最积极的成分。人们说，先秦法家的法治具有法律面前人人平等的精神，就是根据这些资料而来的。

但是这些光辉的思想成分，又被其他思想主张排斥而黯然失色。君主是法的规定物，还是法是君主手中的玩物，这是古代法制和近代法治的根本区别。韩非虽然强调"法不阿贵"，而这个"贵"并不包括君主本人。他认为法律是君主按个人的意志设立的，君主可以随时变更法令，法令对君主没有任何约束力。从逻辑上讲，只要有一个人高于法，事实上就不存在法律面前人人平等。这正像下棋一样，如果有一个棋子不受任何约束，棋就不成为局。一个特殊的棋子，不受限制，就可以否定全局。法家的君主就是这个特殊的棋子。

由于立法权的不同，导致了近代法治与古代法制性质与原则的根本区别。韩非所提倡的法制是帝王统治人民的工具，而近代民主政治所提倡的法治，是要限制政府的权力，保障人民的自由权利。韩非主张把权力全部集中在君主手中，实行独裁统治；近代法治主张三权分立，既各自独立，又互相制约，任何人都要服从法律。三权分立的目的是防止独裁和暴政。先秦法家只知道权力的重要性，不懂得权限的必要性。

"法不阿贵"在中国法制思想史上毫无疑问是最积极的思想成分之一。但是，它最终被其他思想主张排斥了、掩盖了。尽管如此，作为积极的思想，它的影响一直存在。民众一直把"法不阿贵""王子犯法，与庶民同罪"作为政治清明的标准之一。

韩非论述法制时，还提出了"无离法之罪"的观念。他在《大体》中说："使人无离法之罪，鱼无失水之祸。""无离法之罪"的意思是，治罪依据法律，法无明文规定不为罪。这种思想与现代法律思想中的"罪刑法定主义"很相近。

"罪刑法定主义"是现代民主国家法律的基本原则和精神。所谓罪刑法定，就是罪刑应当由法律明文规定，法无明文规定不为罪。这主要是为了保障人权，保护国家的立法权。1789年法国的《人权宣言》明文规定，没有法律规定不得加人罪名，禁止法律溯及既往。中国古代法制史上从未实行过"罪刑法定主义"的制度。但其思想在先秦法家的典籍中曾经出现过。《管子·法法》中所说的"令未布而罚及之，则是上妄诛也"，就是这个意思。

韩非明确提出"使人无离法之罪"，强调依法办事，"不急法之外，不缓法之内"。"明主使其群臣不游意于法之外，不为惠于法之内，动无非法。"在法制思想史上这些主张是有积极意义的。可惜，这种思想主张只是一种飞逝的流光，一闪即逝，对于后世影响很小。

禁绝一切背离法令的思想和学说，是先秦法家代表人物的共同主张，也是极端专制主义的表现。例如，《商君书》

认为法家以外的各家代表人物是虮子、臭虫之类的害虫，主张予以灭绝。韩非继承了商鞅的思想，主张禁绝百家之言，不允许其他任何学派存在。韩非认为所有人的思想方式和言论准则都要"以法为本"，"境内之民，其言谈者必轨于法"。

韩非主张禁绝百家之言，主要理由是：儒、墨各家的仁爱之论违反了人的本性，与法治对立。法治要求按法处理问题，仁爱强调的是同情心，在政治上表现为人治或心治，而人治与心治没有客观标准，不利于国家的耕战政策，会招致政治上的衰乱。

为了把遵守法令、听从长官指挥和向长官学习结合为一体，韩非提出了"以吏为师"的主张。"明主之国，无书简之文，以法为教；无先王之语，以吏为师；无私剑之捍，以斩首为勇。是境内之民，其言谈者必轨于法，动作者归之于功，为勇者尽之于军。"从教育的角度讲，"以吏为师"与当时流行的以贤人为师有重大区别。以贤人为师，看重的是知识、认识和道德。"以吏为师"是抛弃知识和道德，使教育完全从属于政治统治。这当然不利于人们对知识的追求和探讨。

在韩非看来，国君只需要3种人：耕作的农民，战斗的将士，辅助君主统治的法术之士。除了这3种人之外，其他行业都是无用的，或是有害的。这种赤裸裸的文化专制主义是极为有害的,影响十分恶劣。

人类不同于动物的重要标志之一,是人类有能动的意识活动,有丰富的精神生产。把法作为人们行动的规范,从法学的观点看,是合乎逻辑的,但用来制约人们的精神活动就太过分了。先秦诸子中主张思想文化专制的当然不只是法家,不只是韩非,但韩非却是最专横的代表。

(4)韩非与马基雅弗利

西方的"韩非" 当中国封建专制主义统一国家即将出现的时候,韩非精心撰写了一本专门探讨帝王统治术的著作,为建立封建专制主义政权提供了理论依据。无独有偶,当意大利的资产阶级希望建立中央集权的统一国家的时候,马基雅弗利对于君主的统治术进行了专门研究。

马基雅弗利(Niccolò Machiavelli,1469—1527)是意大利佛罗伦萨人。1494年成为共和国的官吏,曾被派往一些国家充当外交使节。尖锐复杂的国际国内政治生活激发了他对君主统治术研究的热情。马基雅弗利的主要著作有《君主论》和《对迪特·李维最初十部著作的研究》。

《君主论》,或译称《霸术》,或译称《君王论》,于1513年写成。这是作者献给佛罗伦萨大贵族罗伦佐·美第奇的策论。1532年正式在罗马印刷出版,20年后被列为禁书。但是它已经传出国界,被翻译成拉丁语,在欧洲广泛传播，被认为是资产阶级政治学的第一部著作。

《对迪特·李维最初十部著作的研究》是一本关于罗马史的论著，这本书大约与《君主论》同时完成，也曾以书写本流传于世。这本书的思想基本包含在《君主论》中，只是关于政体的主张有所不同。

马基雅弗利的最后一本书是《佛罗伦萨史》，没有写完就死了。

《君主论》的基本内容　马基雅弗利在这部著作中，一反中世纪人们研究政治问题的方法，从现实经验出发，总结了意大利长期战乱分裂的原因，提出必须建立强有力的中央集权国家，才能实现意大利的统一，有利于社会经济的发展。他祈求一位力挽狂澜的救世主出现。"目前让意大利最后出现其救世主的机会是千载难逢的，万万不应错过。在备受外夷蹂躏与操纵的一切省区，人民对这位救世主将怎样热爱和拥护，怎样对他坚决信仰，怎样为之尽忠效力，怎样感激涕零啊。他们对于外夷何等渴望报复啊。这些都是我的言词所不能形容于万一的。"

他在构思国家政体理论过程中是充满内心矛盾的。在《对迪特·李维最初十部著作的研究》这本书中是歌颂共和制的，而在《君主论》中则狂热鼓吹君主制。在他看来，一个国家究竟采取什么统治方式，要从实现目的功效出发，不承认有超时代、超民族的统治方式。他认为，鼎盛时期的罗马共和国是最理想的楷模。这个国家包含着市民和统治者的共同德性，市民与国家利益协调一致，统治者能牺牲自我为国家献身服务，从而造成了这个国家政治、经济的辉煌业绩。他觉得这种共和国：在瑞士和德意志诸邦或许有实现的可能，但在意大利是根本不可能的，原因是，共和政治一定要以人民的德性和秩序为前提，而意大利的市民，德性颓废，秩序紊乱。在这样的国家，唯一的出路是建立绝对君主独裁制，通过强有力的君主统治来克服分裂，重塑人民的德性，恢复社会的秩序，繁荣经济，使国家走向强盛。治理乱世需要君主制，这就是他的结论。

《君主论》的主要内容是论述君主如何取得政权，如何维护政权。作者从目的总是证明手段正确的原则出发，极力主张君主不应受任何道德准则的约束，可以不择手段去实现目的。

马基雅弗利认为人性是"自私的""富于侵略性的""邪恶的"。他说，"人类是不知道感恩图报的，变幻无常的，虚伪的，临难图苟免，而且贪得无厌"。从这种性恶论出发，他认为国家应以功效为准则，凡是有利于达到政治目的的手段，都是正当的。国家权力不以道德和宗教为根据。只要对统治有利，不论道德或不道德，基督教或异教，均可采用。

他断言，任何一种权力都追求更大的权力，国家就是对内部的敌人和对邻近诸国不停地施展力量。统治者只有到了有足够强大实力的时候，才能防止国内的无政府状态，才能解除外国的威胁，建立良好的秩序。关于国家的实力，马基雅弗利明确指出是军队。

关于得国之术，他认为，君主要统一国家，取得政权，就必须精心研究外交术，因为尔虞我诈的外交术有时比武力更容易达到目的。为了取得统治，必须给被统治者提供适度自由，区别对待臣民，要团结那些支持自己的人，消灭那些背叛自己的人。可以使用暴力，但不能滥用，得民心才能得天下。与邻国结盟，条约必须有利于自己。假如这个条约在履行过程中，变得不利于自己，就应当随时撕毁它。君主必须懂得战争艺术，重视军事，每逢战争，君主必须亲临前线，鼓舞士气。

关于治国之术，他认为，君主要巩固自己的统治，就必须采用暴力与欺骗相结合的方法，学会同时扮演狮子和狐狸两种角色，既有狮子的凶猛，又有狐狸的狡猾。只有娴熟地交替使用软硬两手，使各种力量相互牵制，才能便于操纵，加强控制。

马基雅弗利认为人性是恶的，君主如果处处想表现自己的善、自己的良知，势必亡国杀身。"一个君主如欲图存，就必须知道如何做好，如何做不好，必须懂得什么情况下使用这一手，什么情况下使用另一手。"

在日常生活中，被人们赞扬的善德，无非是慷慨、乐善好施、慈悲、言而有信、强悍、果敢、人情味、贞洁、诚恳、平易近人、稳重等等。一个最理想的君主，应该具备上述每一种善性。但这是环境不允许的，因而是不可能的。一个明智的君主要尽量避免因某一恶德受到责难。"然而如果没有那些恶行就难以挽救自己国家的话，那么由于这种恶行而受到物议是不应介意的。"

在马基雅弗利看来，一个深通世故的君主应该懂得慷慨不能使自己扬名于世，而只能受害。这是因为，真正的慷慨到头来会使自己没有东西可以慷慨地使用。这样一来，要么变成一个穷光蛋，受人轻视；要么为脱离贫困而变得贪婪，为人所恨。

一个君主最好是被人民认为仁慈，而不是残酷，但要注意不能仁慈过分，必要时不怕承担残酷的恶名。比如说，一个篡权的君主，为了巩固自己的地位，就应当一鼓作气将反对党人实行杀罚处置，搞得越狠越坚决越好，日后笼络人心相对较为容易。至于君主受人爱戴与令人畏惧，哪一个更好呢？就愿望来说，兼而有之最好。但这很难做到。"对此二者必须有所取舍时，对于君主来说，也许是令人畏惧比受人爱戴更安全。"人民爱戴是基于他们自己的自由意志，而感到畏惧则基于君主的意志。明智的君主应该依靠自己的权力，而不是依靠他人的意志。不过，令人畏惧与使人憎恨是两回事,一个君主如果不能博得人们的爱戴,无论如何应避免被人们憎恨。

马基雅弗利认为,君主完成大业不必讲信义。因为从历史上看,常常是那些不讲信义的君主完成了大业。所以,君主要善于运用权谋,把握利害关系,假如讲信义对自己不利,明智的君主就不应该遵守信义。

精明的君主要把自己装扮成具备一切善德的人,一旦露出马脚,露出破绽,就应当机立断,把一切罪责推到少数下级官吏身上,要及时转移民众对自己的憎恨。

马基雅弗利在他的《佛罗伦萨史》中,还提出了厚武薄文的观点。作者说:"贤者早已识破此理而垂训后世,说武备在文学之上,军官较学者为急,只有当国家拥有精良的军队时,方能得到胜利,并可以维持和平,而使精良军队腐化,使城市生活淫逸的方法,莫过于文学。"

东西方权术之比较 韩非与马基雅弗利相比,他们生活的时代相差1700多年,前者的论著是为封建专制主义统治制造理论根据,后者是为即将登台的资产阶级摇旗呐喊。两部著作的重点都是研究君主的统治术,所以内容十分近似。

他们都认为人性是自私自利的,君主的统治不能建立在道德基础之上。不同的是,韩非认为道德教育毫无作用,只有法律可以禁暴止奸,君主统治人民的手段是赏、罚二柄。"刑过不避大臣,赏善不遗匹夫。"马基雅弗利认为道德可以分为两类,君主兼有一切善德是不可能的,但应避免使自己灭亡的恶德。假若恶德对自己有利的话,不妨使用一下。美德可以装饰自己,但不可过于相信它,如果一切照着做,就会招致灭亡。

韩非主张实行赤裸裸的暴力统治,鼓吹重刑主义,轻罪重罚,"以刑止刑",实行恐怖统治。马基雅弗利主张软硬兼施,欺骗与暴力交替使用。韩非认为驾御群臣必须依靠自己的威势,权势对于君主来说,犹如猛虎、雄狮的爪牙,失去了权势,就失去了爪牙。马基雅弗利认为,君主应当既是猛狮,又是狡猾的狐狸。"他就应该效法狐狸和狮子。因为狮子不能够防止自己落入陷阱,而狐狸则不能够抵御豺狼。因此一位君主必须是狐狸,以便认出那些陷阱;同时又是狮子,以便使豺狼恐惧。"同样,韩非笔下的君主既是狮子,又是狐狸。他建议君主要利用一切权术,隐藏自己的意见和情感,故意放出虚假信息,试探臣下想法。这不正是要君主像狐狸一样狡猾吗?

马基雅弗利认为:"目的总是证明手段是正确的。"鼓吹为达目的可以不择手段,不讲信义,不讲道德和情感。韩非同样认为,君主驾御臣下应以"三节"持之,对于那些赏罚不起作用的大臣,坚决镇压,有罪名的按罪名杀掉,没有罪名的就暗杀。马基雅弗利认为君主为完成事业,巩固统治,可以不讲信义,随时撕毁条约。韩非则认为:"人主之患在于信人,信人则制于人。"千万不可信任任何人,民众不可信,群臣不可信,朋友不可信,父母兄弟不可信,妻子儿子不可信。人人皆有篡逆之心,对于任何人都要防备。忠、孝、仁、义全是假的。

马基雅弗利认为国家应以功效为标准,主张"厚武薄文",军队比文化重要,"文学"使军队腐化、城市生活淫逸。韩非认为国家应以耕战功利为标准,使国家富裕的是农民,使国家强大的是军队。国家要富强,就要实行耕战,使更多的人参加耕战,把好土地赏赐给打仗有功的将士。凡是不利耕战的人,都要禁止和限制。"儒以文乱法,侠以武犯禁","言谈者(纵横家)为势于外","患御者(逃兵役的人)"和"商工之民"都不利于耕战。国家政策应使"商工游食之民少而名卑,以寡趣(趋)本务而趋末作"。国君不仅应禁止游食之民(即儒士、侠士和纵横家),而且要限制商工之民。他们都以功效或功利为标准,都主张加强军队建设。不同的是前者以工商资本家为致富的动力,后者则以农民和地主为财富的创造者。

《韩非子》与《君主论》的命运也很相似。《君主论》一问世就遭到教俗统治者的责骂,在国内被列为禁书。实际上,大大小小的专制君主都把它当成"为君之道"的教科书,恭恭敬敬地捧读。《韩非子》在秦朝实践失败,韩非、李斯、秦始皇、秦二世、赵高等人成为残暴统治的代名词，受到人民唾弃。但历代君主虽然表面上不再以韩非的思想作为统治的理论依据，但在"黄老之学"和"阳儒阴法"的掩护下，继续把韩非的君人南面术奉为秘宝，个个私下精心研读，反复实践发挥。翻一翻二十五史，扫视一下有关帝王的记录，字里行间，无不写着君臣之间的阴谋与反阴谋活动。韩非的权术被翻来覆去地使用，花样翻新，越来越绝。

4.《韩非子》的文学贡献

（1）"论事入髓，为文刺心"

韩非是思想家、政治家，同时在文学史上也占有重要位置。

今本《韩非子》55篇，体裁多样，有长篇论文，有短篇杂文，既有驳难体史论，又有纲目式经说。尽管大部分是议论文，其中也有以记叙为主的寓言故事。基本上是散文，间有散韵结合的韵文。内容丰富，风格各异，众体皆备，绚丽缤纷。

先秦长篇专题议论文，草创于《墨子》，到《荀子》奠定基础，《韩非子》则又前进一步。其体制更加宏大壮阔，结构严密复杂，文笔犀利，辩论剀抉精微，"论事入髓，为文刺心",带有鲜明的论战特点。《显学》《五蠹》《说难》《孤愤》等长篇政论,无一不是如此。

《显学》是一篇对先秦学术进行批判总结的论文。在这篇文章中,韩非把批判的矛头指向当时的显学儒、墨两家,兼及杨朱、宋荣等,以揭露矛盾为判断是非的基本方法,以对现实政治是否有利作为取舍的基本标准。他认为儒、墨诸家学说,都是愚诬之学,于世无补,必须一概禁绝。这篇文章观点鲜明,锋芒毕露,单刀直入,咄咄逼人,道人之所不敢道,言人之所未尝言,语气专断,十分自信,不容申辩。古人说它"极其豁达纵横","如黄河奔流,势不可御,而分支分派,总归一途"。(归有光《诸子汇函》)

《五蠹》集中反映了韩非的社会历史观。在这篇文章中,他认为历史是不断进步的,"世异则事异","事异则备变"。批判和否定法古的观念,斥责"学者"、"言谈者"(纵横家)、"带剑者"(游侠)、"患御者"(逃避兵役的人)、"商工之民"是五种蠹虫。"五蠹"之名系仿效《商君书·靳令》的"六虱",许多观点与商鞅的《画策》《开塞》相近。这篇文章的风格是波澜壮阔,奋扬凌厉,居高临下,语挟风雷,甚至有危言耸听、肆意褒贬、无限上纲的味道,表现出了作者冷酷无情的性格。后世学者对于这篇文章的思想观点多不赞成,于其文学技巧仍然予以肯定。袁了凡说他"胸中如万斛泉涌,滚滚不竭,而纵横变化,无中生有,愈出愈奇"(《韩子迂评》)。张榜说它"圆转变化,百出不穷,而条理秩如抽丝,文彩扶疏,气势蓬勃"(《韩非子纂》)。有人说李斯《论督责书》、晁错《论贵粟书》、贾谊《陈政事疏》、扬雄《解嘲》等文,均受其影响,分析问题,切中时弊,激切锋利。

《说难》是专门研究游说的论文,有些观点直接师承《荀子·非相》。这篇文章分析缜密透彻,论述严谨周详。开始即以层层剥笋法,提示说者必须注意人主的不同心理,提出15种困难,然后又提出12种方法,层次井然而又峰峦迭起。王世贞说它"巧夺天工",孙月峰说它"奇古精峭,章法句字无一不妙"。(均见《诸子汇函》)

《孤愤》则以浓重的抒情笔调,陈说法术之士与当权重臣的矛盾,为法术之士的政治遭遇鸣不平。这篇文章同样以缜密著称于世,尤其是运用对比手法,以加强其逻辑性和感染力,感情激切,风格沉郁,饱含着悲愤不平之气。明门无子说它"小段小结束,大段大结束,从来文字密致未有如此者",又说他"论事入髓,为文刺心"。(《韩子迂评》)

(2)驳难文体的开创

战国末期,百家争鸣,旧有的文体形式已不能满足新的内容需要。韩非在前人的基础上,又开创了一些新的文章体裁。

例如历史评论,开始于《左传》的"君子曰"。韩非把左丘明长短不拘、随意生发的历史自由谈,进一步扩展为历史辩难的文体。《难一》《难二》《难三》《难四》收28篇短文,分为4组,每篇各自独立,格式都是先举史实,后发议论。

如《难一》第七是邵献子为韩献子分谤的故事。《左传》《国语》一致肯定。韩非却认为韩献子所斩如果是有罪之人,不该救,救罪人是破坏法治,因而不存在分谤问题。如果是无辜,不可劝其示众。这完全是从法治角度思考问题。辩驳犹如老吏断狱,丝丝入扣。孙月峰说它"宛转有势,味态不穷,最为快劲"。

《难四》诸篇,每篇三段,都是先举一事,先设一难以驳古人,又立一难补充前论之不足。这种双层论辩比单层论辩更加深入透彻。像这种对于某一历史事件再三辩论的形式始见于《孟子》,到了《韩非子》,已由简单对话发展成为严密的辩难文体。

此类文章,大多只顾驳辩的痛快,较少注意全面分析,从而难以避免片面性,少数文章甚至流于诡辩。尽管如此,韩非的驳难文体对后世的影响还是很大的。在西汉,司马相如的《难蜀中父老》、东方朔的《答客难》、扬雄的《难解》等文章,大都师法韩非。东汉王充的《论衡》中此类文章更多。

南北朝时编成的《弘明集》,大部分都是驳难文体。唐柳宗元的《非国语》、宋人吕祖谦的《东莱驳议》,都是专门就历史问题而作的翻案文章,其文体无不步趋韩非后尘。

(3)韵文的创新

散文中夹杂韵语,在先秦典籍中早已有之。在《尚书》《周易》《国语》《老子》《管子》《庄子》《荀子》《孙子兵法》等书中都可以找到。或用于歌颂,或用于告诫,或用于铺陈事理,或用于形容描绘,大都富于哲理,概括力强,语句整齐,节奏鲜明,用韵规则,反复重叠,近乎诗歌。

在前人成就的基础上,韩非又把押韵文的写作技巧向前推进了一步。在他以前,押韵文只是散文中的一些片段,很少有从头至尾押韵的。《老子》虽有全章用韵的,但篇幅短小,最长不过百十个字。《管子·弟子职》全篇大致押韵,但属于说明文,简朴浅陋,缺乏文采,而且可能不是先秦的文章。《荀子·赋篇》当然是成熟的韵文,但它属于辞赋体。韩非的几篇押韵文,无论是文字、句式、韵律,还是手法,都超越了他的前辈。

《主道》一文是韩非论述君主驾驭臣民方法的。全文长达800余字,一气呵成。自首至尾全用韵,或每句押,或隔句押,或多句押,自由变韵,三、四、五、六、七言错落使用,不板不滞,苍古而雅致。

《扬权》是韩非提倡君主集权的代表作。全文共有1300余字,句子比较整齐,绝大部分是四言,用韵更有规则,节奏感更强烈。

清代大儒章学诚说,诸子争鸣,"至战国而后世之文体备"(《文史通义·诗教上》)。这话有一定道理。《论语》《孟子》是语录体;《老子》《孙子兵法》是格言体;《荀子》以专论为主,也有语录体和韵文。韩非使专论文体更加成熟,并且使散文和韵文进一步结合,进一步发展。汉初的政论家贾谊和晁错的议论文风格很明显都是承袭了《韩非子》的文风,指陈利害,论述透彻,风格尤近韩非。

二 韩非思想的实践与秦王朝的兴亡

1. 秦国兴起与变法

（1）秦国兴起

秦是中国西部的一个游牧部族。传说其先公曾辅佐舜，驯化鸟兽有功，赐姓嬴氏。周宣王时期以秦仲为大夫，诛西戎。周幽王被杀于骊山脚下，秦襄公曾率兵相救。周平王东迁时，秦襄公率兵护送，平王遂将岐以西之地赐秦，秦开始被封为诸侯。

东周时期，在与戎族的战斗中，秦逐渐强大起来。公元前753年，秦文公开始设官纪事，这说明当时的秦国文化相当落后。公元前746年，开始有灭三族法，十分野蛮。秦穆公时，采用了谋臣百里奚的建议，战胜晋国，把领土扩张到黄河边上。尽管秦国已经崛起,然而仍被中原地区文明程度较高的华夏族看成是不开化的戎狄国,不让其参与大国盟会。秦人因此愤愤不平。

(2)商鞅变法

公元前361年,孝公即位,下令求贤,寻找富国强兵的途径。法家代表卫国人公孙鞅应募入秦,得到孝公信任,主持秦国的变法事项。秦国一跃成为战国七雄中的第一强国。

商鞅变法大致分为两个阶段,变法内容各有侧重。第一阶段从公元前359年开始到公元前350年。所行新法的要点如下:

重编户籍,五家为伍,十家为什。什伍内各家互相纠察,一家犯法,其他各家必须告发,如不告发,一经查出,一起受重罚。

户主如有两个或更多儿子,儿子一到成年必须分家,各自独立谋生,否则加倍征收赋税。父子兄弟各立门户,是防止一家人互相依赖,劳逸不均,分家之后可以调动生产积极性。

立军功的人赏以爵禄,私斗的人予以重罚。

秦爵分为20级,第一至第八为民爵,第九到二十为官爵。斩敌首一级,赐爵一级。只要勇敢杀敌,就可以得到优厚的赏赐。

重本抑末，奖励耕织，限制工商。生产粟帛多的人可以免除徭役，商工之民没入官府为奴婢。商鞅的抑末政策，主要是防止商贾高利贷盘剥农民，兼并土地，妨害生产。同时规定游说之士属于末作一类，不许入秦。

废除无军功宗室的名位，按军功重新规定尊秩等级，各按等级占有田宅臣妾。这是变法中最重要的一个措施。许多贵族领主因此失去特权，有军功的地主成为新贵。爵的最高等级是侯，封侯仅仅可收食邑内的租税，不直接管理民事，失去了原有的许多特权。

这些变革引起了旧贵族的反抗，太子成为反对派的首领。商鞅认为："法令不行，由于贵戚犯法，要行法先从太子开始。"这项主张得到孝公的支持，但因太子是嗣君不便施刑，所以对太子的两个师傅公子虔、公孙贾施了黥刑（面上刺字）。新法因此通行。变法10年，秦民大悦，民勇于公战，怯于私斗，乡邑大治，使秦成为第一强国。

变法的第二阶段，从公元前350年开始，到公元前338年商鞅被车裂为止。变法的侧重点如下：

归并各都、邑、村落为县。全国设31个县，每县置一令，掌管全县的行政司法经济。

"开阡陌。"阡是田间的南北路，陌是田间的东西路。开阡陌，即是在国有土地上掘开井字形的疆界，废除井田制，承认土地私有化，按各人所占面积多少征收赋税。"开阡陌"是当时秦人学习中原经济制度的结果。

统一全国的度量衡，规定了斗、桶、权、衡的统一标准。

秦国地广人稀，而邻国土狭民众。商鞅悬赏招徕邻国的农民到秦国种地，给田宅，免兵役，使其专力耕织。秦民服兵役，轮番出战，常有余力。秦国足食足兵，逢战必胜。

（3）商鞅之死

正当商鞅全力推行变法的时候，秦孝公死了，商鞅失去了政治靠山，太子即位为秦惠王。公子虔之徒借机报复，诬告商鞅谋反，发吏逮捕，商鞅只好逃亡，然而找不到可以躲身的地方。因为在秦国留宿身份不明白的人，一旦被发觉，就要连坐，所以没有人敢收留商鞅。商鞅很快被捉住，车裂而死。

商鞅死得很惨，全家人也被杀了个净光。真可以说商鞅作法自毙。这是历史的悲剧，但他的事业是成功的。吴起变法未能收效于楚，商鞅的变法却收效于秦，因此他又是幸运的。商鞅虽然死了，但他制定的基本政策没有改变。

公元前316年，秦惠王派司马错灭掉蜀国，徙秦民一万家到蜀地。后来又出兵灭了巴国，使巴蜀与秦连成一片。此时，秦国疆域北有上郡（今陕西北部），南有巴蜀，东有黄河与函谷关（今河南灵宝市），地势险要，固若金汤，因此被称为"天府雄国"。它已经虎视耽耽地注视着关东六国，寻找着吞并各国、统一天下的机会。

韩非作为清醒的政治家，不仅时刻关心着祖国的安危，而且密切注视着秦国的政策和战略。他称赞商鞅的变法，也批评其不足。在韩非看来，秦国的变法虽然达到了国富兵强的目标，但并未达到集权于君主的目的，"无术以知奸"。他批评说："及孝公、商君死，惠王即位，秦法未败也。而张仪以秦殉韩、魏。惠王死，武王即位，甘茂以秦殉周。武王死，昭襄王即位，穰侯越韩、魏而东攻齐，五年而秦不益尺寸之地，乃成其陶邑之封；应侯攻韩八年，成其汝南之封；自是以来，诸用秦者皆应、穰之类也。故战胜则大臣尊，益地则私封立，主无术以知奸也。"

韩非的评论是苛刻的、不公正的。张仪曾以合纵的外交策略，屡次为秦取得外交上的胜利。甘茂虽然后来亡秦、奔齐、至楚，但也为秦攻占了韩国的宜阳。至于应侯魏冉，司马迁评价说："而秦所以东益地，弱诸侯，尝称帝于天下，天下皆西乡稽首者，穰侯之功也。"（《史记·穰侯列传》）应侯范雎曾以远交近攻之策，为秦攻占韩之少曲、高平等城，破赵于长平，而围邯郸。他们都是有功于秦的，按照秦制，他们理应受到重赏与封侯。韩非完全站在了君主的立场上，只不过感到尚未将一切权力集中在君主的手中而已。

2. 韩非思想对秦始皇、李斯的影响

(1) 丞相吕不韦的期望

秦庄襄王在位时（公元前249—前247年），秦国的军政大权均操在丞相吕不韦手中。吕不韦原是卫国濮阳人，是个家累千金的大商人。这样一个商人是怎样在秦国当上丞相的呢？

公元前265年，吕不韦经商来到赵国首都邯郸，遇到秦国公子异人。异人是秦昭王之孙，秦太子柱的儿子。异人兄弟有20多个，又非长子，在赵国当人质，境遇不佳，归国的希望渺茫，继承王位的可能性几乎没有。吕不韦见到他以后，认为奇货可居，用他可以做一笔一本万利的生意，决定用金钱搞一次政治投机。

结果成功了。吕不韦用金钱买通了阳泉君和华阳夫人。正在得宠的华阳夫人听从了吕不韦的计谋，认异人为子，并设法立为适嗣。异人从赵归秦，孝文王一死，便继承了王位，是为庄襄王。庄襄王即位，按照事先的约定，就让吕不韦当了丞相。庄襄王对吕不韦的计谋是言听计从，秦国的大权事实上操在了吕不韦手中。

然而庄襄王在位3年就死去了，他的儿子嬴政即位时只有13岁。吕不韦继续任相，并以"仲父"的身份处理军机大政。他在秦国执政达12年之久，直到秦王嬴政21

岁亲自执政为止。

吕不韦当政时期，秦国在军事上取得了一连串的胜利，多次击溃赵、魏、韩、燕、楚等五国联军，诸国被打得落花流水，只有眼睁睁看着一个个被秦国消灭。

吕不韦执政时，广泛招揽各派学者、文人，将大批宾客养在门下，传说有食客3000人，吕不韦养士的目的之一是编撰一部著作。这部著作的名字叫《吕氏春秋》，分为12纪、8览、6论三大部分。这是我国第一部有组织按计划编写的官书。

《吕氏春秋》类似于后世百科全书式的丛书，内容涉及哲学、政治、道德、科技、历史、天文等许多领域。在理论观点上，对先秦的儒、法、道、墨、阴阳五行各派，采取兼容并包的态度，先秦各主要学派的理论观点，几乎都可从《吕氏春秋》中找到。正因为它不是一家之言，所以被称为"杂家"的代表作。而就主要倾向来讲，《吕氏春秋》更多地摄取了儒、道两家的观点，这或许反映了吕不韦的意向。

杂家的出现与战国末期的历史条件是分不开的。统一的中央集权国家即将出现，各家学派经过了长时期的争论，开始互相吸收和融合，目的是为政治的统一提供理论。有的是站在自家的立场上，吸收各家的学说，例如《韩非子》；有的采取兼容并包的态度，尽可能吸收作者认为各家学说中的合理观点,《吕氏春秋》即是这种学术倾向的产物。

公元前239年,秦王嬴政21岁,第二年将举行加冕礼,开始亲政。这时,吕不韦可能察觉到秦王嬴政的思想与自己不同,因此将《吕氏春秋》公布于咸阳市门,并宣布:"有能增损一字者予千金。"据传,当时竟然"无能增损者"。

就《吕氏春秋》的内容、文字水平来说,绝非是无可增损的著作。当时无人改动,真实原因前人早已指出:"时人非不能也,盖惮相国畏其势耳。"(高诱《吕氏春秋序》)因害怕吕不韦的权势,无人敢改动,或许这正是他公布此书要达到的目的之一。《吕氏春秋》的公布主要是为了限制秦王的思想和行动。

该书的总序把这个意思说得很清楚:"良人请问十二纪,文信侯曰:尝得学黄帝之所以诲颛顼矣,爰有大圜在上,大矩在下,汝能法之,为民父母。"这里吕不韦把该书的写作与黄帝教导颛顼的历史故事联系在一起,等于告诫秦王嬴政要像颛顼对待黄帝那样,接受仲父吕不韦的教导,目的自然是要他在亲政之后,继续接受仲父的控制。

(2)秦王嬴政的胜利

秦王嬴政恰恰不是吕不韦希望的那种任人摆布的君王。他是一个放荡不羁、个性专横的人物,他不仅不会接受吕不韦为他划定的框框,而且绝不容忍任何人对自己的权势进行挑战。他崇尚力的哲学,希望大权独揽。法家人物所鼓吹的专制独裁,倒是最合他的口味。这样,秦王亲政以后,同吕不韦的矛盾公开爆发,势所必然。

然而这一冲突的爆发,导火线却是由"宫闱秽事"点燃的。

据文献记载:吕不韦早就和秦王嬴政的母亲,即庄襄王夫人私通。《史记》记载说秦始皇是吕不韦的儿子:"吕不韦取邯郸诸姬绝好善舞者与居,知有身。子楚(即异人)从不韦饮,见而说(悦)之,因起为寿,请之。吕不韦怒,念业已破家为子楚,欲以钓奇,乃遂献其姬。姬自匿有身,至大期时生子政,子楚遂立姬为夫人。"

根据郭沫若等人的考证,秦始皇是吕不韦儿子的说法,确实是莫须有的事。

然而,吕不韦与秦王政母亲私通是事实。秦王政年纪渐长,而太后仍淫乱不止。吕不韦担心被秦王嬴政发觉,对自己不利,另外找来一个名叫嫪毐(lào ǎi)的"大阴人"作为自己的替身。"太后私与通,绝爱之。"嫪毐得宠,权势增长得很快,以致宫廷许多大事决断于嫪毐。

公元前238年,秦始皇22岁,在雍蕲年宫举行加冕礼时,嫪毐担心其丑行已经暴露,矫王御玺及太后玺,发兵叛乱。秦王政派兵镇压叛乱,嫪毐兵败被擒,车裂示众。因嫪毐牵连吕不韦,次年秦王政免去吕不韦丞相职务,令其迁蜀，吕不韦忧惧，自饮毒酒而死。

事件的真实原因绝不是单纯的"宫闱秽事"。秦王政借此事件镇压的人数达数千人之多。也许是政治派别残杀的结果，也许是秦王有意清除异己力量，准备实行"独治其民"的统治。吕不韦失败了，《吕氏春秋》所设计的统治方案同时也付诸东流。

（3）韩非的同学李斯

秦国本来就有重视招徕诸国臣民的传统。从秦穆公起，就有许多外国人在秦国作客卿。战国末年，秦国在角逐中已经取得对各诸侯国的明显优势，加之秦国的开放态度，吸引着政治家、军事家、思想家和谋士大批投秦。在这些形形色色的人物中，有一个人在秦国以后的政治生活中扮演着极为重要的角色，他就是李斯。

李斯是楚国上蔡（今河南上蔡县）的一介平民。他虽然身居下层，但对高官厚禄却怀有极为强烈的欲望。据说，有一次，他在厕所中看到正吃脏东西的老鼠，一旦有人或狗来，就被吓得仓皇逃命。由此他联想到仓库中的老鼠，吃的是好粮食，住的是好房子，又没有狗来惊扰，于是大发感慨地说："人贤，或者不肖，正像这些老鼠一样，就看个人处在什么地位了。"这就是李斯的人生哲学。从此他开始对功名富贵孜孜以求。

李斯没有祖国的观念，他认为楚国已经不是强秦的对手，其他五国也无力抗秦，只有秦国才是他施展抱负的理想国。李斯打定主意之后，向老师荀况辞行时，表露了自己的心志。他说："人生的机会稍纵即逝，有了就应该牢牢抓住。今天诸侯争雄，秦王羽翼丰满，早想吞并天下，这正是布衣游士施展抱负的好机会。人生的耻辱，莫过于卑贱；一世的悲哀，莫过于穷困。有的人自甘于贫贱，毫无作为，反而讥讽别人贪求名利，这不是他们不想要，而是没有本事去谋求。我不想这样，我要到秦王那里去有所作为。"这种对名利赤裸裸的追求，与韩非对人性的看法多么相似！

李斯来到秦国时，正值丞相吕不韦掌握国政。吕不韦正在广招宾客，李斯顺利成为其舍人。舍人在当时属于私人顾问，不是政府公职。而李斯的机敏和才干使他很快脱颖而出，不久便被推荐到秦王宫中，任以为郎。郎的职位虽然不高，但由于身处政治中枢，有机会接近秦王，因此成为李斯进一步升迁的阶梯。

很快李斯便得到了向秦王建言的机会。他向秦王说："从来那些无知的小人，不会抓住历史的机遇。那些成就功业的英雄，却能在不利的情况下隐忍等待，一旦看准机会，就毫不犹豫，果断行动。秦穆公当时也是一方霸主，为什么不能东向吞并诸侯呢？实在是因为当时诸侯众多，周王还保持着空名，因此五霸兴替，还都要打出尊周的旗号。但自孝公以来，情况不同了。周天子局促于一隅，地位卑微，谁也不把他放在眼里。诸侯互相兼并，关东只剩下六国。对于他们，秦国一再乘胜进击，削其国土，夺其民众，迫使他们屈服于秦，如同秦国的辖区一般。当今，真是秦国千载难逢的大好时机，以秦国的强大、大王的贤明，想要成就帝业，实现天下一统，就好比扫除灶台上的灰尘一样容易。假如错过了时机，等到诸侯再度强大重新联合起来，即令有黄帝那样的才能，也难以吞并他们。"

这一席话，正说到秦王的心坎上，秦王立刻虚心请教。李斯立即献上早已盘算好的计谋，就是大规模派出间谍，多带珠宝金玉，贿赂各国权臣名士，离间其君臣关系，增加其社会混乱，然后派出良将劲旅，实施重点打击，一一扫平六国。

秦王政听罢，击掌叫好，立即任命李斯为长史，不久又提升他为客卿。李斯做了客卿之后，很受器重，负责实施统一六国的战略计划。

正当李斯在秦国政治舞台大显身手、春风得意之时，一场风波险些断送了他的前程。因为韩国人郑国为秦修渠疲劳强秦的阴谋被揭穿，秦国贵族纷纷叫嚷驱逐客卿。秦王生性多疑，立即下令逐客。

逐客令一下，各国来秦的客卿惶恐不安。李斯当然也在被逐之列。为保住自己的地位，李斯便向秦王上书，力劝改变这一决定。他历数秦国使用外人而使国富兵强的事实，说明称王称霸，建立帝业，必须能容纳人。如果不能容纳人，反而把人往外推，无异于在关键时刻帮助敌人。

李斯的这封上书，不仅情词恳切，而且确实反映了秦国的历史和现状，代表了当时有识之士的见解，因此《谏逐客书》成为历史名作。秦王政看到李斯的上书，立即改变其主张，撤销了逐客令，恢复了李斯和其他客卿的职位。经过这场风波，李斯的地位进一步得到加强。

（4）韩非之死

就在李斯得意之时，秦王政看到了韩非所写的《孤愤》《五蠹》等文章，大加赞赏，感叹说，如果能够见到文章的作者，同他探讨学问和治国之道，死而无憾！正好李斯在身边，立即告诉秦王这是他的同学韩非的作品，现在的韩非仍在韩国。于是，秦王下令攻韩，以得到韩非为战争的主要目标。

韩国此时已无力拒秦，听说秦兵为韩非而来，而韩王一向对韩非不曾器重，因此立即派遣韩非使秦。秦军进攻的主要目的达到，表示暂时退兵。

韩非带着使命来到秦国，秦王政非常高兴。这时的韩非身处两难之地：作为一个深谙历史大趋势的思想家，他知道秦灭六国已是水到渠成,不可逆转;作为一个韩国贵族,他又肩负着韩王存韩的使命,不得不为韩国的生存作出努力。

韩非趁秦王正高兴的时候,献上存韩、攻赵、拒齐连环计,大意有3层:一是韩国30余年忠谨事秦,反而先被灭亡,这将使天下诸侯个个自危,被迫联合抗秦,于秦之统一大业不利;二是韩国虽弱小,但它守备坚固,短期不能灭亡它,将使秦兵受挫而削弱,而齐、赵相对会显得进一步强大,使秦永无统一天下之日;三是存韩、攻赵、拒齐,一旦齐、赵平定,韩国自然传檄而定。

韩非的建议,表面上是为秦着想,实则是设法存韩。秦王把韩非的建议交给大臣们讨论。李斯表示反对,他说,韩国对于秦是心腹之患,如果舍韩攻齐、赵,难保韩国不出兵夹击,韩国不可信。接着,李斯指出韩非此来,只能维护韩国利益,不可能为秦着想,这是人之常情,千万不能为韩非的辩词所惑。

此书一上,秦王嬴政下令把韩非关进了监狱,一面派李斯出使韩国。韩王看到大兵压境,抵抗徒劳无益,便乖乖地交出了传国玉玺,表示向秦王称臣归属。韩非在监狱中,欲向秦王表白,不得见。李斯派人送来毒药,韩非只好饮药而亡。等到秦王追悔时,韩非早已命归西天了。

韩非生前没有得到秦王的重用,但他的著作却成为秦王朝的指导思想。

自孝公任用商鞅变法以来，法家思想便成为秦国治国的指导思想。秦王政在看到韩非的著作以前，对于权势、权术的意义尚不十分清楚。自从他读到韩非的著作以后，对于君主南面之术的运用便表现得十分热心。

大量事实表明，秦统一之后，实行的统治方法，基本上都是韩非的主张，可以毫不夸张地说，韩非的思想在秦王朝得到了全面贯彻。秦始皇死后，秦二世也继承了这一理论，把独裁的暴君统治推向了极端，终使一夫作难，天下响应，中国历史上的第一个大一统王朝顷刻瓦解，灰飞烟灭。

3. 专制统治

（1）改"王"为"皇帝"

韩非论势，强调君主个人独裁，至高无上。"独视者谓明，独听者谓聪。能独断者，故可以为天下主。""独断"就是独裁，就是专制。秦始皇完全实践了这一理论。

秦始皇行自奋之智，不信功臣，不亲士民，以为自古莫及己。"天下之事无大小皆决于上，上至以衡石量书，日夜有呈，不中呈不得休息。贪于权势至如此……"

殷、周和春秋战国时期，最高统治者一般都称为"王"。

秦统一全国以后，秦王嬴政觉得"王"字不足以显示其尊贵，令群臣议帝号。诸大臣、博士讨论的结果是，"古有天皇，有地皇，有泰皇，泰皇最贵"，因此上尊号为"泰皇"。然而，秦王仍不满意，只取一个"皇"字，同时又采上古的"帝"号，合称为"皇帝"。"皇""帝"二字在中国上古时期，都是最神圣的字眼，"皇"是"天人的总称"，"正气为帝"，"得天之道者为帝"，把这两个字连在一起，无非是表示秦王自己远远高于"三皇五帝"，是古往今来的最最尊贵者，目的是要求人们对他更加敬畏。

秦始皇还颁布命令，废除谥法。"朕闻太古有号毋谥，中古有号，死而以行为谥。如此，则子议父，臣议君也，甚无谓，朕弗取焉。自今已来，除谥法。"这是将皇帝绝对神圣化，不仅活着的时候人们要绝对服从他，就连死后也不准议论他。君主的一切言行是不准臣民议论的。

秦始皇不仅要把自己的权势神圣化、绝对化，而且自称"始皇帝"，安排好了自己的子孙："后世以计数"，称为二世、三世，"至千万世，传之无穷"。这分明是把天下永远据为己有，只有嬴姓儿孙们可以分享，其他任何人不得染指。

为表示皇帝与众人不同，秦始皇还规定了一套特别用语，加强其权势。如皇帝的命令叫"制"和"诏"，在任何文字中不准提及皇帝的名字，皇帝自称叫"朕"。在此以前,"朕"字并不仅仅属于最高统治者,但自此以后"朕"字便成为皇帝自称时的专用词。还规定皇帝的印叫玺。同时还命人为皇帝特别设计了一套服饰,把皇帝打扮得与众不同,借以增强其威严。

(2)金字塔式的统治机构

韩非主张明主治国,首先治吏,强调官吏必须绝对忠于皇帝。"北面委质,无有二心。朝廷不敢辞贱,军旅不敢辞难。顺上之为,从主之法。虚心以待令,而无是非也。"官吏不应该有是非观念,只能绝对服从皇帝的法令,完全是没有自主意识的机器人。按着这种设想,秦始皇建立了一套从中央到地方的严密统治机构。

高居整个统治机构之上的是皇帝。皇帝之下设丞相、太尉和御史大夫,合称"三公"。丞相是文官的首领,辅助天子,助理万机,官职最为显要;太尉是武官的首领,主五兵,掌武事,权势很大;御史大夫,负责监察,位次丞相。"三公"共同对皇帝负责,各掌其职。

在"三公"之下设置"九卿"。奉常掌宗庙礼仪;郎中令负责皇帝的安全和传达命令;卫尉掌管皇宫的警卫部队;太仆掌管皇宫的车马仪仗;廷尉掌刑罚,是全国的最高司法官;典客负责统治少数民族地区;宗正负责宗室亲属事务;治粟内史掌管粮食粮仓;少府负责为皇宫征收山海地泽之税。

中央组织的核心是皇帝,所有官员都对皇帝负责。秦始皇十分重视自己的权势,严密防范大权旁落。例如,使丞相为文官之首,总领朝廷的集议和上奏,协助皇帝处理日常事务,但把军权交给太尉,又使御史大夫负责监察,这就避免了丞相权力过大,威胁皇帝权力的问题。太尉虽然名义上是最高军事长官,但无调兵权,发兵权完全操在皇帝手中。需要发兵时,皇帝临时指派大将统兵。所以统一之后的秦王朝,太尉实际未起多大作用。御史大夫虽不掌实权,但他是皇帝的耳目和鹰犬,最为皇帝信任,可以随时向皇帝报告群臣的言行。这是把韩非提出的鼓励臣下告密的活动制度化、职官化。由于"三公"互不统属,最后的决断只能归皇帝一人。这样,皇帝实际上掌握了最高权力,便于专制和独裁。

秦朝统一之后,秦始皇将原来在秦国范围内实行的一套地方政权组织,推广到全国,建立了郡、县、乡、亭行政组织。

全国有36郡,各郡一律置守、尉、监。守治民,尉典兵,监负责监督官吏,职权类似于中央的御史大夫。三者分工负责,近似中央的"三公"。

郡下设县,置令、长。县下以乡、亭为单位,"大率十里一亭,亭有长。十亭一乡,乡有三老、有秩、啬夫、游徼"。三老掌教化,啬夫主听讼,游徼禁盗贼。关于亭,史家看法不一,有的认为不是乡下的基层组织,有的认为是地方基层组织。这里不作讨论。仅仅指出,亭有亭长,通常下设亭父、求盗各5人,共同负责一地的行政和治安。

秦朝统一全国后,在全国推行郡县制,改变了食邑食封的世袭制,这无疑是历史的一种进步,所以这种行政体系历中国封建社会两千余年而不变。通过推行郡县制,实行了中央集权,这是秦始皇和群臣的功绩,是应当肯定的。

但是中央集权并不等于必须专制独裁,不能借肯定中央集权而肯定专制独裁,因为中央集权的目的并非要把权力集中在一个人手中。在国家实行统一的过程中,在巩固国家政权的斗争中,中央集权无疑是一种进步的政治制度。但究竟什么是中央集权呢?真正的中央集权,是把国家的重要权力集中到中央,而不是集中到某一个人手中。这不仅是必需的,而且是可能的。近代世界各国实行的中央集权制已经证明了这一点。把权力集中在个人手中,说成是中央集权,是对其概念的歪曲。韩非的"事在四方,要在中央,圣人执要,四方来效"的说法,既讲了中央集权,又讲了专制独裁。"事在四方,要在中央",是要求中央集权;"圣人执要,四方来效"讲的是专制独裁。中央集权可以是专制独裁下的中央集权,也可以是共和政体下的中央集权。

韩非的"事在四方,要在中央,圣人执要,四方来效",是专制独裁的中央集权,专制是目的,集权是手段。秦始皇完全将这种思想主张变成了现实,建立了一个庞大无比的官僚机构,这个机构的形状犹如金字塔一样,皇帝处在金字塔顶,遥控一切。

(3) 勒石宣扬皇帝威德

统一全国后,秦始皇先后5次巡游全国各地,到处刻石宣扬自己统一四海的功德。第一次巡游陇西、北地二郡,登临鸡头山(即今甘肃省陇南市成县鸡峰山,相传黄帝曾登临此山),向臣民和长城外的匈奴夸耀皇帝无比的权威。

第二次巡游东南,先后在邹峄山(今山东邹县峄山)、泰山、芝罘山、琅琊台等处刻石。而后南下,想到衡山刻石。舟行至湘山(今湖南湘阴县北部黄陵山)遭遇大风,影响秦始皇一行渡江,于是秦始皇大怒,立即向当地神灵示威,令刑徒3000人,砍伐湘山树,把一座山弄得光秃秃的,方才解恨。这次巡游到处刻石,夸耀自己的功德。如梁父山刻石说:"亲巡远方黎民,登兹泰山,周览东极。从臣思迹,本原事业,祗诵功德。治道运行,诸产得宜,皆有法式。"自我赞美,十分得意。又如琅琊台刻石说:"六合之内,皇帝之土。西涉流沙,南尽北户。东有东海,北过大夏。人迹所至,无不臣者。"真可谓目空一切。

第三次东游至芝罘刻石，第四次东巡至碣石山刻石，第五次南巡至九疑山（今湖南永州市宁远县九嶷山），浮长江东下，至会稽山刻石，祭大禹。

这一连串的巡游活动，主要是为了镇压各地的反抗，宣扬秦皇的威德，神化自己，树立权威。有时借助于神灵，如登临泰山祭天，表示自己受命于天。有时向神灵示威，表示自己至尊，如伐光湘山树木和竹子，足以表现其狂妄、傲视一切的心理。这一切都是对韩非势治理论的实践和运用。

（4）"衡石量书，日夜有呈"

秦始皇对韩非提倡的力疾躬行君道，进行了实践，并走上了极端。

他到处勒石宣扬自己"不懈于治，夙兴夜寐"。司马迁说秦始皇大权独揽，"天下之事无大小皆决于上，上至以衡石量书，日夜有呈，不中呈不得休息"。也就是说，国家无论大事小事，秦始皇都要亲自处理，自行决断。他每天批阅各种奏章文书，以竹木简一石（120秦斤，相当于现代30.48公斤）为标准，看不完坚决不休息。

秦始皇对权势的垄断，一刻也不放松，博士虽有70多人，大多数是备员，丞相李斯相比之下最得他的宠信，但仍不放心，不给实权。"丞相诸大臣皆受成事，倚办于上。"

韩非认为君道在于使群臣不能窥伺。秦始皇对任何人都不相信，天性刚愎自用，不愿意让任何人知道自己的想法。有一次，秦始皇在梁山宫，从山上看见丞相李斯的车骑仪仗甚为隆重，表示不满。后来，秦始皇周围的人将此事告诉了李斯，李斯立即减少了车骑人数。秦始皇看到李斯的车骑人数发生变化后，非常恼怒，认为一定有人泄露了他的话，于是对当时在场的人一一审问，由于无人敢承认，秦始皇竟然残暴地下令，将当时在场的人全部杀掉。从此再也无人敢泄露秦始皇的机密了。

4. 刑杀为威

（1）"少恩而虎狼心"

《史记·秦始皇本纪》说："秦王为人，蜂准，长目，挚鸟膺，豺声，少恩而虎狼心，居约易出人下，得志亦轻食人。"这是说，秦始皇生性残忍，不讲信用，不仅视人命如草芥，动辄杀人，而且对周围的大臣时时保持戒心。秦始皇以刑杀树立权威，使群臣畏罪，不敢尽忠，不敢劝谏，只好说些空话假话胡乱应付。"上乐以刑杀为威，天下畏罪持禄，莫敢尽忠。上不闻过而日骄，下慑伏谩欺以取容。"

皇帝残忍嗜杀，群臣阿谀讨好，"税民深者为明吏，杀人众者为忠臣"。统治者崇尚重刑主义，必然造成"刑者相伴于道,而死人日成积于市"的恐怖局面。

(2)"赭衣塞路,囹圄成市"

秦朝统一天下后,以官奴筑长城,修驰道,屯边疆,人数以数十万计,同时还兴建阿房宫和骊山墓等大型土木工程。据说在阿房宫和骊山的隐宫刑徒有"七十余万人"。所以班固记载秦朝社会是"赭衣塞路,囹圄成市,天下愁怨"。赭衣是罪犯穿的衣服,囹圄就是监狱。到处是监狱,动辄成罪犯,人们哪还有生路,怎能不行愁坐叹!

为什么会有这么多的刑徒官奴,不能不说是秦法严苛造成的。秦朝刑罚以残暴著称,关于死刑的种类就有戮、弃市、磔、定杀、族、夷三族、枭首、车裂、腰斩、体解、凿颠、抽胁、镬烹、坑、具五刑等15种之多。而法条繁苛,如穿鞋、倒垃圾等细微之事均有犯罪规定,致使臣民百姓一举手,一投足,均有法规衡量。

在《秦律问答》中,规定偷窃别人家的桑叶,赃不到一钱,就得"赀繇三旬"。甲盗,赃值千钱,如果乙知其盗,即使分赃不到一钱,也要"同论"。若甲盗不到一钱,而乙看见不立即抓捕,乙应"当赀一盾"。如果丈夫盗钱值三百,妻子知道,不首告,分食了东西,以"同罪"论。甚至规定,某人为盗,"告甲,甲与其妻、子知,共食肉,甲妻、子与甲同罪"。

从这些处罚规定看，秦律是十分严苛的。偷盗桑叶不到一钱就要治罪，丈夫盗钱，妻、子共食，就要定罪，未免有些过分。

这些严苛的法律规定，正是韩非所说的"夫惜草茅者耗禾穗，惠盗贼者伤良民"的直接体现。加之贪暴官吏以轻罪重罚为原则，日以杀人为忠臣，滥刑滥罚，自然出现了一幅惨绝人寰的情景："死者相枕席，刑者相望，百姓侧目重足，不寒而栗。"

秦朝户口不到2000万，而天下刑徒竟达百万之多，死刑尚不在内，专制统治多么残暴。全国成了一个没有围墙的大监狱。皇帝就是大监狱的监狱长，官吏是狱卒，军队是鹰犬。政治统治成为罪恶，罪恶统治了一切。

（3）焚书

最足以表现秦始皇尚法精神的是焚书、坑儒这两件大事。

焚书是由讨论分封制引起的。秦朝统一全国之后，丞相王绾等请求秦始皇将其诸子分封为王。但廷尉李斯表示反对。他说，周初曾经大封子弟，后来被分封的国家与王室日渐疏远，以至于互相攻击如仇敌，周天子无法禁止。今海内统一，普遍设立郡县，对于皇子及其功臣，不必分封，只要让他们享受赋税就足够了，这也有利于天下安定。秦始皇同意李斯的看法，认为过去长期战乱不休，就是因为分封诸侯造成的。现在社会刚刚安定下来，又要分封立国，这不是自寻战乱吗？秦始皇否定了分封的主张，坚持在全国推行郡县制，表面上是受了李斯的影响，实际上仍然是受了韩非的启示。韩非早就说过："大臣之禄虽大，不得借威城市；党与虽众，不得臣士卒。"废除分封制，实行郡县制，这是一个历史的进步。然而，由废分封行郡县的讨论却生发出一场文化浩劫。

公元前213年，秦始皇在咸阳宫设宴。宴会上，仆射周青臣向秦始皇歌功颂德，说自古以来的君王都不及陛下威德。秦始皇听后十分高兴。但齐人博士淳于越则对周青臣的阿谀不以为然。他说，殷、周两代王天下千余年，就是由于分封子弟和功臣，而今秦却不行分封，如果朝廷一旦有事，谁来相救呢？"事不师古而能长久者，非所闻也。"

一个恭维，一个指责，这在秦始皇听来自然感觉不一样。这时已经当了丞相的李斯有意扩大事态，他抓住淳于越主张"师古"的言论大作文章。首先说，"三代之事，何足法也"，接着就将矛头对准诸生，说这些人"不师今而学古，以非当世，惑乱黔首"，最后又把这归罪于读书的缘故，因此建议秦始皇下令焚书。这一建议正符合秦始皇的心意。于是，中国文化史上的第一场浩劫便发生了。

根据李斯提出的办法：凡秦记以外的史书，非博士所藏的诗、书、百家语，都要烧掉，只准留下医药、卜筮、种树之书。此后,谁如果再谈论诗书,立即弃市,"以古非今者族",官吏若知而不检举者同罪。令下三十日后,所藏诗书不烧者,黥为城旦。有愿习法令者,以吏为师。

这一次焚书的最初起因,本是由于分封问题引起的,主张分封也好,反对分封也罢,都是为了秦朝的长治久安打算。这本来不是根本对立,但李斯借题发挥,结果导致文化上的一场浩劫。李斯的焚书主张立即得到秦始皇的批准。李斯可能事先已经知道了秦始皇的本意,但也可能事先他们都从《显学》《五蠹》中接受了韩非的主张。韩非在《显学》中说:"夫冰炭不同器而久,寒暑不兼时而至,杂反之学不两立而治,今兼听杂学缪行同异之辞,安得无乱乎?"

秦始皇下令焚书,使中国文化遭到了巨大损失,不仅仅是先秦许多重要典籍被付之一炬。正如郭沫若先生所说:"书籍被烧残,其实还在其次,春秋末叶以来,蓬蓬勃勃的自由思索的那种精神,事实上因此而遭受了一次致命的打击。"

(4)坑儒

焚书之后,接着便是坑儒。

秦始皇相信自己,也相信神仙,希望长生,永远统治中国。一些方士投其所好,想尽各种办法欺骗他。公元前

219年,秦始皇巡游到齐国故地,有齐人徐市(fú)等上书,说海中有蓬莱、方丈、瀛洲3座神山,山上住着仙人。秦始皇听后大喜,根据徐市的要求,派了数千童男和童女随他入海求仙。徐市一去杳无音讯。

公元前215年,始皇巡游到碣石,又听信了卢生的话,派他去寻求仙人,接着又让韩众、侯生等方士去求仙人的不死药。仙人和长生药当然无处寻觅。卢生求仙、求药不得,只好献上伪造的鬼神图书,后来又哄骗始皇要微行以避恶鬼,只有行迹隐密,才能使真人出现,长生药方可得到。始皇照办了,并且非常虔诚,自称"真人"。但是,不死之药仍没有得到。

韩非曾有这样的言论:"为人臣者陈而言,君以其言授之事,专以其事责其功。功当其事,事当其言,则赏;功不当其事,事不当其言,则罚。"秦朝统治者接受了这一主张,规定:对官员要循名责实,进行查验。方士所献之方无效验,按规定要处死。卢生与侯生相谋说,始皇如此专横暴戾,以刑杀为威,不如早日逃掉。于是这帮方士相继都逃跑了。

秦始皇听到消息后,大怒。他说:"吾前收天下书不中用者尽去之。悉召文学方术士甚众,欲以兴太平,方士欲练以求奇药。今闻韩众去不报,徐市等费以巨万计,终不得药,徒奸利相告日闻。卢生等吾尊赐之甚厚,今乃诽谤我，以重吾不德也。诸生在咸阳者，吾使人廉问，或为妖言以乱黔首。"于是令御史把在咸阳的诸生统统捉来审问，诸生之间互相告密，始皇亲自圈定460余人，在咸阳把他们一齐活埋了。这就是历史上的坑儒事件。这是历史上对儒家学派的集体打击。

秦始皇为追求长生，开始一味迷信方士的胡诌，后来发现受骗，便大施淫威，随意杀人，一次就活埋四五百人，真是残暴至极。这也正是韩非所提倡的重刑主义的实践结果。

5. 穷奢极欲

（1）营造阿房宫

韩非鼓吹权势专擅，君主应当拥有无限的权力，帝王当以"富贵骄人"。秦始皇完全照办了，并把穷奢极欲推到了顶点。

随着统一战争的节节胜利，秦王嬴政开始大力营造宫殿。在咸阳，在故都雍，秦王已有很多豪华的宫殿，但他并不满足。他认为东方六国诸王拥有的，他都应该拥有。每灭一国，就要仿照其国的宫殿样式在咸阳盖起同样的宫殿。结果是"南临渭，自雍门以东至泾、渭，殿屋、复道、周阁相属"。但这仍不能满足秦王君临一切的奢望。刚刚统一六国,他就派人营造"信宫"于渭南。"信宫"又称咸阳宫。据记载,该宫殿"因北陵营殿,端门四达,以制紫宫,象帝居。引渭水灌都,以象天汉;横桥南渡,以法牵牛",十分富丽堂皇,非常壮观。

这还不够,公元前212年,他又大兴土木营建阿房宫于渭南上林苑。据记载,阿房宫的规模很大,东西五百步,南北五十丈,上可以坐万人,下可以建五丈旗。"周驰为阁道,自殿下直抵南山。表南山之颠以为阙。为复道,自阿房度渭,属之咸阳,以象天极阁道、绝汉抵营室也。"此外有兴乐宫等。秦始皇的宫殿多得很,"咸阳之旁二百里内宫观二百七十"。考古资料证明,这些记载基本属实。宫殿规模之大,构筑之复杂,绝非后人虚构。

在这些宫殿中,住满了供秦始皇享用的姬妾美女。同历代荒淫的君主一样,秦始皇完全是一个酒色之徒,"后宫列女万余人"。此外还有许多歌女倡优。这些记载,反映了秦始皇的腐朽情趣和生活。骄奢淫逸,极为罕见。

(2)修筑骊山墓

秦始皇企求长生,但又不得不为死后的生活作些准备。统一六国后,便征发了全国70余万刑徒大规模营造骊山墓。

根据记载,骊山的始皇陵,"穿三泉,下铜而致椁,宫观百官奇器珍怪徙臧满之。令匠作机弩矢,有所穿近者辄射之。以水银为百川江河大海，机相灌输，上具天文，下具地理。以人鱼膏为烛，度不灭者久之"。这些记载，虽然未经证实，应非虚词。

从已经发掘的秦始皇陵墓东侧的兵马俑坑看，规模十分宏大。一号兵马俑坑内，有6000余件陶俑、陶马；二号坑内有战车89乘，陶质车兵261件，驾车陶马356匹，骑士俑116件，步兵俑562件；三号坑内有驷马战车1乘，武士俑68件。3个兵马俑坑面积总计约20 780平方米。还有四号、五号坑正在发掘。这些兵马俑都以军阵布列，有战车阵，有步兵阵，又有指挥部。每个陶俑、陶马与真人真马大小相同，形态各异，制作技术很高。

秦始皇大规模营造陵墓，不仅仅是为了死后的享受。从兵马俑坑的发掘情况看，秦始皇不仅要保持生的永久统治，就是死后也要做另一个世界的主宰。

（3）修筑长城与驰道

君权的毫无限制，极易导致君主为所欲为，好大喜功。好大喜功，必然不顾惜民力，任意役使天下。秦代修筑长城、隋代修筑运河就是这样。诚然，长城、运河对于中国的历史发展客观上起过积极作用，但不能因此而不谴责统治者不惜民力、好大喜功的思想动机。

战国时期，各大诸侯国为了军事防御的需要，都在自己的边境上筑有城墙，秦朝统一后，各诸侯国之间的城墙已失去了作用。但北方诸侯国为防止匈奴族的入侵，所筑的城墙仍有防卫作用。统一中国后的秦始皇，为了防御匈奴的入侵，决定修筑一条新城墙，于是在全国各地征调大批人力，修了一条长达5000余里的长城。这条长城西起临洮（今甘肃岷县），东至辽东，是以秦、赵、燕原来的旧城为基础，经过连接、增补而成的。

长城的修筑对于防止北边强悍民族南下中原起了一定作用，但是，并未从根本上阻止住游牧民族一次次向南方农耕地区的进攻。因此，长城的防御作用是十分有限的，比起人民群众为修筑长城所流的血和汗是微不足道的。一个"孟姜女哭长城"的故事，反映了民众对修筑长城的怨气。

驰道的修筑同样如此，既有积极性，又有消极性。尤其是考虑到秦朝刚刚统一全国，长期战乱后的民众刚刚得到一个和平的机会，又被迫大量服劳役、纳重赋，结果硬是把人民逼到揭竿而起的绝路上。

6.秦二世胡亥与阴谋家赵高

（1）沙丘谋废嫡

公元前210年，秦始皇第五次巡游天下。由于过度疲劳，回行至平原津（今山东德州市平原县西南）就病倒了。

行至沙丘（今河北广宗县西北），他终于感到死亡就要来临，口授了给公子扶苏的遗诏："把兵权交给蒙恬，立即赶回咸阳，主持葬礼。"因为在此以前他不相信自己会真的死去，所以对后事没有精心安排。当遗诏还在行符玺令赵高的手里，尚未交给送信使者时，秦始皇就死了。守在秦始皇身旁的李斯当机立断，严密封锁消息，任何人不得外泄。

跟随秦始皇这次巡游的重要人物是左丞相李斯、中车府令兼行符玺令赵高和少子胡亥。

李斯是秦统一六国的功臣，是秦王朝一系列重大方针、政策的谋划者，在国家事务中起着举足轻重的作用。

赵高的先辈是赵国的旧贵族，其母亲因罪服刑，他和兄弟数人都出生在类似于监狱机构的"隐宫"之中。赵高由于长得身强力壮和明习法令，受到信任，被提拔为中车府令，掌握皇帝的车马安排和玉玺。

秦始皇有 20 多个儿子，胡亥排在第十八，刚满 21 岁。与长子扶苏比起来，胡亥没有经历创业的艰辛，但他却长于声色犬马，善于迎合父亲旨意。这次听说秦始皇要继续巡游天下，就想跟着去玩玩山水。赵高为讨好胡亥，竭力说项，终于使秦始皇答应了胡亥的请求，胡亥就成了唯一随行的公子。

由于没有立太子，怕引起国家动乱，秦始皇逝世的消息被严密封锁，只有李斯、赵高、胡亥和五六个侍从知道，连随行的群臣和卫队都不知详情。

对于父亲的死,胡亥自然也没有料到来得这样突然。在悲哀之余,他在盘算着自己的前程。皇位对于他来说是一个自由享受的位置,而不是一副国家责任的重担。父亲生前虽未立太子,但大哥扶苏和十几位哥哥,在继承问题上显然都比自己优越。

正在惆怅之中,赵高带着秦始皇给扶苏的遗诏来了。赵高是个阴谋家,秦始皇一死,他就开始盘算自己的得失。假若扶苏即位,再有蒙恬的辅佐,对自己的地位十分不利。于是暗下决心,扣下秦始皇给扶苏的遗诏,准备拥立胡亥为太子,借以攫取更高的权势和地位。

经过一番密谋,赵高与胡亥取得共识。但赵高知道必须取得丞相李斯的同意。赵高就去劝说李斯。一见面就说:"皇上去世,未立太子。遗诏和皇帝的御玺现在都在胡亥手中,谁也不知道遗诏内容,现在立谁为太子,就在您一句话了。"

李斯一惊,说:"这不是我们臣下决定的事。"其实,李斯也正在盘算这个问题,只是没有赵高来得直接。赵高干脆把话挑明说:"您自料才能比得上蒙恬吗?功劳比得上蒙恬吗?深谋远虑比得上蒙恬吗?德望比得上蒙恬吗?和扶苏的交情比得上蒙恬吗?"

李斯知道赵高话中有话,回答说:"此五者皆不及蒙恬,你说这话是什么意思？"

赵高说："一旦扶苏即位，必用蒙恬为相，而您必定是老归故里。假若拥立胡亥为帝，他必然感戴您，您的富贵可以永远保持。"

李斯心动了，但还想试探一下虚实："我只奉皇帝遗诏行事，听天由命，从不考虑个人安危，请你不要再说了。"

赵高最后亮出了胡亥的底牌："圣人以变而应时，当今天下权力操于胡亥。上下同心，大事可成。您听我的，可长保封侯，世代富贵；不然将会殃及子孙。您自己选择吧。"

李斯明白，胡亥已经与赵高串通一气，自己为私利所计，只有参与这场龌龊的阴谋了。他们首先伪造了立胡亥为太子的诏书，然后又伪造了赐扶苏死的诏书，又令蒙恬把兵权交给裨将王离。

扶苏读了伪诏，痛哭一场，跑入内室就要自杀。大将蒙恬心有疑惑，慌忙扶住扶苏说："今陛下巡游天下，未立太子。让我率三十万大军守边，公子为监军，把天下这么重的担子交给我们。现在只有一个使者来，要你我自杀，怎知其中无诈？愿公子不要鲁莽，请给皇上写信探探虚实，问清楚再死也不晚。"可是，扶苏对诏书深信不疑，抓起剑说："父赐子死，怎能不死？"说完就横剑自杀了。

蒙恬不愿这样不明不白地死去，把军权交给王离之前，写了封上诉书。使者把蒙恬关起来以后，向胡亥、李斯、赵高报告了情况。胡亥立即驱车赶回咸阳，发布了始皇帝去世的消息，并宣布了始皇帝立胡亥为太子的诏书。旋即胡亥以太子身份登基，称二世皇帝。一场宫廷阴谋就这样实现了，这对秦国任何人都是一个悲剧的开幕。

（2）暴虐无道

秦二世胡亥也是韩非的信徒。公元前208年，秦二世下令续建阿房宫，李斯上书劝谏，二世回答说："吾闻之韩子曰：'尧舜采椽不刮，茅茨不翦，饭土塯，啜土形，虽监门之养，不觳于此。禹凿龙门，通大夏，决河亭水，放之海，身自持筑臿，胫毋毛，臣虏之劳不烈于此矣。'""然则夫所贵于有天下者，岂欲苦形劳神，身处逆旅之宿，口食监门之养，手持臣虏之作哉？此不肖人之所勉也，非贤者之所务也。彼贤人之有天下也，专用天下适己而已矣，此所以贵于有天下也。"胡亥的回答通篇是韩非的思想精神，引自《五蠹》，也只是文字上小有出入。在权术的应用方面，赵高应是韩非的高足了。赵高以习法受到始皇赏识，因善于权谋受到二世重用。赵高劝李斯杀死公子扶苏而立胡亥的一段说辞，句句浸透了韩非专制独裁的思想精髓。

沙丘之谋，赵高、李斯立了大功。秦二世宣布赵高为郎中令，赵高一跃而为九卿之一，成为皇帝侍从的负责人。

李斯继续任丞相。秦二世、李斯、赵高掌握着秦王朝的大权。这是信仰法术人物组成的班子，与秦始皇统治时期领导层相比，明显缺少那种气势恢宏的气度，同时对于大政也缺乏明智的抉择，唯有一点超越了始皇，就是残暴。

埋葬秦始皇时，除陪葬了大量珍宝之外，胡亥还把后宫里数以千计没有生过孩子的宫女作了殉葬。还把修陵墓的工匠们全部堵在墓中，活活闷死，没让一个活着出来，理由仅仅是为了防止泄密。

埋葬了秦始皇，并没有埋葬掉秦王朝的社会危机。当秦二世步入咸阳宫时，自身已经置于社会矛盾的火山口上。陈胜、吴广已在大泽乡揭竿而起。

秦二世认识不到这种社会危机意味着什么，只相信自己掌握的军队，以为有了军队，就有了一切。他需要的是至高无上的权势、君临一切的威风、恣意的享乐。

胡亥一心想着玩乐，赵高时刻都在耍阴谋，玩权术。一天，胡亥与赵高闲谈，他说："人生就像乘着快车越过小沟一样的短暂。我已经当上皇帝，只想尽心享受，颐养天年。"

赵高趁机蛊惑他说："皇上要永享天年，就不能不防备那些公子和大臣。诸公子大都是陛下的兄长，大臣也是先帝委任的。今陛下初立，他们都不服气，怏怏不乐。我担心他们要造反，总是战战兢兢，陛下千万不可大意！"

胡亥听了毛骨悚然，觉得很有道理，急忙问道："这可如何是好？"

赵高回答说："以严刑重罚，杀掉那些不服气的大臣和公子，提拔那些亲近我们的人。这样群臣才会为我们死心塌地地效力。除去先帝的旧臣，才能杜绝奸臣们的阴谋；换上陛下的亲信，才能高枕无忧，尽情享乐。"

秦二世转忧为喜，立即下令加重刑罚，将群臣和诸公子交给赵高审理。

赵高借此大肆屠杀，首先杀死蒙恬、蒙毅二位功高盖世的领兵大元帅，接着杀死了数不清的政敌。对于胡亥的十几位兄长和姐妹也不放过。胡亥的兄弟12人被惨杀于咸阳市，十几位姐妹被逼自杀。

杀人是毫无道理的。当使者宣布公子将闾将被处死时，将闾问："朝廷的大礼，我从未敢疏忽；宗庙礼节，从未敢失节；皇帝召问，从未失辞。为何治我死罪？"

使者回答："这不关我的事，我只是奉命而行。"

将闾仰天大呼："天啊！我无罪！"含恨而死。

公子高看到兄弟被杀，知道自己性命难保。想逃跑，又怕连累妻儿。于是含泪上书说："先帝生前对我无比慈爱，去世时我未能从死。不能从死，是我做儿子的不孝。不忠不孝的人活在世上实在可耻！我愿意现在为先帝而死，请将我葬在先帝身旁，希望陛下理解我的心情，批准我的请求。"

胡亥看后大喜,对赵高说:"你看,他想死已经等不及啦!"赵高也高兴了,说:"许多人想死,就不想别的了,你就放心做皇帝吧!"

胡亥当即就批准了公子高的要求,并以10万钱为葬费。杀人动机毫不掩盖,残忍至极!

韩非在《备内》中说:"国君的祸患在于相信人,相信人就会被人控制。"不能相信任何人,儿子不要信,妻子不要信,兄弟不要信,大臣不要信。一言以蔽之:谁最接近君权,就要杀掉谁。秦二世对此心领神会,首先要对自家兄弟姊妹大开杀戒。何况功臣,何况异己!但他对赵高这个阴险毒辣的阴谋家却丝毫不加警惕和防备。

(3)权术与阴谋

暴君统治的原则是恐怖,手段是杀戮。

利己主义超越了限度,就要把灵魂出卖给魔鬼。

听说进攻咸阳的农民起义军相继被镇压,起义首领陈胜也被杀,京城的威胁全部解除。胡亥以为太平无事,依旧纵情玩乐。赵高这个魔鬼就想进一步窃夺权势。他劝秦二世说:"过去先帝治理天下,谙于政事,所以群臣不敢胡作非为、说长道短,今陛下富于春秋,初即位,为何要在朝廷上与公卿们议决大事?倘若有误,岂不被臣下小看？陛下应深居禁中，有事与我和侍中们商量，然后再诏示大臣。这样，大臣们就不敢胡乱奏事，陛下的威严足可以慑服群臣。"

秦二世听后十分高兴，他正不愿意天天正襟危坐在朝廷上，听大臣们嚷嚷呢。于是，他让赵高兼侍中处理大事，自己则躲入深宫，纵情玩乐，不再接见大臣。从此朝政被赵高独揽。

赵高以胡亥的名义决定一切，丞相则尸位素餐。这样一来，李斯与赵高之间的矛盾就愈演愈烈了。

陈胜虽然被杀，但关东的农民暴动非但没有止息，声势却越来越大。六国的旧贵族也乘机而起，与农民起义军相呼应，到处是反秦的战火。李斯非常着急，总想找机会与皇上商议，无奈胡亥在深宫之中，很难见到。

赵高听说李斯想见秦二世，计上心来。他假装关切地说："现在关东的盗贼越来越多，陛下不全力剿贼，却忙着要修阿房宫。我想劝谏，无奈职卑位贱，劝谏陛下正是你的责任，你为什么不劝谏呢？"

李斯不知是计，立即说："我很早就想找陛下说说，但陛下深居宫中，不坐朝廷，想说不能说，想见没机会啊！"

赵高说："那就等陛下有空时，我给你报个信吧。"

李斯点头称是，等待这种机会的到来。

一天，赵高看见胡亥玩得正高兴，派人通知李斯说：

"陛下正闲着,可去奏事。"李斯慌忙整装前往。胡亥正兴致勃勃地玩,哪能顾得上接见,就吩咐说,让丞相隔日再来。如此反复数次,秦二世大怒,心想:平常我有空时,丞相不来,我正玩得高兴,他却偏来奏事,岂不是要和我过不去吗?

赵高趁机在旁挑唆说:"沙丘之谋,丞相是策划人。今陛下已立为帝,而丞相还是丞相,他想裂地而王才满足。陛下没有封他为王,所以他有怨气。"他又诬陷李斯:"丞相长子李由为三川守,楚国大盗陈胜就是丞相家乡的人,所以楚盗公行,过三川,李由守城不出战,还听说他们有文书往来。丞相居外权重,陛下可要小心。"

胡亥点点头,认为赵高说得对,便派人调查李由。

李斯得知皇帝派人调查自己的儿子,矛头实际指向自己。本来,儿子为三川郡守,未能挡住起义军破关西行,早就有人要追究败军责任。自己正在陷入两面夹击之中,思前想后,为了保全禄位,迎合秦二世的心愿,建言皇上实行督责之术。

李斯所说的"督责之术",就是韩非的循名责实,就是要君主时刻督察臣下的罪过,责之以刑罚。他说,君主只有行督责之术,才能正君臣之名分;明君臣之大义,才能使臣下尽心服事。君主则可以独制天下,不受任何限制。假若不行督责,君主虽有天下,却不能尽情享乐,反而为天下民众劳苦费神，事事要顺从老百姓。这样的君主实际上是把天下当成桎梏，限制自己，有什么可尊贵的！让人顺从自己，则己贵而人贱；让自己顺从别人，则人贵而己贱。尧和禹有天下，而不能纵情恣欲，反而为天下焦虑苦身，就是由于不用督责之术。

那么，如何实行督责呢？李斯说：首先要严刑重法。这样才可以使民众恐惧，不敢犯上，君主才可以永久处在尊位，独得天下之利。如果像慈母那样治理天下，百姓就会轻视君主，变乱横生，君主还能清静吗？其次要权势独操，独断者明，独断者聪，独断才能王天下。君主在作出任何决断以前，一定要深藏不露，让臣下感到捉摸不定，深藏莫测。如此君主才能势重而位尊。

李斯提出的督责之术，几乎每一句话都是从《韩非子》中找出来的。循名责实也罢，严刑重法也罢，权势独操也罢，统统来自《韩非子》。

秦二世看了李斯的奏章，十分高兴。他当然知道这是韩非的主张，因为他也是熟读韩非著作，并且常常引以为根据的人。李斯上奏的办法正好可以来对付李斯，秦二世清楚地知道，权势最高的大臣，对君主的威胁最大。

李斯的上书并没有解除秦二世对自己的猜忌，赵高对自己的威胁也越来越大，李斯想上书揭露赵高的阴谋，不料反而把自己关进了监狱。

李斯揭露赵高说:"赵高有邪佚之志,危反之行。他独擅朝政,简直与陛下无异。他玩弄阴谋,劫取了陛下的威信。他想干弑君篡权的勾当,陛下若不提防,恐怕要出大事!"

胡亥根本听不进李斯的话,反而责备李斯说:"怎么能这样说。赵高忠于我,精明强干,下知人情,上合朕意,不能怀疑!"

李斯见独自劝谏无效,就联合右丞相冯去疾、将军冯劫上书说:"关东群盗并起,势力越来越大,发兵镇压,还是不能镇压下去。盗贼众多是由于徭役太重、赋税太重,请陛下下诏,停止建造阿房宫,减省四边戍卒和运粮的苦役。"

秦二世大怒,立即用韩非的话说道:"做天子的贵处,就在于自己的欲望不受限制。主重法明,下不敢为非。像尧、舜、禹那样,贵为天子,却要像老百姓那样劳苦,有何值得效法?朕虽尊称万乘之主,却无其实,朕要造千辆御车、万辆属车,充吾号名。先帝兼并天下,外攘四夷,以安边境,造作宫室以显得意,你们都是亲眼看到的。现在朕已即位两年,群盗并起,你们不能剿灭,却想要停造阿房宫。你们这样做,对不起先帝,不算为朕尽忠尽力,还有何面目做丞相、将军!"说得兴起,立即下令免去三人的职务,将三人逮捕下狱。

冯去疾、冯劫没有想到秦二世昏聩到了这种地步，气愤地说："将相不受辱。"各自拔剑自刎而死。

到了这时，李斯仍然想苟活。秦二世将李斯关进监狱，让赵高来审理。

包藏祸心的赵高，首先制造了李斯父子谋叛的谎言，收捕了李斯所有家族成员，而后严刑逼供。李斯被打得皮开肉绽，实在无法忍受，便招了假供。他仍然想的是，自己是秦王朝的头号功臣，日后通过申诉，皇帝一定会赦免他。

李斯在狱中又向秦二世上书，陈述自己入秦以来辅政治民的七大功绩，却只字不提焚书坑儒、沙丘之变等事，希望主子悔悟，扭转自己的厄运。但这封上书被赵高截获，并没有送到秦二世的手中。

赵高为铲除政敌，继续对李斯严刑拷打，直到李斯完全承认自己有谋反行为为止。派到外地侦查李由的人，也按照赵高的意思，捏造了大量伪证，奏闻秦二世。胡亥也真的相信，感叹说："要不是赵高的忠诚明断，我险些要被李斯谋害。"公元前208年，李斯被腰斩，其宗族也遭诛灭。

直到行刑时，李斯才明白，自己迷恋权位，参与了沙丘之变，才一步步受制于赵高，如今求为上蔡一个布衣而不可得。但是，过去的已经过去，悔恨有什么用呢？既然灵魂早已出卖给了魔鬼,那么,自己的命运只能听凭魔鬼的安排。这个魔鬼是权术高手赵高,还是权术本身?恐怕李斯到死都没有明白过来。

(4)指鹿为马

与魔鬼共事的人,不是魔鬼的朋友,便是魔鬼的身影。

权势者颠倒是非,混淆黑白,用愚弄别人的手法来掩盖自己不可告人的目的。这种事例比比皆是,赵高的指鹿为马要算是最卑劣、最典型的了。

公元前207年(秦二世三年),秦将章邯击败赵军,把赵王和张耳围在巨鹿,项羽率兵救赵,击溃秦军,俘虏秦将王离,章邯与项羽交战,连连败北。胡亥不仅不派兵援助章邯,反而派使者责备章邯作战不力。章邯派回咸阳汇报战况的使者,见不到皇帝的面,只好返回章邯军营,将在咸阳所见的情形汇报给章邯,并且预言说:"朝廷在赵高把持下,你无功是死,有功也是死。"章邯在项羽大军逼迫下,无路可退,只好投降了项羽。

巨鹿大战以及章邯投降,在秦末农民战争中具有转折意义,其加速了秦王朝的灭亡。胡亥也似乎意识到了局势的严重性,不时召见赵高,有时也不免发些脾气。赵高也开始担心自己的命运不测,自己虽然已经当了丞相,但说不定哪一天会被别人杀掉。韩非不是早就说过,任何人都不可信吗？命运操在别人手中，不如操在自己手中，最好是自己当皇帝。

为了测试一下自己在大臣中的权势和威严，有一天，他趁群臣朝贺之机，命人牵来一头鹿献给二世皇帝，口中却说："我把这头小马献给陛下。"

胡亥一看，失声笑道："丞相搞错了，这是鹿，不是马。"

赵高却板着脸孔说："这是一匹好马，不信，陛下可以问问大家。"

胡亥笑着把脸转向群臣。群臣之中，有的慑于赵高的权势，缄默不语；有的弄不清赵高葫芦里卖的什么药，就说了真话；那些善于拍马逢迎的人，随声附和说是一匹好马；只有少数正直不阿的人说是一头鹿。胡亥见众说不一，对于自己的视力和感觉产生了怀疑，就请算命先生卜决。在赵高的授意下，算卦的人编造说，陛下认马为鹿，是因为没有斋戒沐浴。胡亥信以为真，便按赵高的意图，以斋戒为名，躲进了深宫。

退朝之后，赵高设法将讲真话的人一一罗织罪名，逮捕下狱。赵高认为，朝中没有反对自己的力量了。于是，他与弟弟郎中令赵成、女婿咸阳令阎乐在一起密谋杀掉胡亥，自立为帝。他们乘胡亥移居望夷宫，守备不严，以赵成为内应，由阎乐率兵闯入宫中，杀掉侍卫人员，直逼秦二世的居室。秦二世得知有变，责备左右的人："你们为何不早一点告诉我,以致有今天?"

左右的人只好说:"正是因为臣下不敢说,才活到今天,倘若臣下早说了,现在已经不能与陛下在一起了。"

阎乐提着剑闯进胡亥的住室,指着说:"陛下骄恣无道,诛杀无辜,天下人都反对你,请你自裁吧。"

秦二世对于赵高还抱着一线希望。"可以让我见见丞相吗?"他乞求说。

"不行!"阎乐断然拒绝。

"我愿让出天下,给我一个郡王行吗?"

阎乐不理不睬。

胡亥又退一步说:"给我一个万户侯也行。"

阎乐厉声喝道:"你休要废话,我受命于丞相,为天下人杀你,你说得再多,也没用。"

胡亥这才意识到末日来临,只好抽剑自杀,时年24岁。

阎乐向赵高回报了胡亥已死的消息,赵高欣喜若狂,匆匆赶到现场,将秦二世的玉玺摘下,佩在自己身上,大步走上殿去,准备宣布自己登基的消息。但是"左右百官莫从",以无声表示反抗。

赵高顿时不知所措,只觉得天旋地转,"天弗与,群臣弗许",只得取消了称帝计划,决定把子婴推上皇位,自己来做太上皇。

子婴心里十分明白赵高的险恶用心,于是他同自己的两个儿子和贴身太监商定了铲除赵高的计划。

原来赵高要子婴斋戒5日后正式即皇帝位。等到斋戒沐浴的期限满了,赵高派人请子婴接受印玺,正式登基。可是,子婴推说有病,不肯前往。一连几次,都是如此对付。赵高无奈,只得亲自去请。赵高一到,子婴的两个儿子和亲信太监,便一拥而上,将赵高砍死。

赵高耍尽了权术,玩尽了阴谋,结果是玩掉了自己的生命和一切。

7. 秦王朝的覆灭

子婴杀死了赵高,铲除了巨奸。但秦王朝的气数已尽,谁也无力挽救了。

公元前207年,楚怀王令项羽救赵,令刘邦攻秦。刘邦自武关入秦,用谋士张良计,破峣关,进攻咸阳。

子婴出城投降,以素车白马迎刘邦入城。刘邦入咸阳,申明军纪,宣布废除秦朝苛政,与秦民约法三章。秦民大喜,唯恐刘邦不做关中王。项羽大破章邯军,引大兵40万入关,屠咸阳,杀子婴,烧毁秦宫室,据说大火三月不灭,秦朝君主营建的所有宫室几乎完全化为灰烬。

秦王朝的统治仅仅存在了短暂的15年。

农民起义的熊熊大火,终于将秦王朝烧为灰烬。可悲的是,在秦王朝行将灭亡时,君臣上下都束手无策,坐以待毙。

贾谊分析道:"当此时也,世非无深虑知化之士也,然所以不敢尽忠拂过者,秦俗多忌讳之禁,忠言未卒于口而身为戮没矣。故使天下之士,倾耳而听,重足而立,拑口而不言。是以三主失道,忠臣不敢谏,智士不敢谋,天下已乱,奸不上闻,岂不哀哉!"(《过秦论》)

贾谊的分析的确很有见识,他看到秦朝灭亡的症结,看透了极端专制独裁是一条亡国之道。因此,秦以后的历代封建王朝,虽然也都是专制独裁政体,但是策略却是王、霸道交替使用,或外儒内法,在强调镇压时,不得不改用一些其他手法,借以缓和紧张的社会矛盾。正是由于他们或多或少接受了秦朝的失败教训,大多不敢胡作非为,所以统治时间大多比秦朝长久一些。

韩非强调专制独裁,秦王嬴政实践了这一主张,秦二世、赵高向坏的方面进一步发展了。法、术、势理论在秦朝实践的失败,使其声名狼藉。但这种主张无法埋葬在棺材中,依然到处散发着毒气。

秦王朝的兴起不能不说是由于变法的结果,"行之十年,秦民大说,道不拾遗,山无盗贼,家给人足。民勇于公战,怯于私斗,乡邑大治"。也正是由于秦人推行法治,一步步走向富国强兵之路,秦始皇才能奋六世之余威,笞捶天下,兼并六国,完成一统。然而曾几何时,偌大一个帝国，竟然突然死亡。从秦孝公开始的几代辛勤经营，毁之一旦，又何其速也！

诗仙李白对秦始皇的评论，虽未直接道出秦朝灭亡的原因，但值得玩味：

> 秦皇扫六合，虎视何雄哉！
> 挥剑决浮云，诸侯尽西来。
> 明断自天启，大略驾群才。
> 收兵铸金人，函谷正东开。
> 铭功会稽岭，骋望琅琊台。
> 刑徒七十万，起土骊山隈。
> 尚采不死药，茫然使心哀。
> 连弩射海鱼，长鲸正崔嵬。
> 额鼻象五岳，扬波喷云雷。
> 鬐鬣蔽青天，何由睹蓬莱。
> 徐市载秦女，楼船几时回。
> 但见三泉下，金棺葬寒灰。
>
> （《全唐诗》卷161，《古风》之一）

三 从外道内法到阳儒阴法

1. 汉承秦制

（1）政治制度

秦朝灭亡了，汉王朝继承了秦朝的事业和制度，这就是两千多年来中国历史学家所公认的"汉承秦制"，或"汉踵秦制"。

秦朝建立"皇帝"号，皇帝自称为"朕"，皇帝的命令称为"制"和"诏"，汉代因循不改。略有不同的是：秦朝皇帝准备按世系排列，二世、三世以至万世，打算永久统治天下，不准后代子孙和臣下评价皇帝的是非功过；而汉代的皇位继承不以世系排列，皇帝死后，由礼官根据皇帝生前的政绩和功过，议上谥号，但这只是一种形式，实际上只允许赞美褒扬，而不允许批评贬抑。

汉代的中央官制有"三公九卿"的称谓。"三公"指的是丞相、太尉和御史大夫，都是沿袭秦代设立的官职，职掌也无变化。汉武帝时将"太尉"改为"大司马"，西汉末年复将"丞相"改为"大司徒"，"御史大夫"改为"大司空"。"九卿"指的是奉常、郎中令、卫尉、太仆、廷尉、典客、宗正、治粟内史及少府，大都是秦代设立的官职，职掌名称基本相同。略有不同的是，汉初的中央官制中增加了太师、太傅、太保之职。"太师位在太傅上，太保次太傅"。太傅于吕后时设置，时置时省，至汉哀帝时复置，职位在三公以上。太师、太保至汉平帝时才设置。这些官职的名称古已有之，汉代设置是受了儒家的影响。太师、太傅、太保在西汉前期在政治上没有多大作用，实权掌握在"三公九卿"手中。"三公九卿"是秦制，是按照法家理论建立的。

汉代的地方官制同样沿袭秦代，仍以郡、县、乡、亭为基本组织机构。秦置郡守，为郡的最高行政长官，汉代沿袭，景帝时更名为太守，职权与郡守完全相同；秦代以郡尉辅佐郡守，掌管一郡甲卒、兵事，汉代相沿，于景帝时更名为都尉，开府置吏一如太守。秦代县的最高行政长官是县令或县长，万户以上的大县设令，万户以下的小县设长，汉沿秦制。秦代的乡官有三老、啬夫和游徼，汉代沿袭。秦代以十里为一亭，设亭长，负责管理辖区治安，汉代沿袭。从以上的官职和职掌来看，基本是汉承秦制，略有变更。

汉与秦在政治制度上最大的不同是恢复分封制。秦代统一后实行郡县制，废除分封制，而汉代不得不在一定时期、一定条件下分封诸侯。

汉高祖刘邦在夺取全国政权的过程中，为了孤立项羽，战胜强敌，曾以分封诸侯的形式鼓励部将勇敢杀敌立功，相继分封了楚王韩信、梁王彭越、淮南王英布、韩王信、长沙王吴芮、赵王张敖、燕王臧荼、闽越王无诸、南越王赵佗。汉高祖战胜项羽以后，基本上控制了全国政权，便感到异姓诸侯王的存在是对皇权统治的一种潜在威胁，立即采取措施废除异姓诸侯王。楚王韩信被杀时哀叹说："狡兔死，良狗烹；高鸟尽，良弓藏；敌国破，谋臣亡。天下已定，我固当烹。"刘邦对功臣的残杀，是为了专制独裁，是为了刘姓皇室的安全。

刘邦消灭了异姓王，而又大批分封同姓王。为了控制同姓王的发展，朝廷派遣太傅、相两个职官负责管理王国政权。当时分封的诸王年龄较小，实权操在中央派出的相手中，未对中央政权构成威胁。汉文帝时，诸侯国的王都长大了，开始驱逐中央命官，试图建立独立王国。汉景帝时，七国国王发动叛乱，中央派出大将军周亚夫率兵击败叛军。此后，朝廷制定了更严格的制度，限制王国势力，规定皇子受封为王，只征租税，不管政事。王国与侯的封地无异。七国的灭亡，结束了西周以来的诸侯分封割据制度，基本上恢复了秦代所建立的专制主义中央集权体制。

"诸侯惟得衣食税租，不与政事。"表面上维持了儒家所主张的分封制，实际上诸侯并无多大政治权力。到了汉哀帝和汉平帝时期，诸侯王大多只是"生于帷墙之中，不为士民所尊，势与富室亡异"。阳为分封，阴行专制主义中央集权，集中表现了政治上的"阳儒阴法"特色。阳儒是虚，阴法是实。这是汉代，也是以后各代封建政权的统治实质。

秦朝的专制主义中央集权的国家机器是按照韩非的法家思想建造的，汉朝继承并进一步加以改善和装饰。韩非的思想不仅对秦代、汉代，而且对以后各代政治都有深远的影响。

（2）重本抑末

汉初统治者为安定社会，采取"与民休息"政策，尽量减轻徭役负担和租税，鼓励农民努力耕织，这是战国时代耕战政策的延续和发展，也是对秦朝徭役负担沉重的合理纠正。

汉初，农业税较低，农业生产获利丰厚，所以土地兼并很严重，出现了许多田连阡陌的大地主，有的富商大贾也加入了兼并农民土地的行列，出现了商人地主化的现象。商人地主化，是利益驱使造成的，也是国家政策限制的结果。汉高祖时期，国家政策不仅明文规定"贾人不得衣丝乘车"，而且"重租税以困辱之"。这是说，商人不得显示自己的富贵，不得穿上流社会的丝织品衣服，不得乘坐上流社会的车，并且要交高额租税，其发展规模被限制。汉惠帝时又规定："市井子孙亦不得为官吏。"这种使商人富而不贵的政策，必然促使一部分商人将经商积累的金钱投向土地，成为大地主，更何况投资土地是一本万利的事。

重本抑末，即重农抑商还表现在许多方面。例如，为了防止灾荒时期商人囤积居奇，扰乱市场，国家专门在各地设立常平仓，调节粮价。"以谷贱时增其价而籴，以利农，谷贵时减价而粜。"再如，为了限制商人经营盐、铁之利，悉收盐、铁为国家经营。实行平准法，"尽笼天下之货物，贵则卖之，贱则买之。如此，富商大贾亡所牟大利，则反本，而万物不得腾跃"。

汉代所推行的"重农抑商"政策完全是法家的主张。韩非说："夫明王治国之政，使其商工游食之民少而名卑，以寡趋本务而趋末作。"汉代统治者推行的盐铁均输、常平仓、平准法全是为了重本抑末。所谓"贾人不得衣丝乘车""市井子孙亦不得为官吏"，不正是韩非所说的"使其商工游食之民少而名卑"吗？

汉代在经济上贯彻了韩非等法家的"重本抑末"政策，此后历代封建王朝也都把"重农抑商"作为一贯政策。

(3) 约法省刑

秦末农民战争时期，汉高祖刘邦率军进入关中，为扩大政治影响，笼络人心，曾宣布废除秦代苛法，与民约法三章："杀人者死，伤人及盗抵罪。"三章法很简略，对于当时正在进行的统一战争，笼络人心，纠正秦法的苛暴，起了有益的作用。但是，真的用这三章法来长期治理国家是不行的。

汉统一全国后，由于"三章之法不足以御奸"，便制定了《九章律》。《九章律》系丞相萧何根据秦律制定的，律有9篇，故名《九章律》。律文早已散佚，9篇的篇目依次是：盗、贼、囚、捕、杂、具、兴、厩、户。前6篇是秦律旧目，后3篇系萧何新创。这只是一种说法，考古证实，汉代以前已有户律、厩律篇名。照此说来，《九章律》基本是整理先朝旧律而成，"取其宜于时者"而已。

《九章律》是汉朝的主要法典。汉文帝时按照"约法省刑"的原则，对于法制进行了一次重要改革。

首先是废除"收孥法"。自殷、周以来，就有夷三族法，一人犯法，父母、妻子、兄弟一同治罪。文帝即位后几个月就准备宣布废除此法。当时的左丞相周勃、右丞相陈平不甚理解，认为"连坐"有好处，"所以累其心，使重犯法"。文帝批驳说："法正则民悫，罪当则民从。且夫牧民而道之以善者，吏也。既不能道，又以不正之法罪之，是反害于民，为暴者也。"周、陈立即表示同意，下令废除。两千多年前的汉文帝认为刑罚只应加于罪犯本人，不应株连亲属，这种见解是很可贵的。

其次是废除诽谤妖言法。秦律规定："偶语《诗》《书》者，弃市；以古非今者，族。"老百姓不准对统治者有任何不满言行，否则就以妖言诽谤之罪论处。汉朝法律沿袭于秦，同样规定，凡属妖言惑众，"怨望诽谤政治"者，要处以斩刑。汉文帝即位后的第二年，诏令废除诽谤妖言法。"今法有诽谤妖言之罪，是使众臣不敢尽情，而上无由闻过失也"，"自今以来，有犯此者勿听治"。此法的废除虽是暂时的，但对于当时朝廷的言路畅通起了积极作用。

最后是废除肉刑。肉刑是奴隶制的产物，殷周时期普遍使用肉刑，封建社会也长期沿用。《盐铁论》说："秦时割掉的鼻子可以堆积起来，砍断的脚可以用车装。"这话可能有些夸张，而秦时普遍采用肉刑是事实。到了汉代，仍然使用肉刑，当时的肉刑有3种：黥（刺面）、劓（割鼻子）、刖足（砍去左右脚）。公元前167年，汉文帝下令废除肉刑，以髡钳城旦舂代黥，笞三百代劓，笞五百代斩左脚，斩右脚改为弃市。因为笞数太多也可以致人死命，又专门对竹制的笞的规格作了具体规定,并对笞刑的体位作了限制。废除肉刑是历史的一大进步。以后历代封建政权都不同程度地使用肉刑,直到清末才正式宣布废除凌迟、枭首、戮尸、刺字等残酷的肉刑。

鉴于秦朝灭亡的教训,汉朝在法制上作了许多重要改革,但这只是对秦律苛重的修正,法家法治的原则和精神并无多大改变。《汉书·刑法志》评论汉代的法制改革说:"外有轻刑之名,内实杀人。"刑罚改重为轻,不是取消法制,而是为了进一步加强法制,取得更好的治安效果。

从以上3个方面来看,汉王朝继承了秦朝的事业和制度:在政治制度上沿用了秦王朝建立的一整套专制主义中央集权的国家机器;在经济上推行了韩非等提倡的"重农抑商"政策;在法制上虽然进行了改革和修正,但依然保持了依法治国的原则和精神。汉王朝的统治,实际是秦王朝的继续。秦王朝的统治是按照韩非的法家理论建造的,汉王朝的实际统治理论自然是法家,而在表面上却打着其他旗号,先是"黄老之学",后是"独尊儒术"。

2. 汉初的黄老之治

(1) 统治旗号的选择

秦末农民起义的风暴是由政治统治的残暴引起的。它突出地暴露了法家学说从形成的第一天起，就隐藏着专制主义统治残暴的祸根。汉承秦制，是历史必由之路，但在如何行进方面，却没有一条现成的路。刘邦出身农民家庭，做过秦王朝的小吏，对于秦王朝的残暴统治有过切肤的感受。在起义中，他利用废除前朝苛法笼络了一些人心。秦朝灭亡后，他利用了这种优势，控制住了新的形势，打垮了强大的对手项羽，夺取了改朝换代的胜利。

但是，刘邦以马上得天下，对于如何巩固统治，也就是"守成"问题，心中是无数的。楚汉战争结束后，他仍然席不暇暖地东征西讨，对付一个个异姓王的问题，解决的主要方法是武力。只是到了后来，才受到谋士陆贾的影响，开始考虑新的治国方案。然而，直到他临死以前，一直还没有考虑成熟。

刘邦死后，政权落入吕后手中。这个女人是个"铁娘子"，野心大，手腕高，"专兵秉政"。她从摄理政事到临朝称制，先后统治15年。她独断专行，飞扬跋扈，使刘姓王朝危机四伏。

这时候，几个元老重臣发难了。带头发难的是谋士陆贾。这个最早向刘邦倡议"文武并用"的人物，现在又郑重地敲开了丞相陈平的大门，单刀直入地献出了"将相一体，共同对付诸吕"的对策，这才从实际斗争中端正了"汉承秦制"的方向。

陆贾的治国策略带有黄老刑名的色彩,与当时身为丞相的曹参所标榜的"无为而治"如出一辙。至削平诸吕以后,相继当权的大臣,如陈平、周勃、张释之等人,便公然打出了"黄老之学"的旗号,把"黄老之学"作为治国的指导思想。

陆贾的一部《新语》,新就新在统治方式上以道法结合的方式,取代秦人的法、术、势之治。在新的矛盾形势下,他根据实际统治需要,选择了"黄老之学",为"汉承秦制"开辟了通路。

"夫道莫大于无为","无为也,无不为也"。这是《新语》的精髓语言,是针对秦王朝好大喜功、力役天下、扰乱社会生产和生活的失败教训提出的,希望通过统治者清静无为、"与民休息"来达到天下大治的目的。这种政治思想符合当时社会的需要,特别是农民和中小地主,迫切需要减少徭役,希望统治者清静无为,给一个喘息的机会。

(2)曹参与盖公

曹参是沛县人,在秦时是个狱吏,随刘邦起义打天下,屡立战功。汉朝建立,封平阳侯,曾任齐相9年,又曾协助刘邦,平定陈豨、英布等异姓诸侯王。

曹参担任齐王相时,曾经召集长老、诸生,询问如何安定百姓。儒士数百人,各说各的道理,各自方法又不同。曹参拿不定主意。这时听说胶西有盖公,"善治黄老言,使人厚币请之。既见盖公,盖公为言治道贵清静而民自定,推此类具言之。参于是避正堂,舍盖公焉。其治要用黄老术,故相齐九年,齐国安集,大称贤相"。曹参推崇黄老之学,把正堂让给谈黄老之学的盖公居住,并以黄老之学治理齐国9年,使齐国安定无事,老百姓人人高兴。

"贵清静而民自定",正是老子说的"我无为而民自化,我好静而民自正,我无事而民自富,我无欲而民自朴"。

萧何为丞相,对秦国的法律进行了必要的修改,"取其宜于时者,作律九章"。九章律的基本内容以刑法为主,杂有审判、囚禁的规定。9篇的篇目依次为盗、贼、囚、捕、杂、具、兴、厩、户。前6篇是沿袭秦律体例,后3篇系萧何所"发明"。

曹参继萧何为丞相后,大致沿袭萧何成法,所以叫"萧规曹随"。为什么要这样?他说:"法令既明,今陛下垂拱,参等守职,遵而勿失,不亦可乎?""垂拱""守职","与民休息",就是清静,就是无为。

曹参为相,选拔官员的标准很有特点,专门选拔那些不善于言谈的"厚重长者";对于那些善于文辞,欲务声名者,坚决罢斥。这种作风显然不是法家的用人方法,较为接近道家的思想。所以,司马迁评论说:"参为汉相国,清静极言合道。然百姓离秦之酷后,参与休息无为,故天下俱称其美矣。"

（3）陈平与田叔

陈平是刘邦的重要谋臣之一，"少时本好黄帝、老子之术"。曾经为刘邦六出奇计，并参与平定陈豨与英布的叛乱。

据说他青年时期曾为父老分肉，"分肉甚均"，受到父老称赞。他当时曾感慨地说："假如我陈平有机会宰治天下，我也能像分肉一样，让天下的人公平满意。"这番话道出了这位身居陋巷的年轻人的远大抱负。

汉文帝时，陈平出任左丞相，周勃当了右丞相。一天，文帝问周勃，全国全年了结了多少案子，收支的钱粮有多少。周勃一概答不上来。文帝又问陈平。陈平回答说："这些事情都由主管的官吏负责。"

文帝说："主管的官吏是谁？"

"陛下问判案，可问廷尉；要问钱粮，可问负责钱粮的治粟内史。"

"假如这些事情都各有主管，那么你主管的事情是什么？"

陈平回答说："我为陛下主管群臣！陛下不嫌我的才能低下，让我做了宰相。宰相的职责是，上佐天子理阴阳，顺四时；下则化育万物，使之各得其宜；对外镇抚四夷，统治诸侯；对内使百姓亲附，使卿大夫各自恪尽职守。"

文帝听了很高兴，称赞他明于职责。

陈平的回答很机智，其中渗透着"无为"而治的理念，但也符合法家的"治不逾官，虽知弗言"的政治主张。

田叔也曾"学黄老术于乐巨公"，是黄老学派的嫡传。此人有胆有识，为人"切直廉平"，执法公正无私。

汉景帝时，田叔为鲁相。他刚一到任，有人就告鲁王受贿，夺人财产。田叔却说"鲁王难道不是你们的主人？你们怎敢如此说"，并以鞭子笞"鲁王之民"。鲁王听说后，非常惭愧，把钱取出来，请田叔归还百姓。田叔却说："钱是大王您夺的，让我做丞相的归还，这是让王为恶，使我为善，我不能这样做。"

田叔的行为正是对韩非所说的"忠臣不危其君，孝子不非其亲""臣不得行义成荣"理论的实践。在田叔身上表现出的是黄老的观念和法治的言行。

（4）王生与邓公

王生是一位"善为黄老言"的处士，在汉文帝、汉景帝时与廷尉张释之交好。据说，他曾在庭堂中，当着众人的面，要张释之为他提袜子。有人责备他不该侮辱廷尉。他却说："我老了，地位也很低，自度这一生对于张廷尉不会有什么帮助了。张廷尉现在是天下的名臣，我故意当众凌辱他,让他跪着为我提袜子,是要抬高他的威望。"

以凌辱的方法来提高一个人的威望,这明显是老子思辨哲学的命题。"全性保真"是老子人生哲学的核心内容。

张释之是汉初著名的法家代表人物。汉文帝时,太子与梁王共同乘车入朝,不下司马门,违犯了汉宫卫令,张释之制止二人,并上章弹劾其入公门不敬之罪,迫使文帝亲自谢罪,表示有教子不谨之过。这正是商鞅刑罚太子傅的作风,也就是"王子犯法与庶人同罪"的法家精神。张释之有这种作风,王生与其友好相处本身就说明,法家与黄老学派之间没有森严的壁垒。

邓公是汉景帝时期的一位奇人,本人喜好黄老刑名之学,"其子章以修黄老言显于诸公间"。这是一个黄老学派的世家。七国乱起,汉景帝不得已而杀晁错,"人莫敢谏",唯邓公说:"晁错以诸侯强大,担心不能控制,所以请削地,以尊皇上,这本来是一件对后世很有利的事情。然而计划刚刚实行,便要杀头。这样就会堵塞忠臣的口,是替造反的诸侯报仇。我认为陛下不该如此。"这是黄老学派的人对于法家的公开同情和支持。

(5)窦太后与黄生

窦太后是汉景帝的母亲,"好黄帝、老子言,景帝及诸窦不得不读《老子》尊其术"。汉武帝初年,儒者王臧为郎中令，赵绾为御史大夫，赵绾的老师申公为太中大夫。他们一齐建议在城南建筑明堂，接受诸侯议政。窦太后好黄老，"不说儒术"，派人寻找王臧、赵绾等人的错误，责备皇上不该听信这些人的胡说。"上因废明堂事，尽下赵绾、王臧吏，后皆自杀"，申公亦以有病而免其官。由此可见，汉朝黄老学派与儒家存在思想冲突。

汉景帝时，黄老学派的代表黄生与儒家的代表辕固之间曾发生了一场御前辩论。《史记·儒林列传》有如下记载：

黄生说："汤、武杀桀、纣，不是受命，而是弑君，是一种叛逆行为。"

辕固辩驳说："不对！夏桀、殷纣暴虐天下，天下人早已心归汤、武，汤、武代表天下人讨伐桀、纣，桀、纣统治下的老百姓不服从他们的驱使，而心归汤、武，汤、武不得已，自立为天子。这不叫'受命'，叫什么？"

黄生反驳说："帽子虽破，必须戴在头上；鞋虽然很新，只能穿在脚下。为什么呢？这是上下之分。当时桀、纣虽然失道，但仍是君主；汤、武虽然是救世的圣人，但他们是臣下。君主失去德行，做臣下的不能正言纠正其错误以尊天子，反而因其有过失而杀之，自立为天子，统治天下。这不叫'弑君'叫什么？"

辕固说："假若像你所说的这样，高祖代替秦朝的天子,就不对了。"

景帝说:"吃马肉不吃马肝,不为不知味;学者不说'汤武受命',不为愚蠢。"

这场辩论显然是战国时代儒、法之争的延续,论据和观点早就有了。

儒家学派的根据是孟子回答齐宣王的观点。齐宣王问孟子,汤放桀,武王伐纣,是不是"臣弑其君"?孟子回答说:"伤害仁者谓之贼,伤害义者谓之残。残贼之人谓之独夫。只听说杀死了独夫纣,不曾听说是弑君。"这是辕固的理论根据。

而黄生的根据是从法家那里拿来的。韩非说:"尧为人君而君其臣,舜为人臣而臣其君,汤、武为人臣而弑其主、刑其尸,而天下誉之,此天下所以至今不治者也。"还说,"冠虽贱,头必戴之;履虽贵,足必履之"。不仅理论相同,而且比喻一样。这说明黄老之学与法家的学说是相通的,而与儒家的距离却远得多,甚至有许多不相容的地方。

在这场辩论中,景帝不得不承认两者均有一定道理。假若继续辩论下去,景帝就要陷入两难的处境,不是承认高祖是不忠之臣,就是承认民众有权推翻君主,所以只有宣布停止辩论为最明智的抉择。

(6)汲黯与杨王孙

汲黯是一个典型的黄老学派的政治家,"学黄老之言,治官理民，好清静"。汉景帝时，任东海太守。"其治，责大指而已，不苛小。黯多病，卧闺阁内不出。岁余，东海大治。"在担任主爵都尉时，"治务在无为而已，弘大体，不拘文法"。汉武帝独崇儒术，汲黯却常常批评儒学，斥责儒者阿谀人主，甚至敢于批评汉武帝表里不一的行为，"内多欲而外施仁义"。

杨王孙是武帝时代的黄老学的虔诚信徒，老的时候，立下遗嘱，要儿子把自己裸葬。他的朋友听说了，表示不理解，他却讲了一番大道理：

> 夫死者，终生之化，而物之归者也。归者得至，化者得变，是物各反其真也。反真冥冥，亡形亡声，乃合道情。夫饰以外华众，厚葬以鬲真，使归者不得至，化者不得变，是使物各失其所也。且吾闻之，精神者天之有也，形骸者地之有也。精神离形，各归其真，故谓之鬼，鬼之为言归也。其尸块然独处，岂有知哉？

不用说，这完全是道家的自然人生哲学。

（7）黄老之治

从汉惠帝元年到汉景帝后元三年（公元前194—前141年），共54年。这一时期汉朝的统治思想是"黄老之学"，这一时代的政治叫"黄老之治"。

西汉前期，避免对外作战，对匈奴实行和亲，尽量减少徭役，使农民得到五六十年的休养生息，国力大为增强。地方官府里装满粮食，仓库里装满了铜钱，朝廷积累的钱数以千万，长期不使用，钱串子都烂掉了。朝廷储藏的粮食多得没有地方盛放，有的只好堆在露天地里，以致霉烂。实行清静无为政治，使整个社会都过着相对安定富足的生活。这便是司马迁笔下汉初的社会生活。司马迁称赞说："孝惠皇帝、高后之时，黎民得离战国之苦，君臣俱欲休息乎无为，故惠帝垂拱，高后女主称制，政不出房户，天下晏然。刑罚罕用，罪人是希。民务稼穑，衣食滋殖。"

班固也称赞说："周、秦之敝，罔密文峻，而奸轨不胜。汉兴，扫除烦苛，与民休息。至于孝文，加之以恭俭，孝景遵业，五六十载之间，至于移风易俗，黎民醇厚。周云成康，汉言文景，美矣！"

这是中国历史上少有的治世，经济繁荣，社会安定，所以被称为"文景之治"，与唐代的"贞观之治""开元盛世"等被史家称美。

从这些历史的赞语中，我们可以看出，汉初的"黄老之治"与秦王朝的统治相比，最大的区别是，采用了"与民休息"的无为政治，消除了法令的烦苛。所谓"扫除烦苛"，不是不要法律，而是改善法律，消除法令执行过程中的弊端。"与民休息"，改善法令，是汉初"黄老之治"的特色，而"黄老之治"是"黄老之学"的实践。

3. 外道内法的黄老之学

（1）黄老之学的起源

"黄老之学"是先秦时期道法合流的一种学说。顾名思义，"黄"是指传说中的黄帝，"老"指的是春秋时期道家创始人老聃。推崇黄帝、老聃为其学派创始人，以黄老之言为学派的指导思想，这一学派被称为"黄老学派"。

"黄老学派"形成于战国时期，最初流行于齐国的稷下学宫。它既讲道德，又主刑名；既尚无为，又崇法治；既认为"法令滋彰,盗贼多有"，又强调道生法，"以法为符"。从这些基本主张看，黄老之学显然是道法结合的一种学说。黄、老连称就是一种复合形态。从词义上讲，黄老是互相吸收、互相补充的关系。黄是老的政治准则，老是黄的理论基础。

从思想史的发展线索看，黄老之学的出现，正足以说明老子道德学说在分途发展中向另一方向演进的趋势，恰与杨朱、庄周的思想背道而驰。以杨朱、庄周为代表的道家，强调的是"全性保真"，他们当然不愿把"黄帝"这个名号奉为旗帜。庄子说："道之真以治身，其绪余以为国家，其土苴以治天下。"这种糠秕圣哲、鄙夷政治事功的态度，与黄帝的政治进取精神是格格不入的。

几乎就在同时，在齐国稷下讲坛上，涌现出一股相反的思潮。它一经酝酿形成,就扯起了"黄老之学"的旗帜,把老子的思想向着另一方面改造,以政治事功为其目标。因为比较多地关注刑名问题,所以又有"黄老刑名之学"的称谓。

黄老的结合是思想界百家争鸣,思想互相吸收、互相融合的一种结果。"黄老之学"实际是道家、法家思想结合的产物。由于法家在战国时期的节节胜利,特别受到统治者的垂青,一部分具有功利意识的道家学者便自觉地吸取法家的思想。同时,法家的思想家也需要将自己的政治理论进一步哲理化,当时思辨意识最为浓重的典籍是道家的《老子》(例如,韩非就有《解老》《喻老》等文,有意汲取《老子》的哲学营养),所以,"黄"与"老"的结合,是相互需要、自然而然的结合。

道家、法家思想的结合,另外一个原因可能是,一部分思想家已经意识到,单靠严刑峻法的高压手段,未必能够维持长治久安,社会稳定需要其他思想的调节。统治者需要法家的理论,同时也需要其他思想学派的支持。尚未成为统治阶级意识的儒、墨、道等诸家学派为了取得官学地位,最为便利的方法是向官学靠拢。所以在当时,儒、墨、道三家均有与法家思想相结合的趋向,并且在不同程度上也有了这种结合。例如,云梦秦简《为吏之道》中就要求官吏做到"宽裕忠信,和平毋怨","慈下勿凌","恭敬多让,宽以治之"。这明显是儒家思想渗透进了官学。

"黄老之学"是百家争鸣时代的产物。在争鸣过程中，有一些学者批判地改造了《老子》的思想，从哲理高度运用"虚壹而静"的道来论证法治主张的合理性，着重提出了一套以刑名关系为标识的统治术。他们把"黄帝""老子"的形象揉合在一起，把他们作为"道"的化身，借以压倒孔门儒学树起的尧舜的偶像，这就是黄老之学产生的由来。

作为道家学说的一个支流，"黄老之学"的新鲜内容是所谓的"黄帝之学"。"黄帝之学"在一开始就假托"黄帝"之名，以统治术作为自己思辨的主要内容，在基本精神上侧重于"君人南面之术"。这些内容后来被汇编到《管子》中，以道术结合、道法结合的形式保存了下来。

例如，《管子》一书中的《心术》上下及《内业》《白心》等4篇，逐一都打上了"黄老之学"的印记。这4篇文章借道明术，匠心独运，在阐述新的法治理论上很有创见。它以宣扬法治为轴心，强调术的妙用，逻辑十分严密，很可能就是"黄老之学"的源头。

关于"黄老之学"的早期代表人物，《史记》提到过田骈、慎到、环渊、接子、申不害等人。因资料散佚，大都不能详考了。例如，环渊自著的《蜎子》13篇，《接子》2篇，都已只字不存。所幸田骈的思想学说在各家论述中，还残存着一些痕迹，可以窥见"黄老之学"的发展势头。《庄子·

天下》把彭蒙、田骈、慎到列为一家，并作了精致的评述，使人感到，他们的思想既由"黄老之学"的渊源而来，又在发展中蕴藏着新的动向。这个新的动向就是向法家发展。

《史记》说慎到学"黄老道德"，他的大部分著作亡佚了，残存的几篇文章中，大都是谈法治的。他说："治国无其法则乱，守法而不变则衰，有法而行私谓之不法。""无法之言不听于耳，无法之劳不图于功，无劳之亲不任于官，官不私亲，法不遗爱。上下无事，惟法所在。"至于权势的重要性，他讲得就更加精彩了，这在前边已经讲过。正因为如此，才把他作为法家的重要先驱。

《史记》也说韩非"归本于黄老"，的确很有道理，他的思想与黄老之学有着密切的关系。法家人物所探讨的法、术、势理论与"黄老之学"的"君人南面之术"是一致的。

从以上的叙述来看，"黄老之学"是道家思想与法家思想相结合的产物，它的侧重点是专门探讨"君人南面之术"。在这一点上，它既是韩非法家思想的渊源之一，又与法家的思想主张一致。

汉初的统治者扯起"黄老之学"的旗号，是鉴于秦王朝"举措暴众而用刑太极"，单纯使用法家的理论，迅速遭致灭亡的教训。打起"黄老之学"的旗号，既可以保持法家理论统治的实质，又便于纠正单纯依靠严刑峻法控制社会的过失，把法家的暴力统治方式用道家的"无为而治"

的旗号装饰起来，具有更大的欺骗性。所以，"黄老之学"在汉初成为官学，是现实社会的合理选择。

（2）黄老之学的内容

如前所说，"黄老之学"兴起于战国时期齐国的稷下，而真正把"黄老之学"从道法、道术上贯通起来，在现实政治上加以实践的是汉初的统治者。汉初的君臣，鉴于秦王朝"举措暴众"，用刑过重过滥，而迅速灭亡的教训，执行了"与民休息"的无为之治，以安定社会、发展经济为目标，强调清静无为，主逸臣劳，宽简刑政，轻徭薄赋，顺乎民欲，应乎时变。这种治国方案从曹参、盖公那里开始，连续五六十年之久，"黄老之学"一直以官学居于支配地位。

这一时期，"黄老之学"不仅在实践上具有重要意义，而且在内容上进一步扩大了范围。"采儒墨之善，撮名法之要"，是一种以道法结合为主的庞大思想体系。"黄老之学"在汉初一度兴盛，而在汉武帝罢黜百家、独尊儒术之后趋于衰落，除了《老子》较为完整地保存下来之外，关于黄老之学的主体部分——"黄帝之学"很快就失传了，以致人们对"黄老之学"的认识越来越模糊，众说纷纭，莫衷一是。但是，随着《黄帝四经》的重新发现，这个问题得到了解决。

1973年长沙马王堆汉墓出土帛书中，在《老子》甲、乙本前，放置着古佚书4卷，墨写朱丝，折叠30多层，经整理，被确认为《黄帝四经》，包括《经》《十大经》《道原》《称》4卷。全书自始至终高扬黄帝的旗帜，详细阐述《老子》无为的政治哲学。

这份珍贵的原始资料，熔黄老、道法于一炉，兼采儒、墨的部分思想主张，在很大程度上反映了汉初黄老之治的政策动态，关于"黄老之学"的内容一目了然。

就"道法结合"而言，《黄帝四经》有意识地抬高了"道"对于"法"的驾驭作用，甚至干脆抛出道生法的命题。这充分表明汉初君臣为医治战争创伤而迫切要求实行"无为而治"的心理动向。帛书反复强调："是非有分，以法断之；虚静谨听，以法为符。"即令是君主本人，也要注意到"生法而弗敢犯也，法立莫敢废也"。更为重要的是，实行法治的中心要求，必须严格服从于发展生产的目的，"民之本在地，地之本在宜"。

就"道术结合"而言，《黄帝四经》着重指出"君臣当位谓之静"，强调"名正则治，名奇（倚）则乱"。大讲特讲，循名责实，"循名究理"。强调"惠生正，正生静；静则平，平则宁"。养民以惠，上虚下静。这些主张与汉初的无为而治完全合拍。

综合汉初的"黄老之学"，基本内容如下：

主张"文武并用""德刑相济"。先秦黄老之学以道、法并提，重点在于法，而不在道，对于儒家提倡的德治，很不重视。这是与当时法家政治的节节胜利形势相适应的。到了汉初，鉴于秦朝的失败，"黄老之学"便特别强调无为的"道"，同时也注意到了"礼"或"德"的功用。例如《黄帝四经》中说："春夏为德，秋冬为刑，先德后刑以齐生。"

强调"明具法令""进退循法"。汉初的"黄老之学"对于秦代的崇尚暴力和好大喜功持批判否定态度，但并不否认法律的重要性。他们认为法律是"天下之度量""人主之准绳"，统治者应"明法修身"。"明法"是说法律应明白公布于天下，"修身"是要达到无为的境界。"明法"还要求执法严明，君主应当"进退循法，动作合度"。因为国君的一言一行，关系到国家的兴衰。赏罚予夺，一律以法为依据。这些观点和先秦法家的观点是一致的，只不过最后归结为"名各自名，类各自类，事犹自然，莫出于己"罢了。由此可以看出，"黄老之学"是法与道的结合。

坚持"约法省禁"。汉初的黄老学派认为，秦朝速亡的重要原因之一是法令苛暴，任意杀戮，犯罪规定过多。他们强调："为治之本，务在安民。"除暴禁邪必须依靠法律，而法律应当简易便于推行；刑罚宽平，以防滥刑无辜。在他们看来，"事逾烦天下逾乱，法逾滋而天下逾炽，兵马益设而敌人逾多"。只有漠然无为，而无不为；淡然无治，而无不治。

"刑不厌轻""罚不患薄"。与先秦法家相比,"黄老学派"反对重刑主义,反对轻罪重罚,不赞成"以刑止刑"的观点。他们认为秦以刑罚为巢,"故有覆巢破卵之患"。重刑理论不仅没有帮助秦代统治者治理好国家,反而使"刑者相半于道,而死人日成积于市",激起天下反叛。说明"设刑者不厌轻,为德者不厌重,行罚者不患薄,布赏者不患厚",可以获得民心。汉文帝"议论务在宽厚",汉景帝也要求治狱要宽,显然都受了"黄老之学"的影响。它立足于道家的无为,却和儒家的仁政有相通之处。

《黄帝四经》还认为治好国家有6种情况,叫作"六顺",霸和王是它的高级表现形式。实行王道,必须参用天地之道,做到"文武并行""万民和辑"。其中关键在于,君主应当与臣为友。这种思想与法家所主张的君臣利害关系明显不同,集中表现了汉初君臣迫切要求安定团结的愿望。

汉初"黄老之学"的流行,给汉承秦制的客观需要提供了解决的方案,生动地体现了历史的必然。实行耕战合一的经济政策没有变,法治主义的方向也没有中断,只是在"无为"的旗号下,停止了大规模的工程建设,实行了"轻徭薄赋"政策,端正了法治原则,改重刑主义为轻刑主义。

此外,"黄老之学"还把黄帝进一步塑造为一个"四达自中"、为天下宗的君王形象,认为只有这样的人物才能实现真正的统一和中央集权。这是在事实上承认秦王朝所建立的专制主义中央集权的合理性,承认汉王朝的统治的合理性。

(3)黄老之学的消失

汉初,在封建统治者的提倡下,一时"黄老学者"名流辈出,多达一二十人。当时的知名政论家,在撰著活动中有意识地传播"黄老之学",亦起了推波助澜的作用。

然而,曾几何时,当董仲舒的新儒学一被扶上台,"黄老之学"便一蹶不振,言者齿冷,听者藐藐,几乎成了绝响。至于后世宗教性质的道教的崛起,那是道家另一支派活动的结果,与汉初的"黄老之学"已经不相关涉。

但是,"黄老之学"在中国学术史上具有重要地位,这不仅是因为它在汉初几十年间成为官学,更为重要的是它对儒、法的合流起了桥梁作用。在"黄老之学"旗帜的掩盖下,长时期处于对立地位的儒、法两家,也逐渐摆脱了那种势不两立的紧张局面,一步步突破门户之见,开始向一起靠拢。

一方面,秦王朝速亡的深刻教训,使汉初的君臣在制定新政策时,注意削弱法制在社会政治生活中的强度,转而吸收儒家的一些主张;另一方面,儒家学者自觉适应汉王朝的现实政治需要,争取为现实政权服务的地位。这两种趋向的自然靠拢,使儒、法两家学说有可能在一定限度内合流。这本身也符合学术互相交流、互相吸收的潮流。

"黄老之学"盛行时期,年轻的政论家贾谊撰写《过秦论》,就说秦的灭亡由于"仁义不修"。后来他在给文帝写的《治安策》中,进一步提出礼法并用的观点,认为"礼"可以起防患于未然的作用。守天下,就要讲儒学。

汉初朝廷设博士之职。博士中最早受到重用的,是山东大儒叔孙通。他奉命制定朝仪,使刘邦认识到了礼仪的作用,拜其为奉常,赐五百金。到文帝时,一些儒生运用变通的观点,重新解释礼学,塞进去不少自己的理解,论证文武之道,一弛一张。这说明,儒学借助于"黄老之学"的掩护,正在走向新的政治学术舞台,已经改变了被禁止的处境。

汉文帝为了保护儒学,曾派太常掌故晁错到济南伏生家学习《尚书》。到了汉景帝时,儒家春秋公羊学异军突起,公开运用阴阳五行、谶纬对礼法相辅的观念作了别出心裁的发挥,编造了一套更加适合统治者需要的理论体系。这种情况表明,儒家对政治的投靠已经突破了思想上的鸿沟,表现出与法家合流的动向。

从上述情况看,汉初的"黄老之治"实际是外道内法。汉初的统治者,鉴于秦王朝单纯使用法家理论速亡的教训,利用"黄老之学"的旗号,纠正了单纯依靠严刑峻法控制社会的过失，把法家的暴力统治方式用道家"无为而治"的旗号掩饰起来。这种道、法结合的方式受到统治者赏识，为儒、法的合流提供了榜样。因此，儒家春秋公羊学异军突起，公开利用谶纬迷信、微言大义对儒学的观念进行别出心裁的发挥，尽可能地吸收和改造法家的治国理论，以满足统治者的需要，积极进行政治投靠。后来者居上，新儒学取代"黄老之学"，成为独尊的官学。那么，新儒学的实质是什么？它是怎样取代"黄老之学"的呢？这需要从陆贾、叔孙通和贾谊谈起。

4. 陆贾、叔孙通与贾谊

（1）陆贾及《新语》

陆贾是刘邦打天下的重要谋士之一。因为其能言善辩，常常代表汉王出使。刘邦完成统一后，派陆贾出使南越，劝说当地割据者尉他（赵佗）归汉，陆贾因功被拜为太中大夫。在吕后死后，陆贾曾与丞相陈平、太尉周勃谋划，除掉了吕产、吕禄，迎立文帝。

陆贾对西汉王朝的统一事业是有贡献的，而他最大的贡献是为刘邦提供了治国安民的办法。《汉书》说，陆贾常在刘邦面前称赞《诗》《书》。刘邦骂道："乃公居马上而得之，安事《诗》《书》！"陆贾却说："居马上得之，宁可以马上治之乎？且汤武逆取而以顺守之，文武并用，长久之术也。昔者吴王夫差、智伯极武而亡；秦任刑法不变，卒灭赵氏。乡使秦已并天下，行仁义，法先圣，陛下安得而有之？"刘邦听了觉得很有道理，表示接受，让陆贾把他的想法写出来。"陆生乃粗述存亡之征，凡著十二篇。每奏一篇，高帝未尝不称善，左右呼万岁，号其书曰《新语》。"

这个记载很生动，说明陆贾的《新语》很受刘邦的重视。《新语》12篇现在都保存完好，篇篇都是对皇帝的具体建议。《新语》的结论是，统治者守天下，不能恃刑罚，要行仁义。"圣人怀仁仗义，分明纤微，忖度天地，危而不倾，佚而不乱者，仁义之所治也。"他认为秦朝灭亡的教训是"秦以刑罚为巢，故有覆巢破卵之患，以赵高、李斯为杖，故有顿仆跌伤之祸"，"事逾烦天下逾乱，法逾滋而天下逾炽，兵马益设而敌人逾多。秦非不欲治也，然失之者，乃举措太众、刑罚太极故也"。毫无疑问，这些都是秦朝失败的教训。为此，陆贾提出了无为而治的政策。"无为"并不是什么都不做，是要谨慎地遵循无为的原则，不以繁重的徭役和赋税扰乱民生。

陆贾《新语》的归宿是黄老之学，但内容包含了儒家的仁义主张。从刘邦讨厌儒学，到陆贾专门在他面前公开谈《诗》《书》，引起刘邦发脾气，再到刘邦愿意听和愿意看。这些过程说明儒学正在悄然兴起，开始对朝廷的治国方略发生影响。

(2) 叔孙通创制朝仪

叔孙通是秦朝的博士,是个通达时变的儒生。秦末先归项羽,后附刘邦。刘邦讨厌儒服,他就改穿短衣。在群雄争斗之时,他向刘邦推荐的人都不是儒家学派的人。而当刘邦统一天下后,他向刘邦说:"夫儒者难与进取,可与守成。臣愿征鲁诸生,与臣弟子共起朝仪。"又说:"五帝异乐,三王不同礼。礼者,因时世人情为之节文者也。故夏、殷、周之礼所因损益可知者,谓不相复也。臣愿颇采古礼与秦仪杂就之。"叔孙通为刘邦创制了朝仪,刘邦享受了当皇帝的威仪,非常满意,很高兴地说:"吾乃今日知为皇帝之贵也。"

叔孙通的话正是以后中国儒家在政治上的写照——"难与进取,可与守成"。"五帝异乐,三王不同礼",这话不是儒家信而好古的历史观,而是法家的"三代不同礼而王,五霸不同法而霸"的历史观。所以叔孙通以儒家名义制礼,而表现的精神是法家变革思想。汉朝的朝仪也不是古代礼仪的模仿,而是"古礼与秦仪杂就之"。这非常典型地反映了儒家投靠现实政治的态度。

叔孙通前往鲁邀请诸儒为汉朝创制朝仪,30多个人应邀前往,只有两人拒绝前往。这说明大多数汉儒对现实政权采取了"因时世人情"的灵活态度。坚守儒家的礼是徒具形式,而实际上则是君尊臣卑,必须服从,这是韩非的法家观念。

叔孙通以儒家学者的身份强调"儒者难与进取,可与守成",将法家的历史观念运用到现实政治中,为汉王朝服务,表现了儒家投靠政权,儒、法合流的趋向。

(3)贾谊及《新书》

贾谊是西汉初期著名的政治家、思想家、文学家。这位洛阳才子18岁即以文学"称于郡中",22岁时被郡守推荐,任博士,不久迁太中大夫。汉文帝一度想提拔他为公卿,但他却受到朝中大臣排挤,被贬为长沙王太傅。后来改为梁怀王太傅。梁怀王不慎坠马而死,贾谊认为自己没有尽到职责,经常哭泣,一年后亦死,年仅33岁。

贾谊的著作由后人整理而成,名曰《新书》。其中《过秦论》《论积贮疏》均为有名的政论文,《吊屈原赋》《鵩鸟赋》都是文学史上的千古佳作。

西汉王朝建立初期,君臣之间反复讨论秦朝二世而亡的问题。贾谊的《过秦论》也是讨论这个问题的。贾谊明确指出,秦朝灭亡是由于秦王"怀贪鄙之心,行自奋之智,不信功臣,不亲士民,废王道,立私权,禁文书而酷刑法,先诈力而后仁义,以暴虐为天下始"。秦二世"繁刑严诛,吏治刻深，赏罚不当，赋敛无度，天下多事，吏弗能纪，百姓困穷而主弗收恤"。一句话，秦的灭亡由于单纯使用刑法暴力工具。

贾谊从秦末农民战争中看到了人民的力量，认识到"与民为仇者，有迟有速，而民必胜之"，"民不足而可治者，自古及今，未之尝闻"。他主张以礼来治理老百姓。"礼者，所以固国家，定社稷，使君无失其民者也。主主臣臣，礼之正也；威德在君，礼之分也；尊卑、大小、强弱有位，礼之数也。"很明显，这是用儒教的观点解释政治问题。

贾谊认为："秦王置天下于法令刑罚，德泽亡一有，而怨毒盈于世。"这种"弃礼义，捐廉耻"的做法是不可取的。只有"礼义积而民和亲"，才能长治久安。他在强调礼的作用的同时，并不否定法的功能，认为各有侧重，不能互相替代。他说，"夫礼者禁于将然之前，而法者禁于已然之后"。

时代变了，儒家的思想观念必须适应新的形势。统一的王朝已经建立了，分封制已经不合时宜。异姓王也罢，同姓王也罢，都是一种割据势力，不利于国家的稳定和发展。贾谊从加强专制主义中央集权的立场出发，主张削藩，消除国家的毒瘤。由于王国的势力已经相当强大，贾谊认为，最根本的解决办法是"众建诸侯而少其力"。就是在诸侯王的封国内，再划分为许多小的封国，分给原来诸侯王的子弟，以分散削弱侯王的势力。这样封国小了，力量弱了，也就容易控制了。后来，汉文帝采纳了他的建议，把最大的齐国一分为七，把淮南一分为三，初步削弱了诸侯王的势力，使中央集权得以巩固。先秦儒家赞成分封制，法家集大成者韩非则坚决反对分封。秦朝废除了分封制，推行了郡县制。在这个问题上，贾谊采纳了法家的观点，用以毒攻毒的办法，对付分封制下的王侯，实质是反对分封制。

韩非主张："法不阿贵，绳不挠曲。法之所加，智者弗能辞，勇者弗敢争。刑过不避大臣，赏善不遗匹夫。"贾谊则认为"黥劓之罪不及大夫"，法律面前不应当平等。大臣犯了贪污罪和男女淫乱罪，不要直接公布其罪行，"廉耻节礼以治君子，故有赐死而亡戮辱。是以黥劓之罪不及大夫"。这是维护"刑不上大夫"的原则，显然是儒家的思想主张。

贾谊的思想中既有儒家的观念，也有法家的主张，二者相较，儒家的色彩较为浓重。儒家与法家思想的对立，在贾谊的身上开始消除。单从反对分封制的观念看，贾谊应当是一位法家思想的继承者；而从赞成礼治，强调德治教化的主张看，贾谊是一位儒家代表。实际上他既不是法家，也不是儒家，他就是他。他是一位现实的思想家，在他的思想中，既继承了法家的一部分思想主张，又有儒家的思想观念，体现了儒、法合流的趋向。这种合流不是个人的志趣和选择，而是现实政治的需要。正是由于这种需要，汉初的儒家学者纷纷向政权靠拢，积极地汲取法家的理论，利用微言大义的方法，对儒学进行新的解释，终于构造了一个阳儒阴法的思想体系。在这方面，今文经学大师董仲舒起了关键作用。

5. 阳儒阴法思想体系的构造者——董仲舒

（1）董仲舒的生平和著作

董仲舒（公元前179—前104）是西汉时期儒家春秋公羊学的大师，有"汉代孔子"之称。据记载，董仲舒少年时就开始研读《春秋公羊传》，学习非常专心、勤奋，"三年不窥园"。汉景帝时立为博士，招收弟子讲学，形成了一个很有影响的"春秋公羊学派"。

汉武帝举行贤良文学之士对策时，他上奏《天人三策》，全面提出了自己的学术主张，受到了汉武帝的特别赏识。《天人三策》以先秦儒家思想为中心，杂以阴阳五行说，并吸收了法家的一些重要思想主张，构成了自己的思想体系，使儒家思想从此成为统治中国两千多年的精神支柱，成为正统思想。

从大一统的思想观念出发，他建议"罢黜百家，独尊儒术"。"《春秋》大一统者，天地之常经，古今之通谊也。

今师异道,人异论,百家殊方,指意不同,是以上亡以持一统;法制数变,下不知所守。臣愚以为诸不在六艺之科孔子之术者,皆绝其道,勿使并进。邪辟之说灭息,然后统纪可一而法度可明,民知所从矣。"这种文化专制主义与法家相比毫无二致,只是禁止手段相对比较温和,不是焚烧和杀头,主要是官方有意识限制其发展,"勿使并进",从而达到儒家思想一统国家精神殿堂的目的。这种思想主张被汉代最高统治者采用,儒家独尊的局面从而形成。

更为重要的是,董仲舒作为汉代新儒学的代表,构造了一个阳儒阴法的思想体系,确定了中国封建时代的统治方式,影响巨大。

董仲舒的官职并不显赫,曾为江都王刘非、胶西王刘端相,后来称病辞职回家,专心著述。他的学术思想很受朝廷重视,"朝廷如有大议,使使者及廷尉张汤就其家而问之"。他的著作很多,现存的主要有《春秋繁露》以及保存在《汉书·董仲舒传》中的《天人三策》。

(2)天人感应

董仲舒继承了先秦儒家天人合一的思想,吸收了阴阳家五行学说,创造了一套"天人感应"的神学理论。

他把"天"描绘成创造一切、支配一切的最高主宰。世界上的一切事物都是由天作出的安排,都是天的意志的体现。首先自然界的变化，四时的运行，都是出自天的意志。"天有五行，木、火、土、金、水是也。木生火，火生土，土生金，金生水，水生木。水为冬，金为秋，土为季夏，火为夏，木为春。春主生，夏主长，季夏主养，秋主收，冬主藏。"正是天有支配行为，万物才有了生长变化的力量源泉。人是万物中最可宝贵的，是天有意识创造出来的。"天地者，万物之本，先祖之所出也。"人是天的副本，"化天数而成"。甚至人的五脏四肢和情感都与天的五行、四时相照应。

在董仲舒看来，一切祥瑞和灾异都是天降的，又都是统治者的行为感召来的。帝王将兴，祥瑞先现；国家将亡，妖孽出现。国君失道，天就会降灾害，表示警告；不知自省，天会以怪异现象表示要惩罚；继续不改，天就会让你灭亡。这种对天的神化，是为君权神授寻找根据。"天子受命于天，天下受命于天子。"君权是上天赋予的，又是代表上天来统治臣民的。

那么，君主应当怎样体现天的意志对臣民进行统治呢？他认为君主为统治臣民所进行的各种活动，都是"承天意以从事"。君主"立于生杀之位，与天共持变化之势"。君主代行天意，臣民不服从君主的统治，就是违背天意。

董仲舒把君主说成是"神人"，是天的人间代表，这是树立君主的绝对权威。这种神化君主的思想方法与法家对君权绝对崇拜和歌颂是完全一致的。只是法家的君主是毫无限制的，可以为所欲为。董仲舒笔下的君主要受天的意志的限制，限制的方法就是显示灾异，表示警告，要求君主顺承"天意"行事，不要过分残暴，无德无行。这种限制是虚设的，事实上也是无限的。

（3）三纲五常

为了维护封建秩序，巩固统治，董仲舒根据儒家"君君、臣臣、父父、子子"以及忠、孝、仁、义的说教，进一步把它发展为"三纲五常"理论。所谓"三纲"，就是"君为臣纲，父为子纲，夫为妻纲"；所谓"五常"，就是"仁、义、礼、智、信五常之道"。

在董仲舒看来，"三纲五常"的主从关系也是根据天的意志安排的。"王道之三纲，可求于天。""君臣、父子、夫妇之义，皆取诸阴阳之道。君为阳，臣为阴；父为阳，子为阴；夫为阳，妻为阴。"属于阳者，居于主导地位；属于阴者，居于从属地位。"阳贵阴贱"，"阳尊阴卑"，这种关系是不能改变的，是天经地义的。

"三纲"之中，最主要的是君纲。君主在人世间是至高无上的，是承受天意的立法者，臣民必须绝对服从，不得违抗。违犯了"三纲五常"，就是违背天意。

董仲舒认为，君主如果运用"三纲五常"来指导国家的行政活动,就能使人"入有父子兄弟之亲,出有君臣上下之谊,会聚相遇,则有耆老长幼之施;粲然有文以相接,欢然有恩以相爱"。人人都有行为规则,人人自觉遵守,整个社会就会太平无事。

"三纲五常"的根本目的是要求臣民无条件服从君主。这一点与法家的理论也是相通的。事实上,比他早100多年的韩非就明确提出过类似的主张,只是没有进一步把它概括为"三纲"罢了。韩非说:"臣事君,子事父,妻事夫,三者顺则天下治,三者逆则天下乱。此天下之常道也,明王贤臣而弗易也。"法家也要求臣民无条件服从君主,即使君主像桀、纣一样残暴,做臣子的也不得违犯。韩非的"三纲"讲得十分明白,只是他没有反复强调而已。在维护君主的绝对统治方面,董仲舒与韩非是完全一致的。

(4)人性三品

董仲舒发挥了孔丘的"中人以上,可以语上也;中人以下,不可以语上"的思想,从而提出了性三品说。在董仲舒看来,人性分为3种:一是情欲很少,不教自善的"圣人之性";二是情欲很多,教也不能为善的"斗筲之性";三是有情欲,而可以为善亦可以为恶的"中民之性"。

董仲舒认为只有可善可恶的"中民之性"才可以说是性,而纯善的"圣人之性"和纯恶的"斗筲之性"都不能算性。在他看来，性中包含有善恶之资质，要由圣王来教化，教化而可以为善的，只有"中民之性"才具有这种资质，所以才可以称为性。他说孟子所讲的善是讲善端，不足以称为善，只有圣人所行的善才是善。

董仲舒讲圣王教民，目的是说明圣王统治人民的合理性，民众接受圣王统治的必要性。如果人性本来是善，那还要君王干什么？董仲舒讲的性三品，是孔子"性相近也，习相远也""惟上智与下愚不移"思想的进一步发挥。

董仲舒不完全否定求利。他说，"利者体之养也"，"体不得利不能安"。一定的利，对人是必需的。所以他反对对民众的过度剥削和掠夺，认为过度剥削，民不乐生；"民不乐生，尚不避死，安能避罪！"，"赋敛亡度，竭民财力，百姓散亡"，必然导致群盗并起。

（5）"大德而小刑"

"大德而小刑"是董仲舒提出的一套治国方针。他探讨了秦王朝灭亡的教训，认为秦"师申商之法，行韩非之说，憎帝王之道，以贪狼为俗，非有文德以教训于天下"，"是以刑者甚众，死者相望，而奸不息"。新的王朝必须吸取这个教训。

董仲舒认为治理国家应当以儒家倡导的道德教化为

主,以刑法为辅。他说:"天道之大者在阴阳。阳为德,阴为刑;刑主杀而德主生。是故阳常居大夏,而以生育养长为事;阴常居大冬,而积于空虚不用之处。以此见天之任德不任刑也。"君主治理国家必须顺从天意,"任德不任刑"。这是强调德治教化的功能。

"任德不任刑"不是不要刑。因为按照天的安排,"阳不得阴之助,亦不能独成岁"。因此德不得刑之助,也就不成其为政。"刑者德之辅",刑法作为德治的辅助手段也是必要的。刑法主要用于节制人欲,立君主之威,镇压反叛。

"大德而小刑"是强调德教应放在第一位,其次才是刑法,"前德而后刑","先教而后诛"。董仲舒认为礼义教化能够从根本上改变人的本性。

"大德而小刑"是对孔子"宽猛相济"思想的进一步引申和发挥,这是为统治者设计的一种文武兼用的统治方法。

法家不相信德治教化的功能,单独以法治为治理国家的主要手段。秦朝实践了这种理论,把法治推行到了极端,严刑峻法导致秦王朝的灭亡。历史事实证明,这种理论是片面的,是错误的。董仲舒提出"大德而小刑",是站在儒家的立场上,吸取秦朝失败的教训,强调德主刑辅。

（6）春秋决狱

"春秋决狱"亦名"春秋折狱"或"经义折狱"，就是以儒家的经典，特别是《春秋》的精神和事例作为审判民事和刑事案件的依据。

董仲舒是最早提倡"春秋决狱"的儒者之一，所著《春秋决狱二百三十二事》早已失传，仅有数例散见于各书之中。"春秋决狱"的基本含义是，以《春秋》经义为依据，断定是否有罪。凡符合《春秋》精神的行为，即使违犯法律规定，也不认为是犯罪；凡不符合或违背《春秋》精神的行为，即使不违法，或者原无法律规定，也可定为犯罪；或者是按照法律本应处轻刑的，由于违背《春秋》精神，便可判处重刑。

董仲舒极力吹捧儒家经书《春秋》，"孔子作《春秋》，上揆之天道，下质诸人情，参之于古，考之于今"，符合天经地义。决狱必须弄清犯罪者的动机。"《春秋》之治狱，论心定罪。志善而违于法者免，志恶而合于法者诛。"这是说，董仲舒以《春秋》治狱，是"论心定罪"，看重的是犯罪的动机，而不是行为的效果。符合《春秋》精神的就是"志善"，不符合《春秋》精神的就是"志恶"。这种"论心定罪"是错误的。考察犯罪动机是必要的，但过分强调动机，很容易将有罪说成无罪，把无罪说成有罪，这对于当权者是极为有利的,"所欲活则傅生议,所欲陷则予死比"。这就是论心定罪的本质。

"春秋决狱"是要求以儒家思想作为审判活动的指导,也就是引礼入法。经董仲舒等人提倡后,"春秋决狱"在汉代极为风行,并对汉以后历代王朝的审判活动有很大影响。

6. 阳儒阴法的形成与确立

(1) 儒学在汉代的兴起

如前所说,韩非在集法家思想之大成的同时,也吸收了先秦诸子各家的部分思想成果,经过熔铸,建立了自己的思想体系。以韩非为代表的法家思想在统一前后的秦王朝进行了全面实践。

实践的结果是,有成功,也有失败。秦王朝垮台了,汉王朝在疾风暴雨中控制了全国政权。为了巩固汉王朝的统治,汉代君臣总结了秦王朝灭亡的教训,采用宣扬无为而无不为的"黄老之学",实行"与民休息"的"黄老之治"。

"黄老之学"是道家思想与法家思想相结合的产物,在"黄老无为"这面旗帜的掩盖下,长时期处于对立地位的儒、法两家,也逐渐改善了那种势不两存的紧张关系,一步步地突破学派门户之见,转向相对的统一。

秦王朝迅速灭亡的教训,迫使汉初的统治者削弱其法制的强度，寻找缓和矛盾的学说。汉王朝的现实需要，又迫使诸家学说向政权靠拢。法律作为暴力工具，统一后的中国封建政权是须臾不能离开的，与法律相联系的法治主义自然不可能被抛在一边。儒家学者必须采取现实的态度，承认法制的合理地位，才能靠近政权。于是出现了一批识时务的儒家学者。

《史记·儒林列传》简要记载了汉代儒学兴起的经过："汉兴，然后诸儒始得修其经艺。""挟书者族"这条秦律到汉惠帝时便被废除了。

但最值得注意的是汉高祖刘邦的态度。刘邦是以"溺儒冠"而著称的，当了皇帝以后，他还是不愿看到穿儒服的人，认为自己是马上得天下，要诗书有何用？后来有两个人对他产生了影响。

一个是谋士陆贾，他说马上得天下未必马上能治天下，主张兼用暴力和教化两种手段，也就是文武并用。他的基本理由是，秦王朝之所以短命夭折，就是因为单纯用武，而不知用文。他向统治者献出了《新语》。

另一个是通达时变的秦博士叔孙通。他向汉高祖提出"儒者难与进取，可与守成"的建议，进取必须用暴力，守成必须用仁义；并为新的皇朝制定了朝仪。这些建言，汉高祖都听进去了。

公元前195年，刘邦过鲁，以太牢祀孔子，开了后世祀孔的先例。但当时，国内尚有干戈，最急迫的任务是平定异姓王的叛乱，没有时间和精力来研究儒学的问题。

汉文帝"本好刑名之学"，皇后窦氏也笃信"黄老"。这样说，并不排除他们在学术活动领域内，给儒家留下了一席之地。汉文帝为了保护儒家经典，曾派太常掌故晁错到济南寻访秦博士，接受伏生所传的《尚书》20余篇。

而贾谊公开在庙堂之上提出定经制，令君君臣臣，上下有差，父子六亲，各得其宜。《史记》说："贾生以为汉兴至孝文二十余年，天下和洽，而固当改正朔，易服色，法制度，定官名，兴礼乐，乃悉草具其事仪法。"这说明儒、法之间的思想鸿沟正在填平。

汉景帝时，春秋公羊学异军突起，董仲舒公然运用阴阳、谶纬对礼法相辅的观念作了别出心裁的发挥，编造了一套新的思想体系，被立为博士。这种情况的出现，表明儒家的政治投靠已经基本完成。

儒学经过改造后，政治上逐渐趋于活跃，在统治者怂恿之下，转而对"黄老"的官学地位进行了挑战。据说有一些儒学后生，曾按照"五德终始"的调子，鼓吹汉王朝应当受命改制，以土德王。他们在不同程度上谴责了"黄老"之"无为""因循"。辕固生舌战黄生，公开斥责"黄老之学"是"家人"之言，不足为训。尽管当时辕固生挨了整，险些送掉性命，而结果是打了个平手，儒学的影响越来越大。

《史记》说："世之学老子者则绌儒学,儒学亦绌老子。"在这里,"学老子"者应当是黄老学派的人,"儒学"者应当是以谶纬迷信为武器的新儒学的代表人物,"绌"在字义上近于贬低。这种对立的表现形式,说明儒学力量增强了,可以与官学,也就是"黄老之学",分庭抗礼了。

（2）"罢黜百家,独尊儒术"

到了汉武帝时,情况为之一变。汉武帝刘彻笃信儒学,即位不久,便发了第一道求贤诏令。身为春秋经博士,以当代"鸿儒"自命的董仲舒,便接二连三地献上了《天人三策》。针对当时统一学术思想的客观趋势,打起了春秋大一统的招牌,公然要求定儒学于一尊,正式取代"黄老之学"的官学地位。

在《天人三策》中,董仲舒站在新儒学的立场上,批评秦始皇焚书坑儒,不尊重先王之道,结果弄得天怒人怨,二世即亡。他认为汉王朝建立之后,在秦朝的老路上,搞了一些新名堂,仍不尊礼先王,这好比朽木粪墙,只要轻轻一推,就会坍塌。为今之计,只有坚决罢黜百家邪说,以儒学的思想为国家的指导方针,以《春秋》之是非为是非,一切按照先圣的经义办,并认真对待"改元"等问题,才能确保"王者受命于天"的永久地位。

董仲舒的思想中夹杂着法家和阴阳家的内容,在加强专制主义中央集权方面目标一致，而以儒为本的立场是非常鲜明的。董仲舒已经不同于先秦儒家，不是一个纯儒。

"罢黜百家，独尊儒术"，绝非出于一个人的一时冲动，而是社会思想演变的必然趋势。封建国家政治上的统一，必然要求学术思想的统一，有阶级局限性，也有时代局限性。法家思想成为官学时，不能容忍百家学说分庭抗礼，举凡法家以外的一切异端思想，统统都在焚烧禁止之列。同样，新儒学在走向官学时，也要求"罢黜百家，独尊儒术"。

就统治思想的演变趋势来讲，法家的变革理论已经完成了历史使命。因为封建法权和特权利益迫切需要被固定和保持下来，统治者需要的是不变论。这样，法家的变革理论必然被扬弃。

经过汉初的文景之治，到武帝时，整个社会正在走向繁荣兴旺，封建统治趋于稳定，法家思想学说中的基本内容早已由理论变为现实，凝结在国家的典章制度之中，受到了国家的保护和肯定。

统治阶级既需要以武力为后盾的"霸道"，又需要粉饰统治的"王道"。"霸王道杂之"就是兼用王道和霸道。这也是此后历代王朝的主要统治方式。

汉武帝为了实行思想的统一，接受了董仲舒的建议，但不等于放弃了法家的主张。在汉武帝身上，既可以看到儒家的一系列表面文章，又可以看到法家的精神存在。他一生坚持以法术驾驭臣下,文武并用,给自己配备了"循吏"和"酷吏"两套人马,作为加强统治的两手准备,需要什么,拿出什么,丝毫不受任德与任刑的束缚。

(3) 阳儒阴法统治方式的确立

西汉前期,统治者大多是"习文法吏事,缘饰以儒术",这是说,在现实生活中需要推行法制,学习法术,但在思想的装饰上需要儒术这个东西。这种统治方法概括起来叫"阳儒阴法"。

在思想上统治民众,儒学比赤裸裸地讲求利害关系的法术更有用。在汉武帝看来,"文法吏事"是实在的统治方法,而在思想上必须装饰以儒术。汲黯不懂得这个道理,他讥讽汉武帝是"内多欲而外施仁义",表里不一,汉武帝却反唇相讥,说汲黯"唐突不懂事"。

康有为看到了这一点。他说:"两汉君臣、儒生,尊从《春秋》拨乱之制而杂以霸术。"汉初的儒学是向法术积极靠拢的,就董仲舒这个新儒学的构造者来说,他的"大一统"思想里,显然注入了法家的势治要求。《春秋公羊传》强调诸侯不得"专封""专地""专讨",大夫不得"专执",实际就是不赞成分封制,强调专制主义集权。《春秋繁露》更明确提出要"一统乎天子"。

先秦时期儒家讲礼治,法家讲法治,礼与法是对立的。

这种对立代表着新旧两个阶级、两种制度的对立。到了汉儒解释问题时，便强调礼与法的统一性，承认礼要用法来辅助，承认礼乐、刑政都是治理国家的手段。董仲舒强调"大德而小刑"，就是要以德为主，以刑为辅。德主刑辅的实质是"阳儒阴法"。

汉武帝接受了"大一统"的理论，在政治上推行"众建诸侯"以强干弱枝，在经济上实行盐铁专营、重农抑商等政策。这些举措，表明汉武帝推崇儒学，不是让孔子牵着自己的鼻子走，而是要儒家靠拢政权，为自己服务。

儒、法两家的思想在许多地方是对立的，根本不可能完全合流。但这种对立就其阶级属性来讲是相对的，都是积极为统治政权服务的。在统一政权的操纵下，各自发挥其不同的功能，取得相对的统一。所以自从汉武帝独尊儒学以后，"阳儒阴法"的统治方式基本确定。儒学逐步驱逐了"黄老之学"，日渐成为官学。法家作为独立的政治派别正式偃旗息鼓，但法家的学说和法治作为封建统治的重要思想和政治支柱继续发挥着作用。

东汉而下，已经谶纬化了的儒家学说，经过封建统治者的热烈吹捧，一度成为占统治地位的官学。但从学术发展的轨迹看，汉代的儒学不同于先秦的儒学。它在魏晋时期进一步结合道家的思想，成为"老庄之儒"；到了南北朝时期，又汇合佛学思潮，成为"浮屠之儒"；再往后，又综合了佛、道、法各门学说，演变为程朱道学和陆王心学。但不管儒学的精神如何演变，法治的基本形式和内容并没有改变。

关于"阳儒阴法"的统治方式，汉昭帝时期的一场辩论揭示了其真实面目。昭帝8岁继位，实际政权掌握在霍光手中。霍光是汉武帝的旧臣，对于武帝时代的政策没有更动。在这一时期，就伐匈奴问题发生了一场论战。桑弘羊等人赞成盐铁国营、均输平准，肯定对匈奴的征伐，而具有儒家倾向的贤良文学者则持否定的态度。最后辩论到双方的基本立场问题。

桑弘羊批评对方"不知趋舍之宜，时世之变，议论无所依"，并说"西施之美无益于容，道尧、舜之德无益于治"，"饰虚言以乱实，道古以害今"，"往来浮游，不耕而食，不蚕而衣，巧伪良民，以夺农妨政"。这种思想观念与韩非思想完全一致。

面对桑弘羊等当权人物对儒学的批评，贤良文学者进行了激烈的辩护。关于不知世变，他们抬出了一个超越时空的"道"，来说明圣王治世的道"百世不易"；关于虚言乱实问题，他们辩护说："毛嫱，天下之姣人也，待香泽脂粉而后容。周公，天下之至圣人也，待贤师学问而后通。"把儒学当成是"香泽脂粉"等，这虽然没有把儒学的功能全部概括出来，但足可以显示儒学对现实政权的粉饰作用，这也正是统治者"阳儒"的根本原因。

（4）阳儒阴法的历史影响

"阳儒阴法"在汉朝确定之后，便成为两千年来中国政治统治的一个基本模式，在历史的发展中虽有量的变化，但一直未能造成本质上的不同。对此，宋代的大诗人苏东坡看得十分清楚。他说："自汉以来，学者耻言商鞅、桑弘羊，而世主独甘心焉，皆阳讳其名，而阴用其实。"

法家的代表人物主张赤裸裸的暴力统治，他们的名字很容易与秦王朝暴政连在一起，商鞅、桑弘羊名声不好，韩非、李斯更加糟糕，统治者不便公开谈论他们是事实，而"皆阳讳其名，而阴用其实"，同样也是事实。

汉代的阳儒阴法，在显性模式上确立了儒家的地位，而在隐性模式上确立了法家的地位。所以，韩非的思想对秦汉以后的中国政治和学术思想的影响是十分深远的，但都隐藏在儒家仁义道德说教之下。

近代维新志士谭嗣同在分析两千多年来的中国封建政治时，也说："二千年来之政，秦政也，皆大盗也；二千年来之学，荀学也，皆乡愿也。惟大盗利用乡愿，惟乡愿工媚大盗。"自从秦始皇建立了专制主义中央集权统治机器之后，汉承秦制，以后历代统治机器都是如此。而两千多年来的学术，却不是荀学，都是献媚政权的变态儒学。

专制君主利用欺世盗名的儒学来加强统治，乡愿靠粉饰统治的能力，依存于专制君主之下。秦朝的政治制度是在法家的理论指导下建立的，法家的基本思想，特别是专制主义中央集权理论自然长期保存在中国封建政治体制之中。

总而言之，先秦时期的儒、法之争，代表着两个剥削阶级、两种剥削制度的对立。汉以后，儒、法两种学术变成了同一封建统治者手中的两种工具。这里是儒、法的一致，而不是儒、法的对立。这种一致是封建时代儒、法关系的主要方面，具体表现形式是"阳儒阴法"。在"阳儒阴法"的统治方式中，法治始终起着实质性的作用。不仅如此，在社会动荡时期，在社会需要变革时期，崇尚法家学说的政治人物一再被召唤到历史舞台上来，进行前台公开表演。从曹操、诸葛亮、傅玄、葛洪、王猛、柳宗元、王安石和张居正等人身上可以看到，法治在特殊时期由隐性而变为显性。

四　韩非的法治理论与著名的政治家

1."拨乱之政,以刑为先"(曹操)

曹操是东汉末年著名的政治家,他的思想受先秦法家影响极大。陈寿在《三国志·魏书·武帝纪》中评论说:"汉末,天下大乱,雄豪并起,而袁绍虎视四州,强盛莫敌。太祖(即曹操)运筹演谋,鞭挞宇内,揽申、商之法术,该韩、白之奇策,官方授材,各因其器,矫情任算,不念旧恶,终能总御皇机,克成洪业者,惟其明略最优也,抑可谓非常之人,超世之杰矣。"这段评论符合曹操的本来面目。

曹操非常重视法制的作用,曾下令说:"自命将征行,但赏功而不罚罪,非国典也。"不但统军,在治国上他也强调:"夫治定之化,以礼为首。拨乱之政,以刑为先。"

他认为当时是乱世，所以始终把"刑"始终放在首要地位。在他的影响下，社会上出现了一种政治风尚，"师商、韩而上（尚）法术，竞以儒家为迂阔，不周世用"。所以西晋的傅玄说："近者魏武好法术，而天下贵刑名。"

曹操一生认为"拨乱之政，以刑为先"，"设而不犯，犯而必诛"，对于法律的执行是十分坚决的。他继承了韩非"法不阿贵"的思想，认为任何人都必须遵守国家的法律，不论身份、地位如何，违犯了法律，都要给予惩罚。他的儿子曹彰为将出征，临行，他严肃地告诫说："居家为父子，受事为君臣，动以王法从事，尔其戒之！"早在他任洛阳北部尉时，就特制了一根"五色棒"悬挂在门上，规定"有犯禁者，不避豪强，皆棒杀之"。例如，有一次，汉灵帝的亲信宦官蹇硕的叔父依仗权势，横行不法。曹操不畏权势，将他抓起来，砍了头，官僚贵族大为震惊。他对将士的要求是严格的，对于自己的行为也是比较注意的。有一次行军，他下令不准践踏老百姓的麦子，违者处死，后来他自己骑马不慎跑入麦田，违犯了自己定的军纪，便说："制法而自犯之，何以帅下？然孤为军帅，不可自杀，请自刑。"于是割发代首，表示自我惩罚。割发代首只是象征性的惩罚，但作为一个封建统治者能做到这一步，也在某种程度上反映了严格执法的决心。所以史载"汉末政失于宽"，而曹操"纠之以猛而上下知制"。所谓"宽"指的是对犯法的行为放纵不管，所谓"严"指的是严格执法、重刑惩治。当时曹操手下出现了一批严格执法的官员，如高柔、满宠、赵俨等都是不畏权势的司法官员。他们敢于和豪强势力作斗争，显然是得到了曹操的支持。

曹操在军队中还规定了赏罚分明的奖惩制度。他说："明君不官无功之臣，不赏不战之士；治平尚德行，有事赏功能。"又说，"勋劳宜赏，不吝千金，无功望施，分毫不与。"这是说，明智的君主不重用无功之臣，对于有功的将士必须给予重赏，无功的人让他们什么也得不到。这些思想主张，韩非早就讲过了。韩非说："法不阿贵，绳不挠曲。法之所加，智者弗能辞，勇者弗敢争。刑过不避大臣，赏善不遗匹夫。"惩罚要重，奖赏也要重，无功不能受奖，曹操对这些主张进行了全面实践。

曹操对司法官吏的选拔是很重视的。他曾说，"夫刑，百姓之命也，而军中典狱者或非其人，而任以三军死生之事，吾甚惧之"，因而提出"选明达法理者，使持典刑"。他的部下，凡是通晓法律的，都予以重用。曹操从多年征战的实践中深深体会到必须严格依法治军，只有军纪严明、法律严明，军队才能保持较强的战斗力，国家才能富强。也正是如此，其军队保持了较强的战斗力，在消灭军阀割据势力、统一中国北方的战争中发挥了巨大作用。

曹操还根据法家"选贤任能"的原则，提出了"唯才是举"的主张。他三次下令求贤，主张凡是有治国用兵才能的人，不问其出身和门第，一律委以重任。史称，曹操"拔于禁、乐进于行阵之间，取张辽、徐晃于亡虏之内，皆佐命立功，列为名将；其余拔出细微，登为牧守者，不可胜数"。这体现了韩非"宰相必起于州郡，猛将必发于卒伍"的思想。

曹操还继承了法家的耕战思想，认为："夫定国之术，在于强兵足食。秦人以急农兼天下，孝武以屯田定西域，此先代之良式也。"为了解决粮饷，他奖励耕战，设置屯田，把由于连年战乱而出现的大量无主荒地分配给农民和士兵耕种。曹操推行了这些措施后，发展了生产，缓和了社会矛盾，支持了统一北方的战争。

从以上这些地方可以看出，韩非的"法不阿贵"、"信赏必罚"、选贤任能、奖励耕战等思想主张，在曹操这里都得到了积极的运用。

2."科教严明，赏罚必信"（诸葛亮）

诸葛亮也是三国时期著名的政治家，他的思想受先秦法家影响也很大。《三国志》的作者评论说："诸葛亮之为相国也，抚百姓，示仪轨，约官职，从权制，开诚心，布公道；尽忠益时者虽仇必赏，犯法怠慢者虽亲必罚，服罪输情者虽重必释，游辞巧饰者虽轻必戮，善无微而不赏，恶无纤而不贬；庶事精练，物理其本，循名责实，虚伪不齿；

终于邦域之内，咸畏而爱之，刑政虽峻而无怨者，以其用心平而劝戒明也。"尽管这一评论不无溢美之词，但也基本符合事实。

207年，刘备三顾茅庐，请他出山帮助建立政权。从此诸葛亮便登上政治舞台，辅助刘备先后占据荆州、益州，建立了蜀国。刘备死后，诸葛亮又一直辅佐后主刘禅，鞠躬尽瘁，死而后已。为了巩固蜀国政权，实现统一全国的抱负，诸葛亮在治蜀的14年中，推行了一系列革新内政的措施，以科教严明、持法谨严著称于世。

诸葛亮十分重视先秦法家的政治主张，曾经手抄《韩非子》《申子》等书，供刘禅学习使用。益州在刘璋父子的统治下，法令松弛，地方豪强飞扬跋扈，各自为政，政权十分衰乱。诸葛亮认为，只有厉行法治，才能改变这种局面。他说："威武加则刑罚施，刑罚施则众奸塞。不加威武，则刑罚不中，刑罚不中，则众恶不理，其国亡。"又说："上无刑罚，下无礼义，虽贵有天下，富有四海，而不能自免者，桀、纣之类也。"在诸葛亮看来，治国必须依靠法，执法必须严厉，"人不畏法"是衰败的象征。

诸葛亮接受了韩非"法不阿贵"的思想主张，在司法上提出"刑不择贵"。他说，只有"理上"，才能做到"下正"，做人君的只有先正其身，"然后乃行其令。身不正则令不从，令不从则生变乱"。要切实厉行法治，必须从执法者自身做起,"非法不言,非道不行,上之所为,人之所瞻也"。在《前出师表》中,他告诫刘禅说,对待宫中的人应当和宫外的人一样,"宫中府中,俱为一体,陟罚臧否,不宜异同。若有作奸犯科及为忠善者,宜付有司论其刑赏,以昭陛下平明之理,不宜偏私,使内外异法也"。参军马谡和诸葛亮关系密切,"每引见谈论,自昼达夜"。而当马谡违犯军令,导致街亭失守,造成兵败时,他忍痛挥泪斩了马谡,上疏承认自己用人不当,请求后主治罪。有人认为马谡很有才干,可以不杀。他说"孙吴所以能制胜于天下者,用法明也",现在"四海分裂,兵交方始,若复废法,何用讨贼邪"?因此人们称赞他"尽忠益时者虽仇必赏,犯法怠慢者虽亲必罚"。《三国志·蜀书·张裔传》说,诸葛亮"赏不遗远,罚不阿近,爵不可以无功取,刑不可以贵势免"。这是对诸葛亮"刑不择贵"思想的切实概括。诸葛亮所说的"刑不择贵",同韩非的"法不阿贵"思想是一脉相承的。

诸葛亮在执法上的另一个特点,就是从不轻易颁布大赦。当时有人批评他立法严苛,不肯宽赦,不赐恩惠。他回答说,"治世以大德,不以小惠",像刘璋父子那样治蜀,即使年年实行大赦,对于治国也毫无益处。这是说,治理国家要着眼于根本利益,做到赏罚分明,"赏不可虚施,罚不可妄加",只有这样,才能达到强国的目的。"赏赐知其所施,则勇士知其所死;刑罚知其所加,则邪恶知其所畏。"以功赏来鼓励将士们勇敢作战,"进有厚赏,退有严刑",才能攻必克,战必胜。

总之,诸葛亮"科教严明,赏罚必信",在司法上主张"刑不择贵""诛罚不避亲戚",都明显受了先秦法家韩非思想的影响。

3."诛贵所以立威,赏贱所以劝善"(葛洪)

葛洪是东晋道教的理论家,他继承了先秦法家的传统,十分重视法制的作用。他认为国家产生于社会无秩序状态,人类社会一开始就是你争我夺。"夫有欲之性,萌于受气之初;厚己之情,著于成形之日。贼杀并兼,起于自然。"正是由于自然社会无秩序,相互争斗厮杀,必须有君有臣,必须有刑法和礼制。"若人与人争草莱之利,家与家讼巢窟之地,上无治枉之官,下有重类之党,则私斗过于公战,木石锐于干戈,交尸布野,流血绛路。久而无君,噍类尽矣(人类就要灭绝)。"这些观点明显受了韩非的影响,韩非在《五蠹》等文章中早就明确表达了类似的观点。

葛洪认为治理国家必须采用严刑重罚,儒家的仁义主张作用不大,只能用于粉饰。他说:"仁者为政之脂粉,刑者御世之辔策;脂粉非体中之至急,而辔策须臾不可无也。"又说,刑法是"国之神器",是安危之本源,为政不能没有刑法。"贵贱有章，则慕赏畏罚；势齐力均，则争夺靡惮"，国家实行法治是必需的。不仅必须依法治国，而且要实行严刑峻法。"制峻网密，有犯无赦；刑戮以惩小罪，九伐以讨大憝。犹惧豺狼之当路，感彝伦之不叙；忧作威之凶家，恐奸宄之害国。故严司鹰扬以弹违。"假如不这样，"盗跖将横行以掠杀，而良善端拱以待祸"，怎么得了？

葛洪称赞韩非的重刑主张，认为严刑可以起到防微杜渐的作用，可以"以刑止刑"，"峻而不犯，全民之术也"。在他看来，秦国的兴盛，依赖于严刑峻法，而秦国的失败，是由于"穷奢极泰"，而不是严刑峻法，"秦以严得之，非以严失之"。有人说，刑法之兴应当在乱世末朝，严刑峻法不是三皇五帝的治国之道。葛洪反驳说："唐、虞其仁如天，而不原四罪；姬公友于兄弟，而不赦二叔。仲尼之诛正卯，汉武之杀外甥，垂泪惜法，盖不获已也。"刑法在任何时代都少不了。

葛洪还强调执法不应分贵贱亲疏。他说："治亲以整疏，不曲法以行意，必有罪而无赦。"又说："故诛贵所以立威，赏贱所以劝善，罚上达则奸萌破，而非懦弱所能用也；惠下逮则远人怀，而非俭吝所能办也。"这显然是对韩非的"刑过不避大臣，赏善不遗匹夫"主张的具体注释。法律能够制裁权贵，才能体现法律的权威和普遍的适用性。这是法制存在的条件。所有重视法制的人物都认识到了这一点。

4. "宰宁国以礼，治乱邦以法"（王猛）

王猛是十六国时期著名的政治家，他辅佐苻坚统一了中国北方。史称前秦兵强国富，"垂及升平，猛之力也"。王猛明确提出"宰宁国以礼，治乱邦以法"。他在任始平县令时，严格执法，曾经用鞭子打死一名违法官吏，被人控告为滥施酷刑。王猛辩护说，这不是酷政，而是"蠲除凶猾"，刚刚杀死一个，待杀的还有很多，"穷残尽暴，肃清轨法"是他的职责。他后来担任京兆尹，更是不畏权贵，严格执法。太后的弟弟"掠人财货子女，为百姓患"，王猛毫不容情，将其陈尸于市。"朝廷震栗，奸猾屏气。"王猛严格执法的行为被历代史家称道，是由于他较好地体现了先秦法家提出的"法不阿贵"的精神。

5. "公天下之端自秦始"（柳宗元）

柳宗元是唐代著名的思想家。805年，王叔文、王伾等人受到唐顺宗的赏识和重用，他们发起了一场政治革新运动。柳宗元积极参加了这个活动，并且成为核心人物。他们推行了一系列有利于发展生产和稳定政治的措施，打击了宦官、藩镇和贵族官僚等守旧势力。但是，革新运动只进行了5个多月就失败了，参与革新运动的重要成员都遭到镇压或贬谪。柳宗元在近10年的贬谪生活中，始终坚贞不屈，写下了不少有关政治和历史方面的进步作品。

柳宗元认为社会历史的发展，有着它自己固有的、不以人的意志为转移的必然之"势"。人类最初没有文化，同禽兽一起生活在森林里。人既不能用牙齿搏斗，也没有羽毛可自保，为了生存，就必须利用工具，有了工具就出现了争夺，"争而不已"就需要有智慧的人出来判断是非，以解决争斗，于是君长、刑政就产生了。这是说，国家和法律的产生不是由于上天的命令，也不是出自圣人的旨意，而是由于争斗的"势"产生的。这一观点，韩非在《五蠹》篇中早已讲过了，显然柳宗元接受了韩非的观点。

柳宗元还论证了"封建制"（即分封制）发展到秦始皇统一中国之后，被郡县制代替，也是符合历史发展必然趋势的，肯定郡县制优于"封建制"。他认为，郡县制的推行巩固了中央集权，官吏由皇帝直接委派，"有罪得以黜，有能得以赏"。而"封建制"的弊病在于父子相传，在上者未必贤，而且容易形成地方割据势力，不利于国家统一。这与先秦时期法家的观点是一致的。

柳宗元认为国家必须有法，无法就分不清是非善恶。也就是说，法是判断是非善恶的标准。法的基本作用是"彰善瘅恶"，即表扬善良，惩治恶人，所以他主张国家"修法制"，"申严百刑"，以法来治理国家。为了维护封建法制，柳宗元主张用法律手段打击藩镇割据势力,对于不服从中央调动和法令的人,要举兵征伐,惩办叛逆,除恶务尽。

柳宗元认为必须做到赏罚严明,科刑必当,"片善必录,微功尽升",这样才能治理好国家。同时,他主张法律对所有的人应一视同仁,不能因人而异,尤其是对于那些权势人物的违法行为必须给予应有的惩罚。春秋时期,晋悼公大会诸侯,公子杨干的车冲乱了军队的行列,军法官魏绛杀了杨干的车夫,没有惩罚杨干。柳宗元在《非国语下·戮仆》中说,这样的处理是错误的,必须追究杨干的责任,不能因为他是公子就不惩罚他。从这些地方也可以看出韩非等法家人物的"法不阿贵"思想对柳宗元是有影响的。

6. "罚者必当其罪"(包拯)

在各种文学作品中,包拯是人民群众最喜爱的法治人物之一,在他的身上倾注着历代老百姓的爱和希望。他清正廉明,刚正不阿,不畏权势,执法如山。神化包拯,是人们期望统治者执法公平。历史上的包拯的确有"罚者必当其罪,不可以幸免"的主张。他严格执法,铁面无私,因此"贵戚宦官为之敛手,闻者皆惮之"。他的一个舅父犯了罪,他照样依法予以鞭责。为了减轻百姓的讼累和便于平反冤案,他打破告状不准进入中庭的旧规矩,命令敞开大门,让告状的人直接入内陈诉状词,"自道曲直,吏民不敢欺"。这样一来,既方便了诉讼,又有利于查明案情,从而减少了冤案的发生。由于他在司法活动中明察善断,刚正不阿,敢于为民昭雪冤案,《宋史·包拯传》说他"立朝刚毅,贵戚宦官为之敛手,闻者皆惮之。人以包拯笑比黄河清,童稚妇女,亦知其名"。千百年来,通过民间传说和戏曲、小说等艺术创造,包拯成为神化了的人物,广泛流传于民间。从人民群众中流传的包拯不畏权势、执法如山的故事中,也可以看到先秦法家提出的"法不阿贵"思想的巨大影响。

7."度世之宜而通其变"(王安石)

北宋时期最著名的政治家、思想家是王安石。列宁称其为"中国11世纪时的改革家"。为了挽救当时积贫积弱的政治、经济危机,他向宋仁宗上了万言书,提出改革政治的主张。神宗熙宁三年(1070年)至熙宁九年(1076年)间,他两度任宰相,积极推行青苗、均输、市易、免役、保甲等新法,史称"王安石变法"。

王安石认为,国家积贫积弱,问题在于"法"的内容不适合现实的需要,而历代的"法"都是根据时势的需要制定的。"夏之法至商而更之,商之法至周而更之,皆因世就民而为之节",只有变风俗、立法度,才能改变积贫积弱的局面。这一思想显然受了韩非历史观的影响。韩非认为，历史条件不同，治国的法术也应当不同。"今有构木钻燧于夏后氏之世者，必为鲧、禹笑矣；有决渎于殷、周之世者，必为汤、武笑矣。然则今有美尧、舜、汤、武、禹之道于当今之世者，必为新圣笑矣。"又说，"法与时转则治，治与世宜则有功"，"是以圣人不期修古，不法常可"。这是韩非从历史分析中得来的变法理论。王安石的变法主张，显然从这里汲取了思想营养。

王安石说："盖君子之为政，立善法于天下，则天下治；立善法于一国，则一国治。如其不能立法，而欲人人悦之，则日亦不足矣。"面对"内则不能无以社稷为忧，外则不能无惧于夷狄"的局面，王安石认为必须制定和推行善法，推行善法的目的是达到国富兵强。为了富国，王安石从改变经济制度和政策入手，先后推行了均输法、青苗法、农田水利法、免役法、市易法、方田均税法。不论这些新法的来源和成效如何，通过经济政策的改革，刺激农民生产的积极性，借以达到国富兵强的目的，都毫无疑问地借鉴了先秦时期法家的变法经验。

王安石主持变法时，非常重视法制的推行。他认为当时司法部门审理案件经常出现自行其是、不依法判案的现象，这是对法制的破坏，必须加以改变。他说："有司议罪，惟当守法，情理轻重，则敕许奏裁。若有司辄得舍法以论罪，则法乱于下，人无所措手足矣。"为了加强法治，必须重视对法治人才的选拔和使用。所以他主张在推行新法之前"必先索天下之才而用之","在位非其人,而恃法以为治,自古及今,未有能治者也"。为此,他提出了培养、选拔、任用和考核司法官员的具体方案。列"刑名书数"于教学内容之中,国家设"明法科",以律令、《刑统》大义和断狱为考试内容。凡经进士诸科考试被录取者,必须加试律令、大义和断案知识,合格的才可以委以官职。对于已经任用者还要试之以事,"待之以考绩之法",最终要达到"其人足以任官,其官足以行法"。王安石采取这些措施,提高法制在政治生活中的地位,这在中国历史上是少见的。

8. "收平中国,非猛不可"(朱元璋)

朱元璋是明朝的开国皇帝,在位期间,为了缓和尖锐、复杂的阶级矛盾、民族矛盾和统治阶级内部各集团之间的矛盾,采取了一系列措施,安定民生,发展生产,革新政治。他吸取了元朝灭亡的教训,总结了历代的统治经验,认为元朝"以宽而失,朕收平中国,非猛不可","刑不得不重"。为此他采取了一系列措施,加强严猛统治。

明代法律草创于洪武建元以前的吴王时期。1364年,朱元璋就指令李善长主持修律,要求既简且严。朱元璋称帝之后,又令刘惟谦等纂修《大明律》。经过多次修改删定,颁行全国,奠定了有明一代立法的基础。明律"视唐简核,而宽厚不如宋",贯彻了朱元璋"刑用重典"的方针。后来又编纂颁行了明《大诰》及《大诰续编》《大诰三编》等,"凡三诰所列凌迟、枭示、种诛者,无虑千百,弃市以下万数"。在执法上也是坚决的,如大将胡大海率兵在浙东打仗,其子在京违犯酒禁被处死。朱元璋说:"宁可使大海叛我,不可使我法不行。"朱元璋对贪官污吏的惩罚十分严厉,除了使用凌迟、枭首、族诛等刑罚外,还使用抽肠、剥皮、挑膝盖等残酷肉刑。即位之初,便将犯笞罪以上的贪官污吏1万余人押到凤阳屯田。后来是就地惩罚,凡贪污赃银60两以上者,都在衙门左侧场地上"皮场庙"前剥皮,然后在皮里填充稻草,置于大堂公案旁,用来警戒继任的官吏。

朱元璋推行法治不避权贵。如开国勋臣朱亮祖位在公侯,权势很重,出镇广东时收受贿赂,非法放纵囚犯,并诬告番禺知县。事发后,朱亮祖和他的儿子都被鞭杀。又,安庆公主的丈夫、驸马都尉欧阳伦在茶禁正严时,派遣家奴贩运私茶。事发后,朱元璋赐欧阳伦死,并未因为他是自己的女婿而予以宽贷。

以严刑峻法加强社会控制,这是韩非等法家人物的共同主张,朱元璋进行了实践,既有积极的效果,又有消极的影响。"内外官僚,守职维艰,善能终是者寡,身家诛戮者多。"1382年发生的"空印案"和1385年发生的郭桓贪污案，被株连杀戮的先后达好几千人。由于诛戮范围大、牵涉广、人数多、刑罚重，曾在官僚中长期造成恐怖气氛，人人朝不保夕。

明朝的野史说，宋濂得罪，作为学生的皇太子朱标为他讲情，朱元璋很不高兴地说："等你当了皇帝再来赦免他！"

另一个传说是，太子朱标认为杀人太多不好，就劝谏说："陛下杀人过滥，恐伤和气。"朱元璋当时不作声。第二天，他让人送来一根荆条，放在地下，故意叫太子用手去拿。太子面有难色。朱元璋训诫说："你怕有刺不敢拿，我把这些刺都去掉了，再交给你，岂不是好。我所杀的都是坏人，内部整理好了，你才能当这个家。"太子却说："上有尧舜之君，下有尧舜之民。"意思是说，皇帝怎么样，臣民就怎么样。这是讽喻。朱元璋大怒，拿起椅子就朝他掼去，朱标只好逃走。

这两个故事不一定全是真事，但朱元璋要把荆条上的刺全部去掉，借以加强其专制统治，毫无疑问是事实。

朱元璋对以军功起家的将领很不放心，把他们的家属统统留在京师作为人质，并派检校侦察将士的私事，对于将领之间的联系也加以限制。1372年的铁榜规定：凡内外各指挥、千户、百户、镇抚并总旗、小旗等，不得私受公侯金帛、衣服；内外各卫官军，非出征之时，不得于公侯门首侍立听差；公侯等官，非奉特旨，不得私役官军。

洪武初年，文武勋臣居功自傲、骄恣不法的事件时常出现，尤其是相权的膨胀，危及了朱明王朝的安全。中书省综理全国大政，丞相对一切庶务有权裁决，统率百官，只对皇帝负责。在胡惟庸以前，丞相李善长小心谨慎，徐达经常统兵在外，相权与皇权的冲突不明显。丞相胡惟庸在中书省最久，权力很大，许多事情专行独断，有时朝廷命官擢降也不向朱元璋报告。朱元璋觉得大权旁落，皇权受到挑战，很不高兴。特别是当他发现一些被朝廷谴责的官员与胡惟庸来往密切以后，感到问题严重。"毋使木枝扶疏"，"毋使枝大本小"。一旦枝大本小，就要损害其本，到了这时必须用刀斧对枝条进行砍伐。韩非的这种势治主张，朱元璋是懂得的。

从秦汉至宋元，朝廷权力分成两个主要部分——君权和相权，都有号令臣民的权力。君权和相权最大的不同是，君权是世袭的，相权是皇帝从大臣中选拔任用给予的。丞相权力很大，构成了对皇权的挑战。因此，如何处理皇帝和丞相之间的关系成为历代君主要解决的首要问题，既让宰相放手去干，又不被宰相制约，是很难的事。君主专权，则宰相无能；宰相专权，则君主懦弱。当然也有处理得比较好的，如刘备与诸葛亮、苻坚和王猛。同时，君权和相权之间的微妙平衡，也是确保朝廷决策正确的重要手段。

一旦这种平衡被打破，国家行政就会出现混乱。汉代实行三公九卿制，隋唐实行三省六部制。应该说，君权和相权都得到了一个比较好的平衡，君相之间相得益彰。但是随着唐末地方藩镇割据势力的壮大，后代君主越来越感觉到加强君权的重要性。赵匡胤是始作俑者，他除了剥夺武将的军权以外，还着重削弱了相权。宋朝没有丞相名称，只有参知政事，相当于丞相，但参知政事人数较多，权力分散，其权力比前代丞相小了很多。明朝建立后，朱元璋想大权独揽，认为相权碍手碍脚，并且可能对皇权构成威胁。1380年，他以擅权枉法罪将胡惟庸捕杀，趁此机会取消了中书省，并立下法度，以后不准再设丞相一职，国家的一切军政大事均由皇帝亲自处理。废除了丞相制，将一切权力都集中在皇帝手中，皇权进一步得到加强，朱元璋成为真正的独裁者。如果说丞相制度的存在对于皇权多多少少起着某些平衡作用，对于暴君起着限制作用，对于昏君起着纠偏的作用，那么，在丞相制度废除后，明朝的内阁和清朝的军机处虽有"政府"之名，而无"政府"之实（在中国古代文献中"政府"通常是"丞相府"的代词）。内阁大学士也好，军机大臣也好，都是秉承皇帝旨意办公的高级秘书，都已不能正常履行丞相的职能。

杀胡惟庸是为了提高势位，独揽政权。杀蓝玉是为了加强对军队的控制。常遇春、徐达死后，蓝玉成为大将，总军征战，立下大功，不免骄傲专横，朱元璋感到不好控制。1393年，锦衣卫官员首告蓝玉谋反，朱元璋立即下令捕杀。

"胡蓝党案"持续追究多年，反复搜查、推勘，不使一人漏网。凡是心怀怨气、行动跋扈、对皇家统治构成威胁的文武官员，都陆续被罗织为"胡党"或"蓝党"，抄家处死。被杀的都以家族为单位，杀一人就是杀一家。两案相连，先后杀死4万余人。不但大批功臣被杀，甚至连朱元璋的亲侄子朱文正也以亲近儒生，"胸怀怨望"，而被鞭杀。

朱元璋在去掉"荆条上的刺"时，造成了朝官中极度恐怖的气氛，人人提心吊胆。据说在上朝时，朱元璋是否决心杀人，很容易看出来。如果他把玉带撅在肚子下方，便是大风暴来临的信号，准有大批官员被杀，满朝官员吓得面无人色，个个发抖。要是他这一天把玉带高高贴在胸前，大概率不会杀人。朝官按制度每天黎明就得早朝，天不亮就起身。在几件大案发生之后，许多朝官在出门之前，就和妻子诀别，吩咐后事。要是活着回家，合家欢笑庆贺。专制政治的特点是恐怖，恐怖是维持专制统治的必要条件。

通过"胡蓝党案"的处理，朱元璋摧毁了淮西政治集团，消灭了大批军功贵族，使皇权进一步加强。这对于中国封建社会后期的政治制度产生了很大影响。

9. "尊主权，课吏职，信赏罚，一号令"（张居正）

张居正是明朝著名的社会改革家。1572—1582年间他担任内阁首辅，掌握了国家的实权，推行了一系列政治改革。

明朝后期官僚机构非常腐败，管钱谷的不知出纳之数，掌刑名的不懂律例条文。官场中争名逐利，贪赃枉法成风。为了励精图治，整顿政府机构，张居正创立"考成法"，考核官吏，督促公务。具体办法是：由中央各部衙门，把拟办的公事登记造册，分别制定一式三份收发文簿，用以留底、备注和送内阁查考，严立限期完成来往公事，按月考查，每年总结。凡有拖延积压、违限不报的，都要论罪处理。吏部以此作为评定官吏勤惰优劣的依据，这叫"综核名实"。"用人必考其终，授任必求其当。"

对于官吏的赏罚、选拔，张居正强调言行应当一致，一切以功实为准。他提出"立贤无方，唯才是用"，只要有能力，即使和尚、道士、士卒都可以破格提拔重用，不受资历、毁誉的影响。该重赏的，赏金不吝惜；该惩罚的，不宽宥。公侯伯爵，非有军功不得滥封。官吏任命后，不宜更调太繁，使人有专职，事可责成。这叫作"法所宜加，贵近不宥；才有可用，孤远不遗"。

明朝中叶以后，兼并土地、瞒产偷税的情况很严重，可以征粮的土地大量减少，官府收入急剧下降。为了做到"粮不增加而轻重适均，小民如获更生"，张居正下令重新丈量全国土地，清查漏税的田产，追缴欠税。这在一定程度上打击了不法豪强，减轻了农民的负担。因为田地的隐瞒主要是豪强造成的，赋税转嫁到了农民的头上，产去税存，"赋役不均"。据1580年的官方统计，查出的征粮地比弘治时期多出300多万顷。在丈量土地的基础上，政府实行赋役改革。1581年，通令全国实行"一条鞭法"，把力役合并田赋征收，一律缴纳银两。这项改革是我国赋税史上的一件大事，对于促进商品经济的发展起了一定作用。这些改革措施，扭转了国家财政的亏损，促进了生产的发展，增加了社会财富，这叫作"强公室，杜私门"。

明朝后期的外患主要来自东南沿海的倭寇骚扰和北方蒙古贵族的入侵。边防失修，外患频繁，主要是军队腐败造成的。将领隐占土地，冒领军饷；士兵给养不足，缺乏训练，没有战斗力。蒙古铁骑几度南犯，长驱直入，进逼京郊，严重威胁到明王朝的安全。为了改变这种被动挨打的局面，张居正提出"足食足兵"的主张。他选派一批得力的将领在边境积钱谷，练兵马，整器械，开屯田，理盐法，加强了军事防御力量，巩固了国防。

10年过去了，张居正领导的改革给明王朝带来了很多新气象。北方少数民族军队的骚扰基本上平息，东南沿海的倭寇也被荡平。国家的财政状况有了根本好转，国库有了较多的积蓄。

张居正改革的基本纲领是："法所宜加，贵近不宥；才有可用，孤远不遗。务在强公室，杜私门；省议论，核名实，以尊主庇民，率作兴事。"这一段话的每一项主张都可以从《韩非子》中查出根据来。

张居正所说的"法所宜加，贵近不宥；才有可用，孤远不遗"，是从韩非的下面这段话中提炼出来的。韩非说："法不阿贵，绳不挠曲。法之所加，智者弗能辞，勇者弗敢争。刑过不避大臣，赏善不遗匹夫。"

张居正在这里讲的"省议论，核名实"，还有一种表达方式，叫作"综核名实"。"综核名实"来自韩非的"循名责实"。韩非认为"君臣异利"，"上下一日百战"，明君控制群臣的方法是"因任而授官，循名而责实，操杀生之柄，课群臣之能"。"循名责实"，韩非说得很具体："刑名者，言与事也。为人臣者陈而言，君以其言授之事，专以其事责其功。功当其事，事当其言，则赏；功不当其事，事不当其言，则罚。"

至于"强公室，杜私门"，则是先秦法家人物提倡社会改革的共同主张，在这里不必赘言。

总之，张居正变法的理论根据主要来自先秦时期的法家。他是一位崇尚先秦法家思想的政治改革家。他称赞法家,称赞秦始皇,说:"三代至秦,混沌之再辟者也。其创制立法,至今守之以为利。"充分肯定秦的统一是再次开天辟地的伟大事业,而汉初由于继续推行秦朝的法制,国家得以富强。可是到了汉元帝、汉成帝时,大搞礼治,经过唐宋一直延续下来,于是社会风气越来越崇尚虚假的礼义,特别是到了宋末,社会风气颓靡到了极点。而到了明太祖时,由于"其治主于威强,前代繁文苛礼乱政弊习,划削殆尽",所以明朝才强盛起来。由此他便得出结论,法古循礼、死守旧制必然亡国。

张居正反对礼治,主张推行法治。他认为国家的衰势只有靠法纪严明才能挽回,批评那些反对改革的儒学先生是不达时变,"老儒臭腐之迂谈"。为了扭转明代"纪纲不肃,法度不行"的混乱局面,张居正特别强调"以法绳天下"。他说:"法纪未张,吏不恤民,驱而为盗,此皆酿祸之根。"为了巩固统治秩序,必须加强法治,不论是谁,违法必究,不允许徇私枉法,"法所当加,虽贵近不宥;事有所枉,虽疏贱必申",一断于法。

以上这些崇尚先秦法家的人物一次次登台亮相,这是韩非等法家思想在特殊时期的显性表现。事实上隐性的作用和影响更大,在汉代以后的著名政治家和思想家中,几乎都可以找到法家思想的影子,他们或者直接使用法家的语言,或者以儒学的语言表达法家的观点。同样,崇尚先秦法家的政治家、思想家的思想也不纯粹是法家。他们在不同程度上也使用儒学的观点和语言。这充分证明了儒、法思想的合流。儒家和法家的思想都是封建统治者的工具，他们有时可以把儒学的"脂粉"丢开，而"法"作为御世的缰辔则是须臾离不开的。

五　帝王术的运用

1. 魂灵的附体

韩非以讲究法、术、势的结合而成为法家思想的集大成者。秦王朝全面实践了这一理论，建立了专制主义中央集权政治，把势治的理论以制度的形式固定了下来。两千多年来，专制主义中央集权制相沿不变，皇帝居于最高的势位，掌握着国家的一切权力。

秦朝二世而亡，证明单靠法治不行。经历了汉初"黄老之治"的过渡，在汉武帝统治时期，中国的封建统治者确定了"阳儒阴法"的统治方式。

儒学成为官学之后，开始以儒学思想改变法律的面貌，汉儒在这方面的努力，主要表现在撰写法律章句来解释法律和以《春秋》经义决狱两件事上。据《晋书·刑法志》

所记，撰写法律章句者有叔孙宣、郭令卿、马融、郑玄等10余家；以经义决狱者有倪宽、董仲舒等人。将儒家经典作为判罪量刑的标准，说明儒家思想在司法上发挥了实际作用。自魏以后，儒家参与制定法律，他们更有机会将体现儒家思想的礼糅杂在法律条文中，如"唐律一准乎礼"。以礼入法的过程，也就是法律儒家化的过程。

以礼入法，是中国法律发展史上的一件大事，法律因此发生了较大变化，礼成为法律的重要组成部分。古代中国强调"明刑弼教"，就是以法律制裁的力量来维持礼，合乎礼的就是合法的，法律就要维持；不合乎礼的就是不合法的，法律就要制裁。诚如东汉廷尉陈宠疏中所说："礼之所去，刑之所取，失礼则入刑，相为表里者也。"礼与法的关系极为密切，这是中国封建法律的主要特征之一。

实行重刑主义也是中国法治的重要特征。这是韩非等法家提倡的，它并没有随着秦朝的灭亡而被彻底埋葬。在我国古代，皇帝是最高立法者，历代的法律批准权属于皇帝，皇帝的意志就是法律，皇帝的言行就是断狱的标准。"前主所是著为律，后主所是疏为令。"从汉律至清律，历代法典都把维护皇权专制放在首位。例如，汉代法律中有关侵犯皇权的罪有大不敬、矫诏、擅发兵、擅兴徭赋、阿党妄上、不卫宫等罪名。到隋唐时期所形成的"十恶"大罪，主要是指一切危害皇权、损害皇帝尊严的犯罪，一概以严刑重法惩治。所有这些，思想渊源莫不出自韩非等法家代表人物。

历代法律还承袭了韩非加强思想专制的主张，规定了各种各样限制思想言论自由的刑罚。汉律有"诽谤妖言"罪，又有"腹非"之罪，魏晋六朝法律中还有"非所宜言"罪。封建统治者既然可以依思想、言论定罪，对于表达思想的文字，自然也作为论罪根据了。于是乎著作、文章、诗词、书信、字画等略涉"诽谤""悖逆""犯讳"之嫌，都要定罪，甚至以"大逆"罪株连镇压。秦代的"焚书坑儒"是文化专制主义的第一次大演习。从此，中国知识分子中敢于表现新异思想的人的厄运就难以避免了。到了清代，这种思想钳制达到了极致，仅康、雍、乾三朝的文字狱就有100多起，每次杀人，不仅是著作者本人，而且要株连师友、印刷者和运售者。思想文化专制严重阻碍了中国文化的多元发展。

汉武帝以后，法治采用"德主刑辅"的方针，重刑主义并未从此绝种。恰恰相反，韩非的重刑主张仍是历代立法和司法的指导思想。西汉中期法律并非最严酷的时代，律令359章，大辟（死刑）409条1882事，死罪决事比（判例）13 472事。古代法学家认为《唐律》"用刑适中"，死罪也有120多种。至于族诛连罪、肉刑等野蛮刑罚，更是与中国封建时代相始终，直到1907年法制改革才废除凌迟、枭首、戮尸、缘坐、刺字等酷刑。从这些地方可以看出，韩非的法术思想对中国的影响是深远的，特别是他那一套专门为帝王而设计的"君人南面之术"，更被历代帝王奉为秘宝，不断用事实加以注释和发挥。

在中国历史上，从古代到近、现代，从君主到臣下，无不利用这套权术进行争斗。君主利用它驾驭臣下，群臣利用它窥伺君主，彼此之间演出了种种互相残杀的丑剧。韩非的权术魂灵始终游荡在宫廷周围、庙堂之上、朱门之内。

限于篇幅，本书不可能详细叙述这些丑态，这里仅从若干帝王身上掇拾若干片段、若干侧面，供读者思考品赏。

2. 刘邦杀韩信

楚汉相争，韩信屡建奇功，帮助刘邦夺取了天下。司马迁曾称赞韩信的功绩说："楚人迫我京索，而信拔魏赵，定燕齐，使汉三分天下有其二，以灭项籍。"刘邦也说"连百万之军，战必胜，攻必取，吾不如韩信"，称赞韩信是汉初三位"人杰"之一。

但是，为了刘氏独霸天下，刘邦是不允许对汉室构成威胁的军事力量存在的。韩信攻占齐国后，遣使者送书信给刘邦，说齐人狡诈多变，无王不足以镇抚，请求暂立他为假王（代理齐王）。在荥阳与项羽屡战屡败、处境十分困难的刘邦勃然大怒，当着使者的面骂道："我被困在这里，日夜望你来解救,原来你一心想做齐王。"张良、陈平在旁,暗暗踢了踢刘邦的脚,刘邦立刻明白了张良、陈平的意思,马上改口说:"大丈夫平定诸侯,要做就做真王,做什么假王。"于是派张良赴齐,封韩信为齐王,令其发兵击楚。

也就在韩信攻占齐国的时候,项羽就曾派谋士武涉游说韩信。当时武涉一针见血地指出:"今日你韩信得以生存,是因为项羽存在,汉王要利用你。假若项羽今日灭亡,明日你韩信就会被擒!"因此他劝韩信乘现在重兵在握,背汉联楚三分天下。

武涉的建议,被韩信断然拒绝了。他说:"我在项羽那里做事,官不过郎中,只是一个持戟的卫士而已。我的建议项王从来不听,我的计谋项王从来不用,我才背楚投汉。汉王任命我为将军,给我数万之兵,又待我十分亲厚,把他自己的衣服脱下来让我穿,把他的食物分给我吃。又对我言听计从,我才有了今天。我如果背叛他,是不会有好结果的,我至死也不会改变主意,请替我辞谢项王的美意。"

齐人蒯通当时也向韩信陈说了利害:"古话说'野兽尽,猎狗烹'。与项羽作战,你功绩第一,天下没有第二个人能与你相比。然而功高震主。你居于臣位,却拥有胁迫君主的威势,你的危机就在眼前!而目前刘邦、项羽的命运也悬在你的手中。你助汉则汉胜,助楚则楚胜。为了自己打算，你应该不助汉，也不佐楚，与他们三分天下，鼎足而立。"韩信不能不认真考虑，思索终日，认为刘邦对他有知遇之恩，不可趋利背义，而自己功勋卓著，刘邦不会夺取齐王之封。于是，拒绝了蒯通的建议。

的确，随着韩信攻占地盘的扩大、兵力的增强，刘邦日益不安，对韩信的猜忌越来越重。韩信攻占赵国时，刘邦被项羽围困于荥阳，突围后又被包围在成皋，好不容易才脱逃，只剩下他和夏侯婴两个人。他们直奔韩信、张耳的驻地。当晚住在一家小客店。第二天清晨，刘邦自称是汉王的使者，飞马驰入韩信和张耳的大本营。这时张耳与韩信尚未起床，刘邦就在卧室内收了他们的帅印和兵符，立即召集将领，宣布调整他们的职务。韩信和张耳起床后，才知道是汉王来了，大吃一惊。刘邦夺了两人的军权，旋即命令张耳守赵，拜韩信为赵国的相国，让韩信召集赵国的士兵攻打齐国。而当韩信布置兵力，准备攻齐时，刘邦又派辩士郦食其前往齐国劝降，目的很明确，就是利用韩信的兵力，以谋士的口辩，迫使齐国投降。韩信当然清楚刘邦的用心，因而不管齐国国君已宣布投降的事实，仍按原定计划，大举攻齐。韩信占领了齐地，兵力更加强盛，向刘邦讨封。

刘邦为了借用韩信的兵力灭楚，不得不违心地封韩信为齐王。垓下之役，汉军彻底打败了项羽的楚军。刘邦立即开始盘算如何消灭分封的异姓诸王,韩信首先成为计划消灭的目标。

刘邦的第一步是收夺了韩信的军权,改封他为楚王。韩信初到楚国,到他所属的县邑视察时,警惕性很高,总是严陈兵卫,以防不测。公元前201年,有人报告韩信有谋反之意。刘邦准备起兵攻打,又自知指挥打仗不是韩信的对手,于是采用陈平的计谋,以游云梦泽会诸侯为名,召韩信前来。

韩信不知是计,自以为无罪,便前往谒见刘邦,当即被擒。韩信被捆绑起来后,才知道自己落入了刘邦的圈套,悲愤地说:"果真像人们所说的,'狡兔死,良狗烹;高鸟尽,良弓藏;敌围破,谋臣亡'。现在天下已经平定,我当然应该死!"

刘邦轻蔑地一笑,说:"有人告你谋反!"韩信大呼冤枉,毫无用处。刘邦把韩信带到洛阳,赦免了他的死罪,却以"擅自发兵"的罪名,将他从楚王降为淮阴侯。

韩信从此愤懑不平,常常称病不去朝见刘邦,暗中联络势力,真的准备谋反。

一天,被任命为代相的陈豨向韩信辞行。韩信握着他的手,让左右随从退下,仰天长叹道:"你可以听我说几句心里话吗?"陈豨说:"我愿听从您的吩附。"韩信说:"你去的代地,集结着天下最精锐的部队,你又是皇上现在最信任的将领。如果有人告你谋反，皇上开始一定不相信；再有人告，皇上就会起疑心；第三个人再报告，皇上必定勃然大怒，就会亲自率兵征讨你。你不如早作打算，我可以为你做内应，咱们齐心合力，是可以夺取天下的。"

陈豨深知韩信善于用兵，决心跟从韩信打天下。汉十年（公元前197年），陈豨果然在代地起兵反汉。刘邦亲自带兵去镇压。韩信称病没有跟随前往，暗中策划袭击汉宫。不巧消息走漏，被吕后得知。

吕后采用萧何的计谋，假称陈豨已被刘邦捕杀，让群臣入宫朝贺。相国萧何还亲自劝韩信入宫朝贺。萧何是韩信的恩人，韩信信以为真。韩信一进长乐宫，就被事先埋伏好的武士擒获，立即被杀掉，并被诛灭三族。临死时，韩信哀叹："我后悔不用蒯通之谋，反而为女子所骗，这难道是天意？"

韩信为西汉王朝的建立立下了汗马功劳，但最后被杀了，而且被诛灭了三族。就韩信个人的命运来讲，毫无疑问是一场悲剧。正是因为功高震主，刘氏王朝不能容忍他的存在，一次次的削夺把他逼到了谋反之路。而就刘邦来讲，很难说他具有维护国家统一的自觉观念，因为他并不反对分封制。在楚汉战争时期，他也主张分封制；在打败项羽，消灭异姓王之后，他仍分封刘姓子弟为王，播撒祸乱的种子。刘邦考虑的是刘氏王朝的家天下，杀戮异姓王和功臣，都是为了专制君王的安全，理应遭到历史的谴责，而在对付韩信的整个过程中，刘邦将韩非的君王之术，应用得非常娴熟。

3. 杨广杀父夺位

隋炀帝杨广是历史上有名的暴君，又是一个善于玩弄权术的阴谋家。

杨广是次子，他的父亲隋文帝最初也没有把他立为太子。但父亲对他是钟爱的，588年发兵进攻陈朝时，就任命他为行军元帅。隋军依靠占绝对优势的兵力，一路势如破竹。陈朝灭亡了，杨广进入建康时，摆出了一副正人君子的面孔，下令处死了陈朝的5个佞臣，"收图籍，封府库，资财一无所取"，因此博得了一个好名声，"天下皆称广，以为贤"。

班师之后，杨广官拜太尉。590年，又被任命为扬州总管。杨广走马上任，但心中甚感委屈，自己与长兄杨勇相比，无论是文武才能，还是功业，都大大超过了他。可是杨勇是太子，父亲百年之后，他将受制于兄，其心不甘。杨广决心夺取太子位，要做隋朝的二世皇帝，一场宫廷阴谋从此开始。

阴谋夺取太子位置谈何容易？但杨广有自己的策略。他一方面设法提高自己的威望，表现得谦恭好学，礼贤下士，深沉严肃，博取朝野上下的好感；另一方面极力博取父母的信任和宠爱。

独孤皇后深得文帝宠爱，政见常与文帝相合，宫中将她和文帝称为"二圣"，她的意见举足轻重。她有两大特点：一是节俭，二是反对男人爱妾。杨广本是纨绔子弟、好色之徒，但他在父母面前把这些劣性全都掩盖了起来。每逢父母来探视，他都把娇妾、美姬藏起来，只留下又老又丑的侍女侍候自己，并撤去华美的屏帐，以示节俭，不好声色，处处以父母为榜样。

而太子杨勇则"率意任情"，毫不检点，又擅自接受百官朝贺，文帝非常生气。杨广心中暗喜。有一次，他从京城准备返回扬州，入宫向父母辞行，伏地痛哭，闪烁其词地说："不知我有什么过错，得罪了东宫，哥哥盛怒，几番想陷害我，杀害我。"并说自己怕被毒杀，再也见不到父母了。皇后听后，信以为真，决心劝文帝废勇立广。

杨广摸清了母亲的心思，高高兴兴回到扬州，马上召来亲信宇文述、张衡，研究夺取太子之位的计策。当即命令宇文述带着大量金银财宝入京贿赂尚书左仆射杨素。

杨素得了嘱咐，乘入宫侍宴之机，再度试探皇后说："晋王孝悌恭俭，有类至尊。"这话正合皇后之意，立即赐给金银，让他劝文帝废勇立广。杨素得知皇后意向，便在宫中为杨广说项，攻击杨勇。

太子杨勇得知废立阴谋之后,思无良策,只好表现出无意争位。文帝得知杨勇心中不安,便派杨素去东宫察看。杨素到东宫门首,让宫人通报杨勇,但迟迟不进去,故意激怒杨勇,让其当着众人发怒。然后回宫禀报文帝说:"杨勇有怨气,恐有他变,愿皇上防察。"文帝听后,恐怕东宫兵变,便裁减了东宫强壮的卫士,并派出心腹侦察东宫的行动。

正当废立太子的阴谋紧张进行之时,北方边境传来警报,突厥兵犯边塞。文帝立即任命杨广为行军元帅,率兵反击,大胜而归。这一次胜利又增加了杨广争夺太子位的砝码,于是文帝下了废勇立广的决心。不久,借机逮捕了太子杨勇,将其废为庶人,立杨广为太子。

杨广心中清楚,自己被册立为太子,并不说明自己的地位已经稳固。他担心兄弟中某人代替自己,便继续施展阴谋,谗害弟弟。

蜀王杨秀是文帝的第四子,对于废立之事表示不满,杨广很忌恨他。为了搬掉这块绊脚石,杨广便派杨素私下罗织杨秀的罪名,在文帝和皇后面前加以诋毁。于是,文帝征诏杨秀入朝,杨秀惧祸不行,文帝便撤掉了他益州总管的职务。杨秀无可奈何,只好回京见父,受到严厉训斥。杨广又落井下石,做了两个"缚手钉心,枷锁杻械"的木偶,分别写上文帝和五弟杨谅的名字,埋在华山脚下,然后令杨素带人挖出，诡称杨秀心怀怨谤所为，到文帝那里告状。文帝见此，立即将杨秀废为庶人。到这时，文帝五子中，长子杨勇、四子杨秀已被幽囚起来，三子杨俊早死，只剩下杨广和五弟杨谅了。

杨广对兄弟狠如虎狼，而在父母面前极力把自己打扮成孝子。独孤皇后死去，杨广披麻戴孝，哀恸气绝，人人见了都认为他有孝心。文帝自然认为，有子如此，心满意足。可是，杨广一回到宫中，便是佳肴美酒，娇妾美姬，淫乐不止。

不久，文帝大病上身，尚书左仆射杨素、兵部尚书柳述、黄门侍郎元岩入宫侍疾。杨广怕文帝临终改变主意，急忙派人给杨素送去密信，让他随时通报消息。杨素回复杨广的密信被宫人误送到文帝手中。文帝心中不悦。

文帝病重，杨广入宫侍疾，见到文帝的贵妃陈氏如花似玉，他心猿意马，难以自控，趁陈氏出外更衣，尾随而出，逼迫成欢。陈氏不从，慌乱逃回文帝身边并告知文帝。文帝听后，联想"密信"之事，知道自己受了杨广捉弄，勃然大怒，拍着床边大叫："畜生何足付大事！独孤误我！"感到太子易位是个错误，赶忙宣召柳述、元岩起草诏书，宣杨勇入仁寿宫。

杨素见事情有变，立即报告了杨广。二人当机立断，一面派人矫诏捉了柳述和元岩，一面加强了东宫的宿卫门禁，同时选派30名骁勇健壮宫奴，身着宫奴服装，怀藏兵器，把守了文帝的仁寿宫大门，然后派右庶子张衡进入寝殿，支走文帝身旁的人，将年老体衰的文帝杀害于病床之上。

文帝一死，杨广便急急忙忙在仁寿宫登上皇帝宝座。他一上台，就露出了暴君面目，把屠刀首先指向兄弟姐妹。首先矫文帝之诏，缢杀杨勇，并将其十几个儿子一一杀死，斩草除根。汉王杨谅，镇守并州，兵权在握，杨广担心杨谅不服，便秘不报丧，派人持文帝玺书诏征杨谅入京。杨谅颇得文帝宠爱，曾与其密约，"若玺书召汝，于敕字之傍别加一点，又与玉麟符合者，当就征"。杨谅验使者玺书不符，知道京城有变，便起兵入京。杨广派出杨素率领禁军征讨。几番激战，杨谅失败被擒，废为庶人，在幽禁中悲惨死去。

杨广的妹妹兰陵公主是柳述的夫人。柳述被流放到龙川，杨广迫令兰陵公主改嫁，她誓死不从，请求免去公主封号，愿与柳述同往龙川。杨广衔恨柳述，不肯应允，兰陵公主忧愤而亡。

杨广为夺取帝位，要尽阴谋权术，将父亲、兄弟一一杀死，毫无人性，丧尽天良。这是帝王专制制度造成的悲剧。

隋炀帝一上台就开始筑宫室、掘长堑、挖运河、修驰道、建东都。这些措施有的的确有一定积极作用，尤其是挖大运河，方便了南北交通，促进了南北经济交流，并产生了深远影响。然而在短短几年时间里，修筑这么多巨大工程，远远超出了隋朝的财力和人力的负荷，给人们带来了无穷的灾难。在这个暴君的驱使下，举国上下就役，男女老幼奔劳。与此同时，隋炀帝北巡南游，劳师动众；穷兵黩武，连征高丽，使社会矛盾迅速激化。

隋炀帝一意孤行，不听大臣劝告。韩非强调臣下对君主无条件忠诚。"贤者之为人臣，北面委质，无有二心。朝廷不敢辞贱，军旅不敢辞难；顺上之为，从主之法，虚心以待令，而无是非也。"隋炀帝同样要求臣下"顺上之为"，而无是非。尚书右仆射苏威因谏停止修筑长城引起炀帝不快，全家差一点被杀绝。御史大夫张衡是炀帝谋杀父兄的主谋者之一，因劝阻炀帝兴建宫殿，引起炀帝猜忌，被除名罢官，赐死于家。建节尉任宗上书炀帝，谏劝出游江都，被活活打死。对于农民起义，炀帝更是残忍无比，一次坑杀降卒成千上万，人性丧尽，成为独夫民贼。

杨广之作为，师法于韩非，仿效于秦始皇，与秦二世何其相似！

4. 李世民与玄武门之变

626年的一天，唐朝都城长安刀光剑影，宫门喋血。这是唐太宗李世民发动的政变，被杀的对象是太子李建成和四弟李元吉及其家人数百口，史称"玄武门之变"。对于这一闻名于世的政治事变，正史大都认为是李世民被逼无奈，自卫反抗。但也有人认为，世民杀兄，"贻讥千古"。王夫之甚至认为唐太宗此行非人类所为，他说："太宗亲执弓以射杀其兄，疾呼以加刃其弟，斯时也，穷凶极惨，而人之心无毫发之存者也。"

翻开正史，随处可见人们将正义的砝码总是置于唐太宗一边，而将阴谋的锁链套在李建成的脖子上。但正史是根据胜利者的意旨编纂的。玄武门之变中，李世民是胜利者，《高祖实录》《太宗实录》是李世民的亲信大臣房玄龄等人编纂而成的，自然要偏袒李世民。

过去有人认为玄武门之变是地主阶级内部新兴地主官僚集团与旧世族官僚集团之间为争夺国家领导权而发生的尖锐斗争。李世民政治集团中既有寒素之士，也有世家大族出身的人，如长孙无忌等，李建成集团中同样如此。实际上，这场政变是兄弟之间为争夺皇帝宝座进行的残杀。

李建成被李渊立为太子，固然是因立嫡以长的观念，然而李建成本身也不是等闲之辈。太原起兵李建成起了很重要的作用，西渡黄河，攻克长安，军功很大，并网罗了魏徵、王珪等一批名臣。

李世民经常率兵出征，功劳卓著，声望很高，这也正是他不甘在李建成之下的"资本"。所以有人说，李世民早有觊觎帝位之心，"太宗以功业声望卓越之故，实有夺嫡之图谋，卒酿成武德九年六月四日玄武门之事变"。李世民的夺嫡之谋是随着军功的显赫逐步发展的。撰写正史者虽然多方掩饰，但仍留有不少蛛丝马迹。

621年，平定王世充时，李世民与房玄龄拜访了一位名叫王远知的道士。远知说，"你将作为太平天子，愿自惜"。李世民对此难以忘怀。同年攻下洛阳后，统一全国的局势基本明朗。李世民流连不返，广招人才；复设天策府，安置军功显赫猛将；创文学馆，网罗谋士文人，俨然一派君主气势。如果不是为了夺嫡，采取这些措施为什么？

626年，李建成与李元吉合谋以宴筵为名，谋行鸩毒李世民，结果使李世民"心中暴痛，呕血数升"，淮安王李神通扶世民回王宫。这是玄武门之变的导火索。

从李建成方面看，为了巩固自己的储君地位，不能不对李世民的进攻采取一些措施。这些措施应当包括与四弟结盟，壮大势力；贿赂嫔妃，在高祖面前说李世民的坏话，甚至采取一不做二不休的鸩杀方案。

所以这场斗争完全是围绕着储君地位展开的，一个要巩固，一个要夺取，天策府与东宫的两班人马自然卷入，双方都在积极争取主动，阴谋策划，紧锣密鼓。李建成、李元吉的确采取了主动进攻的措施，一是想收买尉迟敬德、段志玄等秦王府骁将，二是想借助高祖驱散程知节、房玄龄、杜如晦等人，结果都失败了。

面对李建成的进攻，李世民积极进行了应变准备。他派其妻长孙氏入宫活动，"孝事高祖，恭顺妃嫔，尽力弥缝，以存内助"。还收买了东宫的王晊，借以监视东宫的行动。及李建成与李元吉图谋以兵力杀害李世民时，王晊到秦王府及时告了密。所以李世民决定先发制人，将心腹集中起来，共同策划了玄武门之变的具体方案。

政变之日拂晓，李世民率领长孙无忌、房玄龄、杜如晦、侯君集、程咬金、秦叔宝、屈突通等人走进宫门，尉迟敬德带领70余名兵士埋伏在玄武门内。这日早晨，李建成、李元吉上朝，途经临湖殿，发现异常，想转辔东归，伏兵已杀出。李世民搭箭射杀了李建成，尉迟敬德杀了李元吉。双方的士兵开始混战。

"不要再打了，你们的主子已经死啦，你们还为谁打？"尉迟敬德高举着李建成与李元吉的人头高喊。

太子府和齐王府的兵将一看，自己的主人已经被杀，没有恋战之心，一个个丢下武器溜走了。李世民已经控制住局势。高祖李渊听到宫门内的喊杀声心神不宁，询问左右大臣，大臣们默不作声。等到李世民带着人走近，看见敬德手中两颗血淋淋的人头，全明白了。在这种情况下，李渊承认了李世民的太子地位。因为除了李世民，其他三个儿子都已死了（第三子李玄霸死于614年）。不久，李渊便从皇位上退下，让李世民登了基。

玄武门之变使李世民成为大唐王朝的主宰，他开创了大唐盛世。贞观之治美名千古流传，但不能因此肯定玄武门之变的兄弟残杀。司马光从嫡长制的正统观念，认为李世民残杀兄弟"贻讥千古"，王夫之批评其没有人性，均有一定道理。无论从哪个立场看，都不能肯定这场残杀，即使像正史所记载的那样，李世民完全是被迫自卫，也不该将李建成、李元吉的家人全部杀光。但是，玄武门之变不应该简单地被看成是个人道德品质问题，归根结底，还是专制主义制度的罪孽，是历来专制独裁的权势意识促成的。兄弟之间为了争夺帝位公开互相残杀，足以说明封建统治的实质是暴力。德治是虚名，刑罚是实政。

5. 赵匡胤杯酒释兵权

赵匡胤发动了陈桥兵变，黄袍加身，轻而易举当上了皇帝，非常高兴，但是有很长时间不能睡个安稳觉。

一天，他召赵普问道："自唐季以来，数十年间，帝王换了8个姓，战斗不息，生民涂炭，不知原因是什么？我想使天下停止战争，使国运长久，有什么好的办法？"

赵普精通治道，听了赵匡胤的发问，立即胸有成竹地说："这不是别的原因，主要是藩镇太重，君弱臣强而已。

现在要治国,没有别的办法,只有夺其权,控制其钱谷,收其精兵,天下就会太平无事。"

不等赵普说完,赵匡胤连忙接着说:"你不用说了,我已经懂了。"

赵普的意思是,长期以来军阀混战,政权不稳,主要是君弱臣强,要改变这种局面,就必须加强中央集权,从藩镇手中夺取政权、财权和兵权。961年春天,宋太祖赵匡胤首先下令罢免了慕容延钊、韩令坤等人统领禁军的兵权,令慕容延钊出为山南东道节度使,韩令坤出为成德军节度使。自此,去掉了殿前都点检这个重要的禁军职位,由皇帝亲自掌握禁军。禁军将领石守信等有拥立之功,实在不好下令罢免。

有一天,赵匡胤召集石守信、王审琦、高怀德等高级将领举行酒会。当参加酒会的将军喝到正高兴的时候,赵匡胤屏退了左右,道出了自己的苦衷:"不是靠你们的力量,我不会有今天。你们的功劳很大,感谢不尽。但做天子太艰难,不如做节度使快乐,我整夜都睡不安稳!"

在座的人听了这话都惊恐不安,石守信连忙叩头说:"陛下怎么说这话?现在天命已定,谁敢有二心!"

赵匡胤说:"不然!你们虽没有二心,而你们的部下梦想富贵,一旦把黄袍披在你们身上,你们想不干,能行吗?"

一句话说出实质，赵匡胤就是害怕他的将领们重演他"黄袍加身"的故伎。因为韩非说，群臣皆有阳虎之心，之所以不弑君，是因为党羽未成。当时，赵匡胤已控制了中央禁军，又是先发制人，几个高级将领别无他法，只有向他寻求可生之途。

赵匡胤说："人生如白驹之过隙，所谓富贵者，不就是多积金钱，玩得高兴，使子孙不贫穷。你们为何不丢下兵权，出守外藩，选择最好的田宅，把它买下来，为子孙创立不动产业，多置歌儿舞女，日日饮酒相欢以终其天年。我要与你们的儿孙约为婚姻，君臣之间，两无猜疑，上下相安，不亦善乎！"

很明显，这是用经济手段来收夺兵权，这样的条件，将领们是可以接受的。石守信第二天便称病辞职，其他人也纷纷效法。赵匡胤即以殿前副都点检高怀德为归德军节度，以侍卫亲军马步军都指挥使石守信为天平军节度，以殿前都指挥使王审琦为忠正军节度，以马步军都虞侯张令铎为镇宁军节度，"皆罢军职"。

这件事被史家称为"杯酒释兵权"。它是以强大武力作为后盾的，没有这个基本条件，赵匡胤就无法迫使其将领交出兵权。这样做，避免了杀戮和流血。但它的目的是加强皇权，巩固赵氏王朝的统治，以经济赎买手段达到了政治目的。这不就是韩非的"驯乌"之法吗？"夫驯乌者断其下翎焉。断其下翎，则必恃人而食，焉得不驯乎？"

6. 赵构保位求和

1127年，金军俘虏徽、钦二帝，亲王，皇孙，驸马，公主，嫔妃等数千人北去，给康王赵构带来了九五之尊的机会，他在应天府（今河南商丘）登基，不久以巡幸扬州为名，南下临安（今杭州市），以此为都城。

金军在兀术率领下再次举兵南下，一路连克重镇，高宗赵构一路逃跑到海边。由于兀术在镇江先后被韩世忠打败，金军北去，高宗才返回临安。

赵构急于求和，奸臣秦桧投其所好，专主和议，由礼部尚书而参知政事，宦途得意，青云直上，于1131年，迁为尚书右仆射同平章事。但因求和方案受到群臣反对，被罢相。

秦桧罢相不久，高宗求和心切，总期望秦桧能在南北议和中发挥一些特殊作用。于1138年又任命秦桧为尚书右仆射同平章事兼枢密使。

高宗急于求和不仅仅是怯战，其中还有一个奥秘，那就是金人不断放出口风，要让宋钦宗到开封复位。高宗担心，钦宗如果复位，自己往哪里摆？为了保住自己的帝位，可以不要自己的父兄，可以不要自己祖国的大片领土，这就是专制独裁者的政治原则。所以当时南宋提出的议和条件，只提要死去的徽宗、皇后及高宗的生母韦氏，而不提钦宗。

1140年，金兵分四路南下，准备彻底征服南宋，河南、陕西诸州纷纷沦陷，钲鼓声把高宗从偷安的梦中惊醒，匆忙调兵遣将抵挡金兵。刘琦率领守军在顺昌（今安徽阜阳）几次大战，使金军损伤10余万。在河南战场上，岳飞领导的岳家军连连获得大捷，威震敌胆，朝野相贺。正当岳飞在朱仙镇大败金军主力兀术，准备联络河北义勇，会师北伐，收复失地之时，高宗却接连下令班师。岳飞只好撤军，愤慨地说："所得诸郡，一旦都休！社稷江山，难以中兴！乾坤世界，无由再复！"

在获得一连串胜利的情况下，高宗主张收兵议和是基于这样的考虑："敌人议和，熟思所以应之。若彼我之势强弱相等，如是而和者，彼有休兵之意。我强彼弱，足以制其命。如是而和者，彼有惧我之意也。"这是说，只有在势均力敌的情况下，才能真正保持和议；如果我强敌弱，敌人害怕我，就不会保持和平。这种心理，如同中国近代史上中法战争中，清军在镇南关获得大捷之后，朝廷主张"乘胜即收"的心理一样软弱。不同的是，宋高宗的心理更加卑污，在高宗心灵的深处是，南宋军队强大了，敌人不相信自己的求和诚意，就会放回宋钦宗，到那时对自己是很不利的。所以要"乘胜即收"，不使宋军取得压倒金军的优势,如此,自己才可以稳稳坐在金銮殿上。

宋高宗的心理是自私的,加之秦桧、张俊的唆使,他们先采用明升暗降的方法,任命岳飞为枢密副使,夺了他的兵权,接着夺了刘琦和韩世忠的兵权。秦桧又伙同张俊收买了岳飞部将王俊、王贵,诬告岳飞谋反,将其逮捕入狱。

岳飞入狱之后,自觉光明磊落,起初还据理力争,但当他清楚了审讯官的目的以后,任凭拷打,不再说话。秦桧一伙用尽伎俩,捕风捉影,罗织了岳飞一条条大罪,高宗深信不疑。万俟卨(mòqí xiè)最后一次提审岳飞,逼其画押认供。岳飞有口难辩,肝胆欲裂,挥笔在供状上写了八个大字:"天日昭昭!天日昭昭!"按大理寺的判决,拟岳飞私罪斩,张宪私罪绞,岳云私罪徒。高宗终审,批岳飞"赐死",张宪、岳云依军法处斩。

抗金名将韩世忠得知岳飞被捕,非常气愤,当面质问秦桧,秦桧对这位抗金名将含糊其词地答道:"飞子云与张宪书虽不明,其事体莫须有。"韩世忠愤怒地说道:"'莫须有'三字何以服天下!"

1142年1月27日,中国历史上著名的民族英雄岳飞由于坚持抗金,反对乞和,终于被害死在绍兴,年仅39岁。他的儿子岳云和部将张宪也被杀害。所有支持岳飞、坚持抗金的文武官员,纷纷以破坏"和议"等罪名,遭到贬斥。

宋高宗以岁贡银、绢25万两、匹的条件,换得了东南半壁江山的暂时统治权。金朝统治者在册封赵构为宋帝的册文中这样写道:"册命尔为帝,国号宋,世服臣职,永为屏翰。"原来南宋王朝是一个纳贡称臣的小朝廷。

1142年,按照和约,高宗母亲韦氏被放回,临行时钦宗苦苦哀求,请求韦氏回归临安后,设法将自己赎回,韦氏当下许之,挥泪告别。然而一回到临安的慈宁宫,便得知高宗最忌钦宗或其他皇亲归来。此中奥秘,韦氏当然洞察,便把钦宗的要求搁在一边,听任钦宗在北国苦度残生。

现在人们一致谴责秦桧、张俊、万俟卨等人出卖祖国利益、阴谋残害忠良的罪恶行径,在岳王庙前铸了几具奸臣的罪恶形象,让他们永远跪在岳飞面前服罪,把这伙奸佞之臣永远钉在历史的耻辱柱上。这完全是罪有应得。

而对于高宗这个人该怎样看呢?人们不禁要问,假若没有高宗的一味求和,秦桧等人的阴谋能得逞吗?的确,宋高宗在国家危难之际,不考虑国家的根本利益,贪生怕死,听信奸佞,残害忠良,罪责难逃,理所当然受到人们的唾弃。

韩非为专制君主规定的忠臣标准是,顺上所为,而无是非观念。君主本人要独断专行,对于众人称赞的人,不必喜欢他;对于众人攻击反对的人,君主不必憎恨他。高宗、秦桧不正是这样的君臣吗!而岳飞恰恰不是这样的"忠臣",高宗要求和,岳飞要抗金;高宗需要对他的求和政策表示无条件支持,岳飞却对求和表示异议;高宗要替自己的帝位打算,并不要求恢复对中原的统治,岳飞则是爱国,要求收复中原,彻底击败金国。这样的对立,也就决定了岳飞的悲剧命运。高宗与秦桧的目的都是不能公布的,所以只能以"莫须有"的罪名诬陷岳飞,杀害英雄。专制的权势欲把宋高宗变成了魔鬼。"天日昭昭!天日昭昭!"

7. 朱翊钧的南面之术

明神宗朱翊钧即位时是一个10岁的娃娃。在他即位后,大学士张居正与太监冯保联合起来,在慈圣太后(朱翊钧的生母)的支持下,斥逐了内阁首辅高拱,使朝中实权转移到了张居正手中。张居正是一位精明能干的政治家,在取得首辅权力之后,针对当时社会的弊端,发动了一场社会改革运动。

张居正在领导社会改革时,对于年幼的皇帝是关怀备至的。他安排小皇帝逢三、六、九日早朝,履行皇帝的礼仪,其余时间用于严格的学习。他为小皇帝精心选配老师,安排课程,有时还亲自为皇帝讲课。讲史书,讲经学,自然少不了讲韩非的帝王术,因为张居正本人乃是韩非的崇拜者。

太监冯保对小皇帝更是殷勤侍奉,提携捧抱,十分精心。慈圣太后对小皇帝也管教很严,发现小皇帝不读书乱跑,就让他跪在地上接受惩罚。她责令冯保每天汇报小皇帝的学习和生活情况。

10年过去了,朱翊钧由一个娃娃变成了一个20多岁的青年,已经不甘于大臣摆弄下的傀儡皇帝的生活,想使自己成为一个名副其实的皇帝,逐渐对张居正把持朝政的局面表示出不满。这种君权与相权的矛盾尚未演变到公开冲突的阶段,张居正便与世长辞了。

万历皇帝为张居正举行了隆重的葬礼,赠上柱国,谥文忠。他顺利地掌握了朝政,接受了一个比较繁荣的国家。当他一开始亲理朝政时,立即发现君权与相权的矛盾并没有因为张居正离开人世而完全消失,张居正在秉政期间提拔使用的一大批官员仍然控制着相当大的实权,张居正的办事方针和政治影响继续存在,与张居正结盟的冯保还控制着厂、卫特务机构。为了乾纲独断,树立自己的绝对权威,他决心发动一场清算张居正影响的斗争。

他毕竟是张居正的学生,而且是个高足,对韩非的君人南面术恐怕也有相当深的研究。他立即抓住了张居正的弱点,颁布了一道诏书,说过去清丈土地存在不少问题,各地所报数字不实,有的地方故意虚报,有的地方把宅基地作为耕地填报,因此不能把这个数字作为国家实际征收田赋的依据。

这道诏书一则表明自己不受蒙蔽，是个英明的君主；二是向群臣显示自己的矛头指向。所以诏书一公布，一批对张居正改革心怀不满的人和投机官僚立即嗅出了味道，纷纷扑向"死老虎"。很快，弹劾张居正的奏章一封封递上来。这位精于算计的皇帝并不急于公布张居正的罪行，而是采取扫除外围的办法，首先清除冯保的势力。

经过一番精心策划，司礼监的太监被发动起来，揭发冯保假装清廉，实际受贿数以万计，请求查抄冯保的家产。接着，江西道御史在奏疏中罗列了冯保的12条罪状，提出不杀此人，不足以平民愤。万历皇帝当即宣布，冯保"欺君蠹国，罪恶深重，本当显戮，念系皇考付托，效劳日久，姑从宽处降为奉御，发南京新房闲住"。并派锦衣卫查抄了冯保的家产，得资巨万。还下令撤销了与冯保关系比较密切的吏部尚书梁梦龙、工部尚书曾希诏、礼部侍郎王篆等人的职务。这样，万历皇帝不仅夺取了冯保的权力，还亲自掌握了厂、卫等特务机构，又为进一步清算张居正扫清了外围。

就在驱逐冯保的第6天，万历皇帝便在陕西道御史弹劾张居正的奏章上这样批示道："张居正虚心委任，宠待甚隆，不思尽忠报国，顾乃怙宠行私，殊负恩眷。念系皇考付托，侍朕冲龄，十年辅理之功。今已殁，姑贷不问，以全终始。"这就正式定了张居正问题的性质，随着这一谕批的出现，揭发、清算张居正的运动逐渐进入高潮。不但揭发张居正的本章不绝，同时也开始弹劾与张居正关系较为密切的人。

这位年轻的皇帝抓住了有利时机，进行人事调整，撤销了与张居正关系较为密切的南京刑部尚书殷正茂、兵部尚书兼两广总督陈瑞、湖广巡抚陈省的职位，追夺了张居正死后的赠谥，革去了张居正之子张懋修的进士功名，并派人抄了张居正的家。

刑部尚书潘季驯获悉张氏家族被抄惨状，奏请皇上对居正年过八旬的老母予以恩典。江南道御史李植当即奏劾潘季驯，说潘是张居正的私党，朱翊钧龙颜大怒，立即降旨将治河专家潘季驯削职为民。

1584年9月18日，万历皇帝宣布了张居正的罪行及其处置意见，"张居正诬蔑亲藩，侵夺王坟、府第，钳制言官，蔽塞朕聪……专权乱政，罔上负恩，谋国不忠。本当斫棺戮尸，念效劳有年，姑免尽法。伊属张居易（居正兄弟）、张嗣修（居正儿子）、张顺（居正孙子）、张书（居正孙子）都永发烟瘴地面，永远充军"。通过对张居正影响的清除，朱翊钧牢牢掌握了皇权。

从朱翊钧清除张居正影响的一系列步骤来看，这位年轻的皇帝处理政事的能力是不凡的。然而令人费解的是，这个在位48年的皇帝表面看来并无多大建树，尤其是他在中后期很少上朝，被认为是个不理朝政的昏君，说他因为更换太子不成功对于国事心灰意冷，耽于酒色，消极怠政。这样的评论可能违背了基本事实。

表面看来，万历皇帝未能励精图治，对于国家大事未能事必躬亲，事实上他牢牢掌握着皇权。从1590年开始，直到1615年，朱翊钧的确很少临朝理政，但并不证明他不亲理政事，只是因为万历皇帝处理政事的方法比较特殊，不被群臣理解而已。详查万历实录，可知万历皇帝处理政事都在宫中进行，批示、谕旨均靠内监传达，很少接见大臣。对于公文奏疏有迟批的现象，但并没有把皇帝的批阅公文权假于他人。对于官员的任命不够及时是事实，但并未将大臣的任命权赋予他人。这一时期既没有出现权臣当政的局面，也没有出现外戚干政和宦官擅权的情况，皇权始终掌握在朱翊钧手中。

至于万历皇帝为什么不临朝理政？绝不是他不愿理政，而是不愿公开理政。为什么不愿公开理政？主要原因有二：一是万历皇帝服用了鸦片，染上了毒瘾，临朝理政一旦毒瘾发作，将造成严重的不良影响。关于万历皇帝服食鸦片成瘾，定陵的发掘报告已经证实。二是万历皇帝可能受了韩非"君人南面之术"的影响。

韩非在《主道》中说："君主不要表现出他自己的欲望，如果表示了意欲，做臣子的就会自我粉饰起来；君主不要表现出自己的意见,如果表示了意见,做臣子的就要标新立异。所以做君主的要隐藏自己的好恶,做臣子的才会按照本来面目行事。"并且说,君道在于使群臣不能窥测,其运用在于使群臣不能知晓。君主掩盖了自己的心迹,隐藏了自己的情感,群臣就无法推测君主的想法。君主以虚静无为的态度处理政事,就像在暗处看明处一样,很容易发现群臣的毛病。这叫作:"道在不可见,用在不可知。虚静无事,以暗见疵。"万历皇帝躲在宫中处理政事,不见群臣,却始终掌握着皇权,应当是受了韩非上述思想的影响。不临朝处理政事,正是为了"掩其迹,匿其端",乾纲独断。神宗皇帝神就神在谁也猜不透。

8. 雍正即位之异说

清代的正史都说,康熙皇帝在69岁病危时,决定把帝位传给第四子胤禛。他在召见理藩院尚书隆科多时口谕:"皇四子人品贵重,深肖朕躬,必能克承大统,着继朕登基,即皇帝位。"皇四子胤禛闻召入宫,帝当晚驾崩。按照这种说法,雍正皇帝是正常继位。

然而当时关于雍正即位还有另外一种说法。传说康熙皇帝很不喜欢胤禛,弥留时,手书遗诏传位十四子。十四子名叫胤禵,贤明刚毅,率兵西征,很得人心,所以圣祖决定将帝位传给十四子。"时胤禛偕剑客数人返京师,侦知圣祖遗诏,设法密盗之,潜将'十'字改为'于'字,藏于身,独入侍畅春园,尽屏诸昆季不许入内,时圣祖已昏迷矣。有顷,微醒,宣召大臣入宫,半晌无至者。蓦见独胤禛一人在侧,知被卖,乃大怒,取玉念珠投之,不中,胤禛跪谢罪。未几,遂宣言圣祖上宾矣。胤禛出告百官,谓奉遗诏册立,并举玉念珠为证,百官莫辨真伪,奉之登极,是为雍正帝。"按照这种说法,胤禛的帝位是偷来的。

现在姑且撇开雍正帝即位是否合法授受,单说胤禛登基之后,为稳固自己的专制统治对兄弟和大臣所采取的打击措施。雍正帝鉴于康熙帝晚年诸王争立太子,各树朋党,互相残杀的事实,而且时时感到自己帝位面临着被篡窃的危险,睡不安宁,想了一个秘密建储法,将储君的名字书写密旨,置于匣中,藏于"正大光明"匾额之后。别书密旨一道,藏诸内府,以为将来互相勘对。自此以后,此制遂为清朝家法。

雍正帝还针对宋代欧阳修的"君子有朋"说,写了《朋党论》,大意为:天尊地卑,而君臣之分定。为人臣者,义当唯知有君,则其情固结而不可解,而能与君同好恶,夫是之谓一德一心,而上下交。这完全是从韩非那里学来的。韩非说:"贤者之为人臣,北面委质,无有二心。朝廷不敢辞贱,军旅不敢辞难;顺上之为,从主之法,虚心以待令,而无是非也。"臣下不得有自己的情感,应当顺上之为；臣下不得有自己的是非观念，应当无条件服从皇帝的意旨。韩非还说，"毋使民比周"，"群臣不得朋党相为"，"臣得树人，则主失党"。雍正帝将其略加改造，说："唐虞之世，共工、驩兜比周为党，舜必置之于法。……朋党之小人，固自古帝王之所必诛。"《朋党论》字里行间都渗透着韩非的帝王术。雍正帝公布《朋党论》是向政敌发出打击的信号，预示着将以"朋党"罪名铲除政敌。

当时，对雍正帝威胁最大的，是所谓"皇八子党"。皇八子叫胤禩，非常精明能干，在长期争夺储位的斗争中颇占上风，曾经赢得了满朝文武大臣的赞誉，一度是"众望所归"的人物。因为其"权谋术数足以要结人心"，得到了皇九子胤禟、皇十子胤䄉、皇十四子胤禵的支持，并有一大批皇亲国戚为之后援。

皇十四子胤禵的声望也很高，他被称为"大将军王"，身处西北军事要塞，手握重兵。由于他是诸皇子中唯一被任命为大将军的，朝臣中不少人认为康熙有意传位于他，竞相依附。他同雍正帝是同母所生，而与胤禩结成了生死之交，自认为"命定有九五之尊"。

皇三子胤祉也有一定实力。因为皇长子胤禔、皇二子胤礽早被康熙禁锢，胤祉排行老三，自然有一定的希望，认为"依次当主"。他还因受命主编《古今图书集成》等书，在自己周围聚集了一批文人学士，博得了一定声望。

情况更为复杂的是，两位支持雍正登上皇位的大臣年羹尧和隆科多，势力很大，一旦与其他皇子结成联盟，将会形成尾大不掉的局面，这是雍正帝最为担心的。韩非反复说过"群臣皆有阳虎之心"。

年羹尧的势力主要集中在陕、甘、川三省，他历任川陕巡抚、总督10余年，又继胤禵为抚远大将军，手握西北军政大权。不仅如此，他和隆科多关系密切，每遇文武员缺，自己可以直接任命，权势明显高于其他总督、巡抚。

隆科多是赫赫有名的"佟半朝"的佟氏家族的主要成员。他的姑姑孝康章皇后是康熙的生母，他的姐姐孝懿皇后是雍正的嫡母。他因拥护雍正登基被任命为总理四大臣之一，掌握吏部，深受宠信。

雍正帝凭借已经到手的皇权和隆科多等人的支持，一登基就把诸皇子作为重点打击迫害的对象，派人罗织其罪名，构成胤禩罪状40款、胤禟罪状28款、胤禵罪状14款。主要罪名都是结党谋立，"希冀非望"。下令幽禁胤禩、胤禟、胤禵、胤䄉等人。并将胤禩的名字改为"阿其那"，改胤禟的名字为"塞思黑"。"阿其那"是满语，狗也；"塞思黑"是满语，猪也。于此可见雍正皇帝的残忍，将自家兄弟以诏令形式改名为猪和狗，真是空前绝后。

韩非认为臣子应当无条件忠君，不得有任何怨望，有了功劳应当归于君主，为了君主的利益不惜牺牲自己，把君主看得像高天、泰山一样尊贵，将自己看得像低谷那样低下，擅自做好事树义、图好名声，便是奸臣。雍正帝指责胤禩"事事以美誉自居，欲将恶名归之于朕"，"结为党援，扰乱国政，收买小人，串通奸伪，希图大位"，根本就不应该有想当皇帝的想法。这与韩非的主张是完全一致的。

"狡兔死，良狗烹；高鸟尽，良弓藏；敌国破，谋臣亡。"这是韩信被逮捕时的哀叹，现在又轮到了年羹尧和隆科多。

雍正帝借助隆科多、年羹尧等人的力量，收拾了自己的政敌胤禩、胤禟、胤䄉、胤禵等人，便立即转过身来诛杀走狗。

1725年，年羹尧的奏折内将"朝乾夕惕"书作"夕惕朝乾"被雍正帝抓住把柄，批曰："年羹尧非粗心办事之人，直不欲以朝乾夕惕归之于朕耳。……观此，年羹尧自恃己功，显露不臣之迹，其乖谬之处，断非无心。"由此小题大作，立即将年羹尧调离西北老巢，迁为杭州将军，解其兵权。主子点名批判，臣下群起而攻。很快便罗织年羹尧大逆之罪5，欺罔之罪9，僭越之罪16，狂悖之罪13，专擅之罪6，贪黩之罪18，侵蚀之罪15，忌刻之罪6，残忍之罪4，凡92款。拟议大辟，其父及兄弟子孙、伯叔之子、兄弟之子年16岁以上皆斩，15岁以下及母女妻妾给功臣为奴。

旋以年羹尧之狱牵连隆科多，说隆科多徇庇年羹尧，然后派人罗织罪名41款，虽蒙皇恩免于正法，仍囚死在畅春园特别监房。

时人评价年羹尧、隆科多之死,均因功高震主,引起皇帝猜忌。也有人认为杀死这两个人主要是为了灭口,因为帝位是偷来的。无论怎样解释,都说明雍正帝杀了自己的走狗。事实上,雍正帝早在即位之初,就对此二人十分猜忌。1724年谕河督齐苏勒:"近日隆科多、年羹尧大露作威福、揽权势光景。朕若不防微杜渐,此二臣将来必至不能保全。"由此可知,年、隆遭人主之忌,早就埋下了祸根。

雍正利用皇权在手,采取调虎离山、欲擒故纵、分割消灭、投石问路、挖墙根、掺沙子等手法将政敌一个个解决。并将其随从以党羽为名,或诛,或徙,或流放,全部驱散。雍正为了巩固其专制皇权,不择手段地消灭异己,完全实践了韩非以"三节"对待大臣的基本主张。

9. 乾隆皇帝与大贪污犯和珅

清高宗弘历,年号乾隆,在位60年,又当了5年太上皇,活到89岁。在任期间6次南巡,挥霍无度。后期任用和珅20年,纵容贪污,使吏治腐败至极,社会矛盾激化,大规模的川楚白莲教起义即爆发在此时。

乾隆皇帝好大喜功,自夸"十全武功",自称"十全老人"。他爱听奉承话,但必须是高级奉承,奉承得恰到好处为好。一个年轻的侍卫摸透了他的脾气,曲意奉承,总能博取欢心，所以青云直上，官做到文华殿大学士，红极一时。这个最善于奉承乾隆皇帝的人就是和珅。

和珅生性乖巧，能说会道。在官学中读过四书五经，对于古典文化和历史也有所了解。和珅的发迹很有戏剧性。有一次和珅在乾隆皇帝的轿前听差，大驾急于起行，仓猝之间找不到黄龙伞盖。乾隆帝发脾气，问道："是谁之过欤？"

銮仪卫的人你看看我，我看看你，谁也不知道该怎样回答。这时和珅应声答道："典守者不得辞其责！"

乾隆帝看了看这个说话的人，见他长得眉清目秀，仪态俊雅，回答得很文雅，又有典故，很有几分好感。这个典故便出自《韩非子》："昔者韩昭侯醉而寝，典冠者见君之寒也，故加衣于君之上，觉寝而说（悦），问左右曰：'谁加衣者？'左右对曰：'典冠。'君因兼罪典衣与典冠。其罪典衣，以为失其事也；其罪典冠，以为越其职也。"

韩非讲这个故事，是说臣下各有职责，臣不得越官而有功。和珅的回答是强调谁负责这件事谁有责任，回答得清楚而文雅。乾隆帝觉得言语很得体，很喜欢。他坐在銮舆内询问了和珅读书的情况，"奏对颇能称旨"。乾隆帝很满意，就让和珅总管仪仗队，升为侍卫。

乾隆帝对和珅的信任，据说还有一段故事。20年前，世宗雍正帝有一个妃子，长得很漂亮。弘历那时年方弱冠，有事进宫，恰好从这妃子身边经过。妃子正在那里梳妆，弘历觉得好玩，就去逗趣。他走到妃子背后，伸出手蒙住了妃子的眼睛。妃子以为是宫女来和她逗闹，顺手用梳子向后打了一下，不巧，偏偏打在弘历的前额上，损伤了一层皮。当时弘历也没把这当成一回事。

第二天弘历谒见皇后。皇后看见他脸上有伤，便关切地询问，怎么伤了。弘历起初支支吾吾不肯说，在追问下说了实情。皇后听了很生气，怀疑这妃子有意调戏皇子，降下懿旨，赐妃子自尽。弘历一再辩白，说妃子是冤枉的。但是毫无效果。弘历只好在妃子的灵前祷告说："倘若你的灵魂有知，20年后再来和我相聚，我一定诚心诚意待你，天地共鉴。"

乾隆第一次看到和珅，便觉得他的相貌与20年前冤死的妃子十分相似。说来也巧，和珅的脖颈上有一道红印，更使乾隆帝相信，这就是那位妃子在自缢时留下的印痕。问起和珅的年庚，恰与妃子死的年月相合。所以乾隆帝对和珅特别宠爱，终生不疑。

和珅受宠，青云直上，由侍卫而副都统，由副都统而户部侍郎，接着是军机大臣，兼内务府大臣，兼步军统领，充崇文门税务监督，总理行营事务……都是肥缺、实缺。

和珅揣摸透了乾隆帝的心理，他见这位皇帝处处以康熙帝为榜样，便投其所好，大谈特谈当年康熙帝下江南的盛况，不失时机地劝说："万岁的文治武功，在人们的心目中，也和皇祖一样。现在是太平盛世，如果万岁也能像皇祖那样南巡，实乃万民之福。"乾隆帝早有这种想法，立即决定效法康熙帝游江南。和珅于是负责建造龙舟、督修行宫，花去银钱不计其数，自己也从中捞了一大把。

因为和珅是皇上的宠臣，各地官员为了升官保位，纷纷向和珅求情送礼。就连宫内的人，也向他行贿。有一次和孝公主的异母兄弟七阿哥不慎打破了一个碧玉盘，怕父皇怪罪，急得没法，请求和珅帮忙。和珅起初不肯答应，后来七阿哥送了他一串珍珠，和珅才把家藏的碧玉盘拿出来一个，让他换上。本来这些稀珍之物只有皇家才有，和珅府上怎么会有呢？原来当时各国向清廷进贡时，不论什么珍品，都要经过和珅过目验收，才收入皇家仓库。他总是留下一些珍品，再把其余贡品送给仓库。有些稀世珍品则是地方官员孝敬的。

和珅利用乾隆帝好大喜功、自以为是的心理特点，阿谀奉承，官职越来越高，权势越来越大。他为了巩固自己的权势，借故打击异己，极力树立朋党，同时满足于臣下的唯唯诺诺。

各级官员上行下效，粉饰太平，报喜不报忧，因循守旧，贪污中饱。乾隆帝也经常接受和珅和地方督抚的贡献。地方官如果不上下其手,贪污受贿,哪里有钱孝敬自己。"三年清知府,十万雪花银"是公开的事实。"有道之主不求清洁之吏",韩非的这句话,乾隆帝对此心知肚明。

韩非的帝王权术流毒何其深也!在中国历史上,无论是英明的君主,还是昏暴的帝王,人人都在细心捧读《韩非子》这本帝王经,并且由于立场一致,总是心领而神会,在实践中不断加以发挥、创造。前面列举的一些事件,只是摄取了几个帝王的生活片段,从中不难看出,他们的权术意识大都与《韩非子》一书有一定联系。为了攘夺最高权力,他们施展各种阴谋手段,甚至不惜毒杀父母兄弟;为了保住最高统治宝座,他们对所有接近最高权力者刻意防范,或者屠戮功臣,或者残杀兄弟姐妹,或者以经济赎买方式解除将帅的兵权,或者以纵容贪污的方式来换取臣子的无条件效忠,一切的一切都是为了巩固和加强帝王的独裁权。国计民生是次要的,城池边疆可以出卖,国家兴灭的唯一标准是某一家族是否能够保持对最高权力的垄断。这是韩非的国家观念,也是所有封建帝王的国家观念。

六　韩非思想的近现代意义

1. 召唤亡灵

鸦片战争前后，是中国封建社会走向穷途末路的时期。清王朝用高压手段所维持的相对稳定的统治年代一去不复返了，用鲜血和烈火刷写的"康雍乾盛世"的招牌掉了下来。土地的高度集中和日益加重的地租盘剥，带来的是连绵不绝的农民起义。与此同时，封建社会内部孕育的资本主义萌芽在暗中悄悄地侵蚀着旧制度的基础。资本主义列强的纷至沓来，对于清王朝的统治构成了严重的外部挑战。

但是，就在人民的膏血和眼泪流成海洋的时候，社会的上层却仍在麻木的平静中歌舞升平，官员们仍旧贪婪地计算着自己的前程和金银。读四书五经的人到处在钻营，祈求飞黄腾达的时刻。这的确是暴风雨到来之前的沉闷时刻，一切都在无声无息地腐烂，一切都在走向崩溃。这种情况深刻而尖锐地反映在清醒的思想家的头脑中。

垂裳一统的大势已去，眼看着不改革便要亡国灭种，于是变法维新的呼声大作于前，革命的政治主张继起于后。不论是主张变法维新也好，还是主张民主革命也好，近代思想家都在不同程度上提出了向外国学习的问题，他们一方面向西方寻找真理，一方面又乞求古代亡灵帮助。

近代思想家身上有一种普遍现象值得研究，即以当前的社会需要，结合西方的社会思潮，重新塑造古人和古代历史。这种现象具体表现为西学中源说和托古改制，由于受到西方法制思想的影响，古代法家学说及其代表人物以及后世思想倾向法治的代表人物，在近代同样被召唤出来为一定的社会需要服务。《韩非子》是法家思想的集成，它的法治思想受到了近代思想家的重视，被反复利用、改造，而它的权术内容除了专制帝王和独裁者之间继续私相传授之外，理所当然受到社会的冷落和抛弃。

2. "与其赠来者以劲改革，孰若自改革"（龚自珍）

龚自珍生活在清朝嘉庆、道光年间，这正是中国封建社会彻底没落，西方资本主义国家开始侵入，农民起义连绵不绝的年代。触目惊心的阶级斗争，使他意识到封建统治已由盛转衰。父辈和本人的京官生涯，使他对统治集团中的腐败内幕有较多的了解。而本人的仕途坎坷，更加深了他对清王朝现实统治的不满。他所具有的学术素养，使他能够从古代学术中汲取有用的成分。这些主客观条件，使龚自珍首先站出来批判社会时弊，呼吁变法。他以惊世骇俗的言论，开了批评时政的风气，成为维新思潮的先驱。

龚自珍猛烈抨击清王朝的腐朽衰败，认为当时的社会已经走向王朝的衰世，气息奄奄，"日之将夕，悲风骤至"。国家政治生活死气沉沉，毫无生机，"天下无巨细，一束之于不可破之例"。在他看来，国家已经到了必须改革的地步。"一祖之法无不敝，千夫之议无不靡，与其赠来者以劲改革，孰若自改革？"希望统治者醒悟，克服社会危机。这样清醒而深刻的警告，包含在瑰丽奇异的文辞中，从内容到形式都是足以动人心弦的。

龚自珍认为，自然界的一切事物都在变化之中，人类社会也是处于不断的变易之中。"自古及今，法无不改，势无不积，事例无不变迁，风气无不移易。"这种变易的观念构成了其社会改革的哲学基础。

他认为，"古者未有后王君公"，"古者未有礼乐刑法"。这些事物都是后来才出现的。在他看来，人类裸体杂居的远古，没有君王、礼乐和刑法。后来人类逐渐进化，从事农业生产劳动，"天谷没，地谷苗"，人工种植的农作物取代了野生植物,人类进入"贵智贵力"的文明时代,礼乐、刑法作为调节人们生产生活关系的制度才出现。帝王、官员也好,礼乐、刑法也好,都是人类自身活动的产物,是人类自己创造的,不是上天赐予的。可是后来儒者"失其情",把历史的真相颠倒了,"卒神其说"。这里很明显受了法家的"法后王"历史观的影响。

先秦法家大都主张变古。商鞅认为,"三代不同礼而王,五霸不同法而霸","治世不一道,便国不法古"。韩非对于历史的看法更深刻。他认为历史是进化的,"伊尹毋变殷,太公毋变周,则汤、武不王矣"。有了进化的历史观,自然产生了变法思想。"世异则事异,事异则备变","时移而治不易者乱,能众而禁不变者削。故圣人之治民也,法与时移而禁与能变"。他还以"守株待兔"讥讽那些法古的儒、墨学者。

龚自珍的变法主张,形式上来自易经所云:"穷则变,变则通,通则久。"实质则是法家的变法精神。只是因为他是儒家经学大师,用儒家的言辞把这种主张装扮了一下。

龚自珍提出了变法主张,但由于时代和阶级的限制,不允许龚氏的"更法"主张有什么真正重要的内容,只能是"药方只贩古时丹"。枝枝节节的改良,不可能跳出封建正统思想体系。

3. "变古愈尽,便民愈甚"(魏源)

鸦片战争正式揭开了中国近代史的帷幕。中国人民与外国侵略者展开了激烈斗争。从此,反抗外来侵略一直成为中国近现代思想的重要课题,它实际支配和影响了几代中国人的行为、活动和思想。

魏源和龚自珍一样,同属今文经学派,都有经邦济世的志向,不同的是,魏源比龚自珍多活了15年,亲眼看到了鸦片战争战败的屈辱和朝廷的丑行,这使他的思想比龚自珍有了更新的内容。

魏源认为国富兵强才能抵御外侮,要抵抗外敌侵略,必须改革内政,改变祖宗成法。在他看来,世间万事万物无时无刻不在变化。"三代以上,天皆不同今日之天,地皆不同今日之地,人皆不同今日之人,物皆不同今日之物。"历史的进化是一种客观趋势。

从这种变化发展的观念出发,他鲜明地提出:"变古愈尽,便民愈甚。"他认为:"天下无数百年不弊之法,无穷极不变之法,无不除弊而能兴利之法,无不易简而能变通之法。"政治制度、军事兵役、赋税征收没有一项不在变,都是越变越善,"圣王复作",也不能"反江河之水而复归之山"。

魏源指出:"后世之事,胜于三代者三大端:文帝废肉刑,三代酷而后世仁也;柳子非封建,三代私而后代公也;世族变为贡举,与封建之变为郡县何异?"他斥责那些反对变法的儒家学者是"庸儒",读周、孔之书,用以误天下。

他认为中国社会既然处于有甲兵、有刑狱之世,无法使中国无甲兵、无刑狱,那么只好"以甲兵止甲兵","以刑狱止刑狱",不必以虚伪的仁义来自欺欺人。但他的"以刑狱止刑狱",不是严刑峻法,而是适当的刑罚。"强人之所不能,法必不立;禁人之所必犯,法必不行。"假若"求治太速,疾恶太严,革弊太尽,亦有激而反之者矣",所以治理国家应当是"兼黄、老、申、韩之所长而去其所短"。也就是说,应依法治理国家,但不要采取严刑峻法。不过,不能一概而论,法的宽严、刑的轻重要根据不同情况而定。例如,汉承秦苛法暴政之后,采用轻刑简法是正确的。汉高祖"约法三章",到文帝、景帝时国家大治,是汉初统治者采取了正确的政策。当然也有用重典而不为酷者,"辟以止辟是也",诸葛亮治蜀的效果就很好。推行法治,最好是有治法也有治人。

魏源的上述主张与《韩非子》的法治思想是相通的。"变古愈尽,便民愈甚"的变法主张与法家的社会变革理论完全是一致的。不论是儒家的德治、黄老的无为之治,还是法家的刑名之术,都可兼而用之。这是一种理智的选择,秦汉以后的统治者早就这样做了。魏源主张"兼黄、老、申、韩之所长而去其所短",证明韩非的思想影响在他的身上是明显存在的。

4."纯用重典,以锄强暴"(曾国藩)

通常人们说,曾国藩是一个理学家。严格地说,曾国藩既不是一个纯粹的理学家,也不算是纯粹的儒学家,而是一个以理学为核心,以儒学为主体,集中国古今思想之大成的杂家。他注意吸收一切对统治阶级有用的思想,不论是中国固有的,还是外来的。也正是因为这一点,他常常受到正统理学家的讥讽。

"湘乡讥程、朱为陋,吾正病其未脱乡愿之见耳。"一位自认为正统的理学家说,"以杂为通,以约为陋,以正为党,博学多能,自命通人,足以致高位取大名于时而已,不当施之于讲学。"他不承认曾国藩是理学家,认为曾氏徒有虚名,学问不纯,没有讲学的资格。

曾国藩对儒学各门各派是兼收并蓄,力图集各家之长,自成一代通儒,而且对先秦诸子百家也是兼师并用,杂糅一体。1861年,他在日记中这样写道:"立身之道,以禹、墨之'勤俭',兼老、庄之'静虚',庶于修己、治人之术,两得之矣。"又说:"周末诸子各有极至之诣,其所以不及仲尼者,此有所偏至,即彼有所独缺……若游心能如老、庄之虚静,治身能如墨翟之勤俭,齐民能以管、商之严整,而又持之以不自是之心，偏者裁之，缺者补之，则诸子皆可师也，不可弃也。""诸子皆可师"就是他的治学特点。

在曾国藩看来，对待老百姓应当使用管、商之法，对待乱民要严厉镇压。"牧马者，去其害马者而已；牧羊者，去其乱群者而已。牧民之道，何独不然。……故知小仁者，大仁之贼，多赦不可以治民，溺爱不可以治家，宽纵不可以治军。"又说："管子、荀子、文中子之书，皆以严刑为是，以赦宥为非。子产治郑，诸葛治蜀，王猛治秦，皆发严刑，以致乂安。"

曾国藩不仅是思想家，而且是付诸行动的政治家。他在督办团练时，乱捕乱杀，激起民众愤怒，一些地方官对他的行为不满，上章弹劾，曾国藩自我辩解说："平居造作谣言，煽惑人心，白日抢劫，毫无忌惮。若非严刑峻法，痛加诛戮，必无以折其不逞之志，而销其逆乱之萌。臣之愚见，欲纯用重典，以锄强暴，但愿良民有安生之日，即臣身得残忍严酷之名亦不敢辞。"这是赤裸裸地主张严刑重法，"纯用重典"。1864年7月19日，湘军攻破南京，随后"分段搜杀，三日之间，毙贼共十余万人，秦淮长河尸首如麻"。曾国藩坐而论道是程、朱，行动杀人是申、韩。他继承了法家极为残忍凶暴的思想，却抛弃了法家改革进取的基本主张。

5. "申、韩贤于尧、舜十倍"（汪士铎）

在曾国藩的幕府中有一个思想界的"怪物"，他的名字叫汪士铎。汪士铎从小受的教育是程、朱的学说。胡林翼称赞他是"旷代醇儒"，这说明他曾经是一个饱读经书的儒学信徒，但是到了太平天国起义时他却摇身一变而为韩非的狂热信徒。

汪士铎代表了一部分地主和士大夫的绝望心理，不惜丢掉一切仁义道德的遮羞布，露出了最狰狞的面目，赤裸裸地主张用申、韩思想中最阴险凶残的一面替代儒学。他说："道德之不行于三代之季，犹富强之必当行于今。故败孔子之道者，宋儒也；辅孔之道者，申、韩、孙、吴也。崇宋儒之言以为儒，而申、韩、孙、吴之论皆从略，致不仁者乘间窃发。"这里咒骂宋儒，是因为他认为宋学空谈误国，要对付农民起义，就必须采用法家的残酷镇压手段。

1859年，汪氏到湖北做了胡林翼的幕宾，并结识了曾国藩，为他们出谋划策，镇压农民起义。曾、胡对他言听计从，礼敬有加。胡林翼死后，他又做了湖北巡抚严树森的幕宾。1864年太平天国农民革命失败，他回到南京老家，继续在农民的血泊中舞文弄墨。

汪士铎的思想色彩十分鲜明，毫不掩饰，一切出发点都是为了镇压农民革命。农民起义军占领南京，他恨之入骨,狂叫道:"呜呼!安得一始皇在上,而使白起、王翦、章邯……等效力于下,而为苍苍者一洗之!"在他看来,农民、工人是大乱之源,所以要严密监视,多立巡司。在刑法上,他主张农工巫师有犯,"加倍惩治,宁重毋轻"。

汪士铎的历史观是消极阴暗的,是没落阶级的反映。在他看来,君主本来应当是万世一系的,既然天下有了君主,就不应该再有人造反,造反就是乱臣贼子。既然已经造反成功了,当了帝王,以后最好不再有造反,历史上的改朝换代,没有什么公理、正义可言,全是弱肉强食。农民起义是失败了的盗贼,历代君主是成功了的帝王。暴力可以得国,与民心的向背无关。这些都是受了法家的影响。

国家的衰乱,不是腐败统治,而是因为后世帝王过于慈爱。慈爱就失国。这种说法显然是从韩非那里学来的。《韩非子》上有这样一段话:

魏惠王问卜皮:"你听说我的名声如何?"

卜皮回答:"我听说大家都说您很慈惠。"

魏惠王很高兴地问:"然而为什么成功没有到来?"

卜皮却说:"慈惠的功效是亡国。"

王说:"行善是慈惠,行善为什么会亡国?"

卜皮回答:"慈爱是不忍,恩惠是赐予。不忍就会迁就罪过,好赐予就会不待立功而赏赐。有过不罪,无功受赏。这不是要亡国吗!"

韩非反对慈惠,主张严明赏罚,去个人私爱,是为了国家强盛,因而含有进步的成分。而汪士铎反对慈惠,是警告没落的地主阶级,要对农民残酷镇压。他承袭了法家"严刑峻法"的思想主张,而历史条件不同,性质就有很大区别。

汪士铎认为中国贫困动乱的原因是人口,解决的方案就是消灭人口。"使减其民十之七八,则家给民足。"消灭人口的具体办法是:加倍抽妇女的丁税,并推广溺女婴的风习。这样一来,贫者就不愿养女,只有富者才能养女、嫁女与娶妻。穷人不能婚娶,自然断子绝孙,人口减少。男女有子,不得再婚再嫁,犯者,斩立决。"以多疫为瑞",欢迎瘟疫广泛流行。广建女尼寺院、"童贞女院"、"清节堂"。提倡妇女早死,"女子之年,十岁以内死曰夭,二十以内死曰正,过三十曰甚,过四十曰变,过五十曰殃,过六十曰魅,过七十曰妖,过八十曰怪"。严立妇女儿童刑罚。13岁以上犯罪,罪上其身;不足13岁犯罪,罪及其亲。如犯斩罪者,其母及子斩决,其父绞决。绞罪以下依此类推,皆为母子同罪,父减一等。这是一种野蛮的灭绝人类的方案。

他的人口论不是从马尔萨斯那里学来的,而是来自韩非。韩非认为人口成倍地增加,结果是人多物少,天下纷争。

"今人有五子不为多,子又有五子,大父未死而有二十五孙。是以人民众而货财寡,事力劳而供养薄,故民争,虽倍赏累罚而不免于乱。"汪士铎承袭了这一思想,并加以恶性发挥,为瘟疫欢呼,并制定了极其残忍的消灭人的方案。

礼治与法治,德治与刑治,这是先秦时期儒、法两家的思想学术分野。本来这种分野,已经在秦汉以后"阳儒阴法"的统治形式中渐趋统一,汪士铎旧案新翻,又把这个问题提了出来。他反对王道,反对仁政,主张对起义者残酷屠杀,不得心慈手软。他说,战国时秦俗尚首功,以功封爵,所以将士在战场上奋勇杀敌,犯锋镝而不顾。现在兵弁力战于阵,文士坐享其福,"是启不肖侥幸之心,隳武夫杀敌之志也"。"重临事而惧之人,而不募暴虎冯河之勇。彼豪杰之士,乌肯低首下心于词章儒雅之前哉?"这番议论,如果拿来韩非的《五蠹》《显学》等文加以对照,如出一辙。"所利非所用,所用非所利","所养者非所用,所用者非所养"。认为重用儒家文学之士,轻视披甲杀敌武夫,必然导致国家衰乱。

"民之畏威也,甚于归仁。"这句话与《韩非子·显学》上说的话多么近似。韩非说:"夫严家无悍虏,而慈母有败子。吾以此知威势之可以禁暴,而德厚之不足以止乱也。"既然王道不中用,那么只好用霸术。因此他主张效法韩非的综名核实和商鞅的令行禁止。

汪士铎主张赤裸裸地杀人，具体杀人方案是：各级官员均以威断多杀为贵，有言仁慈不嗜杀者，立斩；起用豪杰督办团练，团练中要多使用惯匪，杀人越多越好；恢复古代的族诛之法，推广商鞅、韩非的连坐制度；杀人之外无他刑，只以绞、斩、凌迟、车裂、族5种刑罚对付叛乱犯罪；对于"光棍游荡少年"一概立斩，不必问是否有罪；各州县以岁杀30个光棍、5个盗匪为称职，各总督以岁杀万人为定额；对于侈谈孔孟的道学家，"必草薙而禽狝之"。这种疯狂的杀人设想，汪士铎常常加以公开鼓吹。曾氏兄弟攻克南京的大屠杀，不正是这种杀人理论的实践吗？

"周礼贤于尧、舜一倍，申、韩贤于尧、舜十倍"。他对申、韩的推崇无以复加。

6. 礼赞韩非的不同含义（严复）

严复是向西方寻找真理的重要代表人物之一，他热情宣传、介绍、翻译西方的思想文化，与此同时不断援引中国古代各家各派的思想学说，加以比较、印证，试图找到救国救民的真理。由于他在评论中国古代学术思想时，有过不少肯定法家贡献的言论，也有一些对儒学的批判，在20世纪70年代中期他被一些人视为法家的代表人物。一般地说，作为先秦时期特定的思想政治派别，无论是儒，是法，是墨，是道，都不应当成为超时空、超阶级的抽象框架，不能用它来套划中国政治思想学术史上思想家们的派别。这种划分，在近代、现代尤其不能适用。当然也不能用于严复。

严复的确有一些推崇、赞扬中国古代法家或具有某些法治思想代表人物的议论。前期有，后期也有。由于前、后期基本思想看法不同，同是推崇法家、法治，含义则有很大区别。

1910年以前的严复，是引进西方文化的热心倡导者。他在热情宣传西方文化的同时，经常援引中国古代各家各派的思想学术加以比较，并加以评论。这是比较评论中西两大文化系统，而不是站在儒、法任何一家立场上评论优劣。

例如，严复曾在《原富》的按语中批评儒家的义利观。他说，孟子把义和利放在对立的位置上，强调仁义兴国，反对君主言利，因而祸国几千年。又说，王安石是最重视经济的相臣，"王荆公变法，欲士大夫读律，此与理财，皆为知治之要者。蜀党群起攻之，皆似是实非之谈，至今千年，犹蒙其害。呜呼，酷矣"。他又说："礼者，诚忠信之薄，而乱之首也。""尚贤则近墨，课名实则近于申、商，故其为术，在中国中古以来，罕有用者，而用者乃在今日之西国。"

这些评论中，有对申、商、王安石等人的赞美，也有对孔、孟、程、朱的批评。但是所有这些,并不是用古代的儒、法来衡量西学,而是为了介绍西学,来援引、评点、估量和议论中国古人。

召唤亡灵是为了现实需要。严复提倡西方法制,宣传社会必然进步,所以赞扬法家和变法;因为认为理财之学为近世最有功用之学,所以才反对孟子的"何必曰利",称赞荆公王安石。

而当申、韩、李斯、王安石的行政措施不符合启蒙主张时,也就立即给予批评。例如,他批评说,中国先秦时期申、韩、商、李诸法家,虽然劝君任法,秦也有立法,但这是专制之法、一家之法。这种法是督责之术,"所以驱迫束缚其臣民,而国君则超乎法之上,可以意用法易法,而不为法所拘。夫如是,虽有法,亦适成专制而已矣"。并由此评论了中国几千年来兴衰治乱的原因。他说:"中国自秦以来,无所谓天下也,无所谓国也,皆家而已。一姓之兴,则亿兆为之臣妾。其兴也,此一家之兴也;其亡也,此一家之亡也。天子之一身,兼宪法、国家、王者三大物,其家亡,则一切与之俱亡,而民人特奴婢之易主者耳,乌有所谓长存者乎!"所以都对国家不负责任。

于此可见,严复对中国古代各家学说的评论取舍,都完全服务于他当时提倡的新学,都具有这个特定的时代内容。这里根本不是强调儒、法之争,儒、法都是封建主义的意识形态,它们都是严复要否定的东西。

一种有趣的现象是,辛亥革命后的严复称赞法家的语言更多了。

> 齐之强以管仲,秦之起以商公,其他若申不害、赵奢、李悝、吴起,降而诸葛武侯、王景略,唐之姚崇,明之张太岳,凡为强效,大抵皆任法者也。(《与熊纯如书》)

> 是故居今而言救亡,学惟申、韩,庶几可用,除却综名核实,岂有他途可行。贤者试观历史,无论中外古今,其稍获强效,何一非任法者耶?(《与熊纯如书》)

严复这时看来倒真的有点"法家"的样子了。辛亥革命以后,他看到的是军阀割据、政治混乱,所以他一再说"天下仍需定于专制","终觉共和政体,非吾种所宜"。由于在政治上他支持袁世凯称帝,建立专制政权,所以"尊法"的言论与其行动取得了一致。他反对民主共和,主张帝制复辟,推崇马基雅弗利,幻想强人政治,希望中国出现一个强有力的人物,以铁腕方式,恢复秩序,"拨乱反正","综名核实"。这就是他"尊法"的含义。事实上,"尊法"与"崇儒"也是同时进行的。他希望大学的经文两科合并为一,用以保持吾国四五千载圣圣相传的道德文章。

很清楚,同是讲申、韩,说法家,时间背景不同,意义也有很大不同。这种现象发生在一个人身上,只能从急剧变化的社会背景中寻找答案。

7. 给韩非穿上西装(梁启超)

在近代中国,梁启超是第一批系统研究先秦法家及其历史影响的著名学者之一。关于这方面,他的主要论著有《先秦政治思想史》《中国法理学发达史论》《论中国成文法编制之沿革得失》《变法通议·论中国宜讲求法律之学》和《中国六大政治家》等。另外,还有一些论及先秦法家的言论散见在诸多文论之中。总的来说,梁启超关于先秦法家的研究成果是比较多的,其中不乏精辟的见解。可惜的是,论著过于粗糙,出现了很多错误,有的是认识上的错误,有的是不够严谨,没有读懂原著就妄下结论。

梁启超论述韩非等法家人物有一个明显的特点,就是夸大先秦法家及其代表人物的贡献和作用,让他们在古装之外,再披上很不合体的西服。

受孟德斯鸠学说的影响,梁启超将有无法律和法律是否完善,看成是区别人类和禽兽、文明和野蛮的重要标志。他指出,人类之所以比禽兽尊贵,就是因为人有法治观念,禽兽则没有这种观念。在各民族各个国家中,有的法律比较完善,有的法律比较简陋。一般说来,"法律愈繁备而愈公者，则愈文明；愈简陋而愈私者，则愈野番而已"。从这种认识出发，梁启超进而指出，西方国家之所以发达富强，是因为他们重视法制建设；中国之所以贫弱，是由于实行人治，轻视法治。他说，中国自秦汉以来，法学中绝，种族日繁，而法律日简，事理日变，而法律一成不易，以致守无可守。而西方诸国则不然，自希腊、罗马以来，治法家之学者，继轨并作，赓续不衰，近百年来最为发达。西方各国法制发达，所以举国君臣上下，权限划然，议事办事，章程日密，渐趋文明大同之途。在这种情况下，中西相遇相争，中国自然失败。

既然国家的富强，离不开法理学的发达与法制的建设，在强邻环伺的环境中，中国要生存，要自强，就必须加强法制，推行法治，只有以"法治主义为今日救时唯一之主义"，才能救中国。

基于宣传法治主义的需要，梁启超研究了先秦诸子思想，赞扬古代中国法理学的发达。他说："近世法学者称世界四法系，而吾国与居一焉。其余诸法系，或发生蚤于我，而久已中绝；或今方盛行，而导源甚近。然则我之法系，其最足以自豪于世界也。夫深山大泽，龙蛇生焉。我以数万万神圣之国民，建数千年绵延之帝国，其能有独立、伟大之法系宜也。"

他说，我国自三代以来，纯以礼治为尚，及春秋战国之间，社会变迁剧烈，法治思想应于时势需要而萌生，并迅速生长，旗帜鲜明，壁垒森严，"故我国当春秋战国间法理学之发达，臻于全盛"。曾几何时，这一学说在秦汉以后，退化复退化，驯至成为一块僵石，最终为礼治主义征服和代替。

他敏锐地感到，法治主义为当时救时的主义，立法的事业为当时存国最急的事业。"自今以往，实我国法系一大革新之时代也……固不可不采人之长以补我之短，又不可不深察吾国民之心理，而惟适是求。故自今以往，我国不采法治主义则已，不从事于立法事业则已，苟采焉而从事焉，则吾先民所已发明之法理，其必有研究之价值。"

在梁启超看来，春秋战国时期在社会上流传的放任主义、人治主义、礼治主义、势治主义皆不足以救时弊的情况下，才应运而产生了法治主义。这种看法有一些严重误解。

例如他认为："以势言法者，非真法家言也。"韩非子有《难势》一篇。梁启超认为，韩非反对势治，主张法治，是一个真法家，"诸法家中惟韩非最能知之"。这就把韩非的思想主张全搞错了，对于《韩非子》全书没有作通盘的研究，自然是错误之源，而更加主要的原因是根本没有读懂《难势》。

《难势》的结构分为3段：第一段是援引慎到的势治

学说；第二段是反对慎子学说的人的辩难，大意是说，势治固然必要，但须有贤者掌握则可以，以贤者握有权势则天下治，以不肖者握有权势天下乱；第三段是韩非针对第二段的设难，替慎到辩护，即反击反慎到的辩词。梁启超把它们混为一谈，本来是韩非赞成势治，把法、术、势结合在一起而集其大成，却说韩非反对势治，是个单纯的法家，这就错了。

再如，术治问题，梁启超认为"术治主义"是"人治主义"的一种，法治主义与人治主义即术治主义不相容，这又搞错了。

他说，"申子一派，殆如欧洲中世米奇维里（即马基雅弗利）辈，主张用阴谋以为操纵，战国时纵横家所最乐道，亦时主所最乐闻也。而其说实为法家正面之敌"，并列举韩非等人的部分言论以证明法家反对术治。说韩非曾有"奉公法，废私术"的言论，却把《韩非子》大量讲术治的内容抛在一边。

循着这种认识，梁启超认为法治主义是为救世应时而出的，然而很快衰灭了。那么，原因有哪些？梁启超认为基本原因有三：一是秦汉以后实现了国家的统一，国家主义的观念渐成秋扇，而法治主义与国家主义密切相关，国家主义衰，则法治主义随之；二是中国人富于保守性质，儒家学说与之相适应，而法家学说主进取，与之不相适应；

三是当时的法家过于强调法制的功能,而否定道德教化的作用,使自己的学说陷入了死胡同。"综此三因,故法治主义虽极盛于战国之季,然不移时,而遽就灭亡。秦并六国,大一统。主政者实为李斯,李斯本荀卿之徒,而应于时代之要求,不得不采用法家说,以荀卿之人治主义与不完全的法治主义相和合,则成为势治主义而已。其于法治主义之真精神去之远矣。然则李斯实用术者,而非用法者也。故谓法治主义逮李斯而已亡可也。"这些认识是很片面的。李斯也好,韩非也好,秦始皇也好,他们都是讲法、讲术,也讲势的人。秦朝灭亡的原因是多方面的,主要原因之一是严刑峻法,造成赭衣塞路,囹圄成市,激化了社会矛盾。说李斯等人不以法治秦是不准确的。

梁启超认为法家的最大缺点是"在立法权不能正本清源。彼宗固力言君主当'置法以自治,立仪以自正'。力言人君'弃法而好行私谓之乱'。然问法何自出,谁实制之,则仍曰君主而已"。这是说,法家最大的缺点是不懂得立法权应该掌握在民众手中。君主掌握了立法权,既不考虑民众的意愿,又随意立法,实为乱法、无法。"三尺安出哉。前主所是著为律,后主所是疏为令。"法律不稳定,等于无法可循。

梁启超还批评了法家的性恶论。他说:"法家主义,纯以人类性恶为前提。"《韩非子·五蠹》中有这样一段话,

"古者丈夫不耕，草木之实足食也；妇人不织，禽兽之皮足衣也。不事力而养足，人民少而财有余，故民不争……今人有五子不为多，子又有五子，大父未死而有二十五孙。是以人民众而货财寡，事力劳而供养薄，故民争"。梁启超以此为最平恕、最彻底之论，说法家认为争夺为民众所不能免，法律为限制民众争夺而设，而不是为少数良善者而设。梁启超说："后儒动诃法家为刻薄寡恩，其实不然。"他认为法家是爱民的，"以形式论，彼辈常保持严冷的面目，诚若纯为秋霜肃杀之气。以精神论，彼辈固怀抱一腔热血"。这显然抬高了法家人物的觉悟。

他还评论说："法家根本精神，在认法律为绝对的神圣，不许政府动轶法律范围以外……就此点论，可谓与近代所谓君主立宪政体者精神一致。然则彼宗有何保障，能使法律不为'君欲'所摇动耶？最可惜者，彼宗不能有满意之答复以饷吾侪。"

从上述情况看，梁启超称赞的法家，是单纯讲求法理的法学家，不包括讲求势治的慎到，也不包括讲术治的申不害。因为他把势治、术治看成是与法治对立的东西，所以贬斥了术治主义与势治主义。他认为韩非是"真法家"，对《难势》一文进行了曲解，又对《韩非子》中大量的术治内容视而不见，故意抬高了韩非的地位。把法家理论在秦王朝试验的失败，归之于李斯用术不用法，显然是替韩非开脱罪责,故意拔高法家的思想地位。在他看来,法治主义是好的,缺点在于没有"正本清源",法家没有把立法权交给民众。现在改正这个缺点,由民众来立法,先秦的法治主义就可以适用于当代。

《中国六大政治家》一书所列的政治家是管子、商君、诸葛亮、李卫公、王荆公、张居正,几乎全属法家或后期实行法治的人物。梁启超在《管子传》中说,当今欧美人雄于天下,是依靠"国家主义""法治精神""地方制度""经济竞争""帝国主义"等五大治术,其实这五大治术中国古已有之,"谓予不信,请语管子"。他认为王安石的政术有许多点与欧美政治相符合,把王安石捧为"三代以下一完人"。很明显,这些地方都是故意穿凿附会,有意抬高中国古人的思想价值,让他们一个个穿上不合体的西服。

8. 革命家论法家(章太炎)

章太炎是近代中国资产阶级民主主义思想家,又是国学大师。辛亥革命前10年是中国革命风起云涌的年代,也是章太炎一生当中最辉煌的时期。在这一时期,孟德斯鸠的三权分立学说、卢梭的社会契约论等西方进步思潮在国内迅速传播,风行一时。法治主义的广泛传播引起了敏感的思想家对先秦法家思想的热情关注。同梁启超一样,章太炎从法治主义的角度,对商鞅、韩非、秦始皇等人作了积极的评价。

在《商鞅》一文中,他明确指出,中国古代的法家,"犹西方所谓政治家也,非胶于刑律而已"。这是说法家是政治学的一个派别,这个学派不仅仅对法律本身进行研究,而是把"法"作为治理国家的基本原理加以提倡的。

世人批判古代的严刑峻法,总是要追究商鞅、韩非等人的责任。章太炎认为,商鞅、韩非的做法是适应政治上的改革,是以法来约束臣民的违犯法纪的行为。臣民违犯了法律才绳之以法,这叫作"以刑维其法,而非以刑为法之本也"。正因为如此,秦国才迅速富强起来。而历代的酷吏,同商鞅完全相反。以西汉武帝时期的公孙弘、张汤为例,他们的行法是"以媚人主,以震百辟,以束下民",而不是维护法的尊严,性质是不同的。

章太炎赞扬商鞅辱太子、刑公子虔"而不欲屈法以求容阅"的精神,批评张汤"窥人主意以为高下者"的行为。他说,商鞅推行法治虽然比较酷烈,目的却是以刑止刑,结果是家给人足,道不拾遗,秦国大治。而酷吏张汤则不然,他是刑法苛细,专门献媚人主,非以佐治。结果造成"人君尊严若九天之上,萌庶缩朒若九地之下",效果是完全不同的。

他推崇法治,在《秦政记》中指出:"古先民平其政者,莫遂于秦。秦皇负扆(帝位)以断天下,而子弟为庶人;

所任将相，李斯、蒙恬，皆功臣良吏也。后宫之属，椒房之壁，未有一人得自遂者。"这是称赞秦政法纪严明，秩序井然。

他称赞秦代的用人，实践了韩非的主张。韩非曾说，"宰相必起于州部，猛将必发于卒伍"，"刑过不避大臣，赏善不遗匹夫"。秦始皇始终重用李斯、王翦、蒙恬等有能力的将相，并未杀戮功臣。从而赞扬说，世以秦始皇为严酷，但他并未妄杀一吏。凡此，都是汉武帝赶不上的。"秦皇之与孝武，则犹高山之与大湫也。"就是说，秦皇、汉武二者不可比拟，悬殊太大。

关于秦朝灭亡的原因，在他看来并"非法之罪也"。恰恰相反，真正的原因在于未能执行既定的成法。"夫秦以不能自守其宪度，使二世得恣己意以族大臣，故赵高得报之。报之者，赵高起于熏宦，非刑官之行法也。使刑官得夙行其法，纠帝之小忿，则二世必不得恣睢以陷于弑，何高之足患？"正是由于不能守法，才让赵高之类的小人钻了空子，导致秦朝二世灭亡。章太炎对于秦亡原因的分析，意在说明执法与巩固国家统治二者的关系，借以论证法治的必要。然而对封建法制的夸大和美化，忽略了一个基本事实，就是秦朝严刑峻法把陈胜、吴广逼上了造反之路。

章太炎还根据资产阶级的法律观，抨击了儒家的"刑不上大夫"的特权法则。他说,"夫刑不上大夫者,封建之政也",是肉食者自谋,是违犯社会平等原则的。假若一事而进退于二律,法律就会丧失平等原则,无益于百姓,"是制宜废"。

他还从"一断于法"的原则出发,谴责董仲舒提倡春秋决狱的方法。他说:"余观汉世法律贼深,张汤、仲舒之徒,益以《春秋》诛心之法,又多为《决事比》,转相贸乱,不可依准。"董仲舒以《春秋》的经义入律,是一种奸佞的乱法行为。这样一来,就会使执法者不顾事实,任意出入法律,援引比附,破坏了"法无明文不为罪"的原则,事实上也破坏了法律条文。这样的结果有利于特权阶级。"仲舒之折狱二百三十二事,援附经谶……后之廷尉,利其轻重异比,上者得以重秘其术,使民难窥,下者得以因缘为市。"通过对董仲舒春秋决狱的批判,揭露了封建司法实践中有法不循、原心论罪、任意出入法律的弊端,肯定法家"一断于法"的法治原则。

章太炎肯定先秦法家的法治主张,但不赞成严刑峻法。他认为汉律虽无十恶之名,而以危害乘舆为大不敬罪,法律过严。唐代沿袭北齐和隋的"十恶"律文,也过于严酷。特别是其反叛、恶逆、不敬诸条,随事可以比附,致人重罪,"不可师法"。

他认为:"杀一人不以其罪,圣王有向隅之痛,是故持仁恕之说者，必曰省刑。"他所说的省刑是以罪刑相当为标准，不是无条件赦宥。中国所患不是因为刑罚重，而是以米盐琐细之罪加以重刑。本来罪不致死，而以可以减刑判为死罪，徒图赦宥虚名。轻罪也好，重罪也好，都要依具体情况而定。该重则重，该轻则轻，不要羡慕轻刑之名。批判封建法制的罪不当刑是对的，但认为只要罪刑相称，任何一种刑罚手段都是合理的，又为中国封建社会长期存在的残酷刑罚找到了继续藏身之所。

关于法治的实施，章太炎提出了十条办法，大意谓：司法应当独立，不为元首陪属，其长官应与总统敌体，就是总统有罪，也可逮治。立法独立，凡制法律，不自政府定之，不自豪右定之，应由明习法律、通达历史、周知民间利病的知识分子讨论制定。法律既定，总统不得改，百官不得违犯。法官违犯法律，上级应当加以处罚。如果不处罚，人民可以弹劾。赋予人民以集会、结社、出版的自由。……从这些内容看，章太炎完全接受了西方资产阶级法治原则。因此，他评判法家的代表人物，完全是以此为标准的。

清朝一被推翻，章太炎渐入颓废，在资产阶级营垒中逐渐向右摆，"身衣学术的华衮，粹然成为儒宗"。这时，他对法治的观念仍是坚持的,他曾希望袁世凯"励精法治"，后来又寄希望于蒋介石。他曾经说："处承平之世，独裁如商君、武侯，民治如今远西诸国可也。若夫奸人成朋，贵族陵逼，上以侵其主，下以贼其民庶，非有老子、韩非之术者，固无以应之。"这是说，承平之世需要商鞅、诸葛亮这样用严刑峻法治民的人物，政治动乱时期需要老子、韩非的权术。一言以蔽之，以申、商、韩为代表的法家的政治主张是有用的。由于学术服务的对象不同，性质则当别论。

9. "法家复兴论"（国家主义派）

20世纪30年代中期，中国政坛上的国家主义派中的一些人，提出了法家复兴论。他们认为当时的中国就世界范围来讲，进入了"战国时代"。法家的理论产生于战国时代，特别适合"战国时代"的需要，所以，法家应当复兴。这方面的代表一个是常燕生，一个是陈启天。

常燕生在《国论》月刊上发表《法家思想的复兴与中国的起死回生之道》，文章说："在中国固有的文化宝库里，要想找出一种系统的思想，过去曾替整个的民族和国家贡献过极大的成绩，现在正切于中国的需要，将来可以给国家发展和世界改造的前途指出一个具体的方向的，我想来想去，只有先秦时代的法家。"

在他看来，中国正处在从一个民族社会向国族社会过渡的阶段。在这个过渡时期，需要一种积极的、进取的、实证主义的理论来帮助社会的自然进化。在这个前提之下，法家思想必然要复活起来。

常燕生高度赞美法家的历史贡献。他说："中国今日统一的国家基础，是二千年前的法家替我们造成的，如果没有商鞅、李斯等实际的政治家，如果没有慎到、韩非等系统的思想家，秦始皇的统一大帝国决不会出现，中国以后二千年中大国家的轮廓和基础也不会完全描画和奠定起来。我们今日在外患内乱的重重压迫之下，尚能够保持这一点民族精神上的统一，而不至分裂为无数不成形的小国者，饮水思源，不能不感谢二千年前这几位有魄力、有眼光的大思想家和大政治家之功……然而不幸这种最伟大的思想、事业和人物，在陋儒妖道的交相煽惑之下，却完全埋没了二千年，甚至到了今日，他们的价值还为许多短见的思想家所攻击，所埋没，不能与孔孟老庄同蒙国人的重视，这一件大冤狱，是我们必须要平反的。"这种对先秦法家的评价是过高的。

他还认为："如果中国民族和国家还想渡过了眼前的难关，求一个起死回生之道，我相信只有法家思想的复兴，只有把法家的基本精神普及到每一个国民的意识中，除此以外，都是死路。"

他充分肯定韩非的贡献，说："韩非不但是集法家思想之大成，也可以说是集中国古代学术思想的大成的人物，他的哲学观点是受之于道家的,他的先生是儒家的荀卿,他的前辈是墨家的尹文,当时儒道墨三家受了客观事实的暗示,在末流都有投降法家的趋势,韩非乘着这个机会出来,在思想上完成了大一统的功业,正和秦始皇在政治上的统一功业相等。"

他很明确地提出:"中国今日是一个战国以后最大的变局,今日的世界又是一个新战国的时代,我们将要从那一条路去挽救国家的颓运,是值得郑重考虑的一件事。就事实上看来,并世各强国,没有一个不是把国家统制的权力逐渐扩大,以期建设一个强有力的民族集团以备对外斗争的,法家的思想确正是往这一条大路走的。当然,二千年前的法家,他们的时代,他们的环境,他们的问题,和我们今日中国未必都一一相同,因此他们的理论不是绝对无条件一一可施行于今日的,然而他们的根本精神——一个法治的权力国家——却是今日中国的一付最适宜的良药。中国的起死回生之道,就是法家思想的复兴,就是一个新法家思想的出现。对于这个结论,我可以毫不犹疑的向全国同胞保证。"

这段话说得极为通俗明白,用不着任何诠释。但须提请读者注意的是作者的目的。作者要求加强"国家的统治权力",是与国家主义派的政治目标相一致的,这是在为蒋介石的独裁统治制造根据。

陈启天也说：鸦片战争开其端，英法战役继其后，接着是中日甲午战争，又多了一个东邻强敌。八国联军之役更是列强环攻中国的事例。自此以后，中国主权几无处不受束缚，中国的前途更加危险。到了"九一八"事变以后，更使国家有岌岌不可终日之势。中国的国际环境一天比一天恶劣。"我们不能责备国家环境，我们只宜反省自己的国家尚未能适应近代的国际环境。原来近代世界，是一个'新战国'的世界。在这个新战国的世界，也如同中国历史上的战国时代一样是'强国务兼并，弱国务力守'，无所谓正义，也无所谓公理。而且新战国时代的国际斗争之剧烈，较之旧战国时代更加千百倍之多。不幸开关前的中国，既不曾梦想到这个'新战国时代'的来临，开关后的中国又未曾始终切实准备如何应付这个新战国时代，以致对外固是层出不穷的屈辱，对内也是继续不断的混乱，几乎不足以立国了。"

陈启天认为，中国已经置身于新战国时代的恶劣国际环境中，必须重视国家观念、法治观念、军国观念和国家经济观念。梁启超、麦孟华、章太炎对法家的研究，标志着法家复兴的倾向和开端。

陈启天强调指出："经过近数年国难的严重教训，而后这类思想才有复活的倾向。这可说是'亡羊补牢，未为晚也'。今后中国如要立国于新战国时代，我想这类思想必更大为发达；否则便是甘愿'人为刀俎，我为鱼肉'，坐待做亡国奴而已。"最后他说："近代法家复兴的倾向，并不是要将旧法家的理论和方法完完全全再行适用于现代的中国，而是要将旧法家思想中之可以适用于现代中国的成分，酌量参合近代世界关于民主、法治、军国、国家、经济统制等类思想，并审合中国的内外情势，以构成一种新法家的理论。这种新法家的理论成功之日，便是中国得救之时。有志救国的人们，努力建立新法家的理论，并且努力实行新法家的理论罢！"

"新法家"的理论是什么？陈启天在《中国法家概论》中作了比较明确的回答。他说："法家推行霸政的总方略，是一种国家主义。这种总方略，应用于政治上，便成了中央集权的政治制度，也可叫做'政治的国家主义'；应用于军事上，便成了军国主义，也可叫做'军事的国家主义'；应用于经济上，便成了重农主义与统制经济，也可叫做'经济的国家主义'；应用于文化上，便成了统一思想与统一教育的政策，也可叫做'文化的国家主义'。"

关于政治的国家主义，他说："法家既产生以后，便欲一面推翻封建分权政治，一面建立君主集权政治，这便是法家的政府论之精髓所在。……法家关于政府组织的基本原则是中央集权的君主制度，君主是国家统治的最高权力机关，也是国家统治的惟一权力机关。"

关于军事的国家主义，他说，"法家应用国家主义于军事方面，有以下的几种重要改革：第一是军事权力的集中。原来在封建制度之下，军事权力多半分散在诸侯手中，致成尾大不掉之势。法家有鉴于此，主张将军事权力完全集中于中央政府，而建立一种军事集权制度。军队的统率，完全操于中央政府之手，领兵官长须由中央政府随时任免，不得世袭兵权，更不得私有兵权。于是在军事上始形成一个整个的国家，而表现出国家主义的意味。第二种重要改革，是军事社会的建立。所谓军事社会的建立，便是将整个社会组织完全军事化……第三种重要改革是军事教育的普及。法家既认定军事的强弱与国家的存亡有密切的关系，所以特别提倡军事教育……第四种重要改革，是军事纪律的信必。法家对于一般纪律，主张'信赏必罚'……"。

关于经济的国家主义，他说："法家应用国家主义于经济方面，便成为富国政策。法家认定'富'是一种国力。要增加国力，必须增加国富；要增加国富，必须增加生产。"

至于法家应用国家主义于文化方面，就是统一思想，统一教育："当战国时代，文化上最好的现象是思想解放，处士横议；最坏的现象，是思想紊乱，莫衷一是。法家以为要安定国家，必须统一思想与教育；要统一思想与教育，必须排斥私学与私议……总说起来，法家统制文化的政策，是以富强做目标，以法令做教材，以官吏做教师，以养成同一理想的国民。如此,则一切私学和横议,便无自由发展的余地了。"

这要算是一篇"杰作"了,但这是赤裸裸鼓吹独裁统治的"杰作",它是为独裁统治炮制的理论。国家主义派是在中国的一个政治流派,后来变为青年党,厚颜无耻地追随国民党反动派。当反动统治被人民摧毁时,国家主义的理论自然被抛弃,法家的复兴自然成为泡影。

结束语

　　认识一本书,需要认识它的作者以及孕育了这本书的历史环境。韩非生当战国末年,各国之间的兼并战争正在激烈进行,社会生活动荡不安,人们渴望和平、统一和秩序。诸子百家大都提出了建立统一政权的要求。墨子明确提出"尚同",孟子主张"定于一",荀子希望建立一个"四海之内若一家,通达之属莫不从服"的社会。韩非继承和发展了这种思想主张,非常明确地提出:"事在四方,要在中央,圣人执要,四方来效。"这种理论果然实现了,统一的、集权的封建大帝国真的出现了,秦始皇统一了六国,满足了人们渴求统一的政治要求。

　　要求建立中央集权制国家,没有问题。但是,韩非强调的中央集权是君主独裁政权。他的许多言论都是为君主专制独裁进行辩护的。他说:"道无双,故曰一,是故明君贵独道之容。"君权至高无上，独一无二，不受任何约束和限制，必定是极权统治。所以，统一全国后的秦始皇自然成为"履至尊而制六合"的暴君。春秋以来的民本思想遭受了严重压制。孟子说过："民为贵，社稷次之，君为轻。"荀子说过："天之生民，非为君也；天之立君，以为民也。"这些民本意识与韩非子提倡的绝对君权形成了鲜明的对比。

儒家学派对人生的体验是比较肤浅的。"人之初，性本善"，这是儒家学派占主导地位的看法。韩非子从荀子那里继承了"性恶"的看法。这种看法同样是片面的、肤浅的。他把大多数人都看成是坏蛋："贞信之士不盈于十"，"父母之于子犹用计算之心以相待"，"君臣之际，计数之所出也"。他干脆把君主的后妃夫人和侧身公子一一列入"八奸"之中，要求君主时时加以提防，要求君主怀疑身边的人，不要相信任何人，"人主之患在于信人"。这种心理是十分阴暗的。韩非反复告诫君主说，对于那些对君权构成威胁的人，要不择手段地加以消灭。怀疑一切的阴暗心理就是在统治集团内部所起的作用也是十分消极的。多少父子残杀，多少宫廷政变，怀疑猜忌都是重要诱因之一。更为可怕的是，用这种阴暗的心理来对付天下的老百姓，必定用残酷的手段实行高压政策，导致道路侧目，囹圄满市，激起反抗。这也正是秦朝灭亡的重要原因之一。

近年来,《韩非子》一书引起了许多读者的浓厚兴趣,有的是为了研究和了解历史,有的则是为了寻找灵感,访求所谓的"领导艺术"。《韩非子》是为封建帝王撰写的"教科书",封建帝王将其奉为秘宝是很自然的。我们今天阅读《韩非子》,可以深刻地认识历史,探求改革的道路,认识封建政治的本质。而从中访求"领导艺术",恐怕是一种南辕北辙的尝试。因为时代毕竟不同了,韩非的帝王统治权术与现代社会发展所需要的领导艺术在实质和精神上是格格不入的。《韩非子》之中既有传统文化的精华,也有封建毒素,相信读者是能够作出正确判断的。

总之,韩非作为法家思想集成者,既有积极的、进取的文化素养,也有消极的、阴暗的东西。他积极的方面在于提倡法治,主张"法不阿贵,绳不挠曲","刑过不避大臣,赏善不遗匹夫",在一定程度上追求法律平等。这是符合新兴地主阶级利益的,比起商周时期在贵族中盛行的"礼不下庶人,刑不上大夫"制度是一种历史进步。他消极的东西在于崇尚权势,崇尚暴力,崇尚独裁,不仅要求臣民无条件顺从,而且在政治上精心设计了一套维护专制独裁的制度,使君主高高在上,不受任何约束,不准任何人提出怀疑。无论是积极的还是消极的,无论是进取的还是阴暗的,韩非的思想都产生了很大历史影响。如果一定要把韩非思想中积极的、进取的与消极的、阴暗的放在一起比较，可以断言，正面的影响是有限的，负面的影响是极大的。因为，两千年来，在所有皇朝，"法不阿贵，绳不挠曲""刑过不避大臣，赏善不遗匹夫"事件毕竟很少出现，而无条件的中央集权、专制独裁，则影响极其深远，极其恶劣，可谓贻害无穷。

现代法治将宪法和法律置于崇高位置，要求全体公民服从法治，不允许任何人、任何团体超越法治。韩非所提倡的法治针对的是臣民，君主既是立法者，又是司法者和执法者，不受任何限制和约束。权利平等是指所有社会成员在法律面前人人平等。只有承认人人平等，才能排除特权，才能实现法治。现代法治讲求权利平等，而法家则根本无权利平等观念。最重要的是，现代法治讲求权力互相制约，而法家则主张君权绝对，不受任何约束和限制。权力制约是指国家机构的权力必须受到其他公共权力的制约和限制，尤其是国家首脑的权力必须受到宪法和立法机构的约束。法家提倡的法治是帝王实施暴力统治臣民的工具和手段，现代法治的运行旨在保护民权，防止国家机构滥用权力。一言以蔽之，现代法治的根本目的是保护民权，韩非提倡的法治目的是保护君权，这是两种截然相反的社会政治理念。